Возвращение

귀향 외

Возвращение

귀향 외

안드레이 플라토노프

최병근 옮김

책세상

일러두기

1. 이 책은 A. Платонов, 《Собрание сочинений в 3 томах, II–III тома》(Советская Россия 1985)을 저본으로 번역했다.

2. 표제작으로 삼은 〈귀향〉을 제외한 나머지 작품은 발표 연도순으로 실었다.

3. 본문 중 괄호 안의 설명은 독자들의 이해를 돕기 위한 옮긴이주다.

4. 맞춤법과 외래어 표기는 1989년 3월 1일부터 시행된 〈한글 맞춤법 규정〉과 《문교부 편수자료》, 《표준국어대사전》(국립국어연구원, 1999)을 따랐다.

차례

귀향

    공훈부대 대위인 알렉세이 알렉세예비치 이바노프는 제대 명령을 받고 군대를 떠나는 중이었다. 전쟁 내내 함께 복무했던 부대의 부대원들은 으레 그래야 하는 것처럼 아쉬움과 사랑과 존경의 마음으로, 음악과 축배 속에 그를 배웅했다. 가까운 친구들과 몇몇 동료들은 기차역까지 함께 가서 마지막으로 작별인사를 한 뒤 돌아갔다. 그런데 기차는 몇 시간이 지나도 오지 않았다. 그 후로도 얼마간의 시간이 흘렀고, 싸늘한 가을의 밤이 찾아왔다. 역사(驛舍)는 전쟁으로 이미 폐허가 되었고, 잠을 잘 만한 곳은 어디에도 없었다. 결국 이바노프는 방향이 맞는 차를 얻어 타고 다시 부대로 돌아왔다. 다음날 부대원들은 그를 다시 배웅해주었다. 또 한 번 노래를 불렀고, 영원한 우정의 징표로 떠나는 이와 포옹을 나누었다. 그러나 이들의 감정은 이미 가라앉아 있었고, 환송식도 몇몇 친구들 사이에서만 이루어졌다.

다음날 이바노프는 또다시 역으로 갔다. 역에 도착한 그는 어제의 그 기차가 아직도 도착하지 않았다는 것을 확인했다. 이바노프는 잠을 자기 위해서 다시 부대로 돌아갈 수도 있었다. 그러나 세 번씩이나 환송식을 하며 동료들을 귀찮게 하고 싶지 않았기 때문에 이바노프는 텅 빈 플랫폼의 아스팔트 위에서 무료함을 달래는 쪽을 선택했다.

선로 전환기 근처에 폭격을 당하지 않은 철도원 막사가 하나 있었다. 이 막사 옆 벤치에는 털장화를 신고 두꺼운 숄을 걸친 여자가 하나 앉아 있었다. 어제도 그녀는 자기 물건을 앞에 두고 그 자리에 그렇게 앉아 있었는데, 지금도 여전히 그렇게 하고 있었다. 어젯밤 부대로 돌아갈 때 이바노프는 이 여자에게 함께 가지 않겠냐, 부대 막사에서 간호사들과 하룻밤 지내는 게 어떻겠냐, 철도원 막사가 춥지는 않겠냐고 물어볼까 잠시 생각했었다. 이런 생각을 하고 있는 사이에 차는 출발했고, 이바노프는 이 여자에 대해 잊어버렸다.

지금 이 여자는 어제 그 자리에 어제처럼 꼼짝 않고 앉아 있다. 그녀의 이런 충실함과 인내심은 여자의 정절과 변치 않는 마음을 의미하는 것이다. 적어도 이 여자 소유의 물건과 이 여자가 찾아가려고 하는 가족에 대해서는 말이다. 이바노프는 그녀에게 다가가며 생각했다. '아마 이 여자도 혼자 있는 것보다는 나와 함께 있는 걸 덜 심심하게 여길 거야.'

여자가 이바노프 쪽으로 얼굴을 돌렸기 때문에 그는 그녀가 누군지 알아볼 수 있었다. 아직 처녀인 그녀를 사람들은 '목욕탕 종업원의 딸 마샤'라고 불렀다. 왜냐하면 언젠가 그녀가 실제로 목욕탕 종업원의 딸인 자신을 스스로 그렇게 불렀기 때문이다. 전쟁 때 이바노프는 일이 있어 들렀던 한 항공정비대에서 그녀를 몇 번 본 적이 있었다. 거기에서 마샤는 계약직 보조 요리사로 일하고 있었다.

그들을 감싸고 있는 가을의 풍경은 음울하고 슬퍼 보였다. 이 순간 마샤와 이바노프를 집으로 실어 갈 기차는 어딘지 알 수 없는 잿빛 공간을 달리고 있을 것이다. 이럴 때 사람에게 위안과 기쁨을 줄 수 있는 것은 역시 사람의 마음밖에 없다.

이바노프는 마샤와 이야기를 나누었고, 그러면서 기분이 나아졌다. 귀여운 얼굴에 너그러운 마음의 마샤는 일하기에 수월한 큼직한 손과 건강하고 젊은 육체를 갖고 있었다. 그녀 역시 집으로 돌아가는 길이었고 이제 평범한 시민으로서의 삶을 어떻게 꾸려갈지 생각하고 있었다. 그녀는 군대에서 만난 여자 친구들과 자신을 마치 누나처럼 따르고 이따금씩 초콜릿을 선물하곤 했던 비행사들과 지내던 생활에 익숙해져 있었다. 그들은 그녀의 큰 키와 착한 누이처럼 한결같은 사랑으로 감싸안아주던 마음씨 때문에 그녀를 '넉넉한 마샤'라고 불렀다. 그래서인지 지금 마샤는 고향의 부모에게로 돌아간다는 것이 왠지 어색하고 이상하고 조금은 두렵기까지 했다.

이바노프와 마샤는 군대를 떠나면서 마치 고아가 된 듯한 느낌이 들었다. 그러나 이바노프는 우울하고 슬픈 상태에 오래도록 머물러 있을 수 없었다. 이럴 때면 어디서 누군가 그를 조롱하며 대신 행복해할 것이며, 자신은 우울한 표정의 바보가 돼버리는 것 같았다. 그래서 이바노프는 재빨리 사는 일로 관심을 돌렸다. 그러니까 그는 뭔가 해야 할 일을 찾아내거나 위안거리를 찾는 방법으로, 그의 표현에 의하면 간단한 소일거리라도 찾아내 우울함에서 벗어나려 했다.

그는 마샤에게 다가가 그저 동료라고 생각하고 그녀의 볼에 입을 한번 맞출 수 있도록 허락해 달라고 부탁했다.

"그냥 살짝만 댈게요. 기차도 오지 않고, 마냥 기다리기도 지루하잖아요."

이바노프가 말했다.

"단지 기차가 늦어지기 때문이라고요?"

이렇게 물어본 뒤 마샤는 이바노프의 얼굴을 주의 깊게 바라보았다.

전직 대위였던 그는 서른세 살 정도 되어 보였다. 바람에 거칠어지고 햇볕에 그은 그의 얼굴은 갈색을 띠었다. 마샤를 바라보는 이바노프의 눈길은 겸손하다 못해 수줍어했고 말투는 직설적이었지만 예의 바르고 친절했다. 마샤는 중년 남자의 낮고 쉰 듯한 목소리와 거칠고 검게 그은 낯빛, 그에게서 느껴지는 힘과 편안함이 마음에 들었다. 이바노프는 뜨거움에 무감각해진 커다란 손가락으로 담뱃불을 눌러 끄고는 허락을 기다리며 숨을 내쉬었다. 그에게서는 잎담배, 살짝 구운 마른 빵, 포도주, 그러니까 불을 이용해 만들었거나 스스로가 불을 만들어낼 수도 있는 그런 것들의 냄새가 진하게 풍겼다. 마치 이바노프는 잎담배와 건빵, 그리고 맥주와 포도주만 먹은 듯했다.

이바노프는 다시 한번 부탁했다

"조심해서, 아주 살짝만 할 테니, 마샤, 그냥 아저씨라고 생각하면 돼요."

"생각해봤는걸요, 벌써. 난 당신이 아저씨가 아니라 아빠 같다고 생각했어요."

"그래! 그러니까 허락한다는 얘기죠."

"아빠들은 딸에게 그런 걸 물어보진 않죠."

마샤가 웃음을 터뜨렸다.

이바노프는 마샤의 머리카락에서 가을 숲의 낙엽 냄새가 난다고, 영원히 이 냄새를 잊지 못할 거라고 생각했다. 철길에서 조금 물러나와 이바노프는 마샤와 자기가 먹을 계란 프라이를 만들기 위해 작은 모닥불을 지폈다.

기차는 밤이 돼서야 도착했고, 이바노프와 마샤를 그들이 가야 할 방향, 즉 고향으로 실어 갔다. 이틀 동안 그들은 함께 기차를 타고 갔고, 셋째 날이 되어 기차는 마샤가 20년 전에 태어났던 그 도시에 도착했다. 마샤는 짐을 꾸렸고, 이바노프에게 배낭을 등에 멜 수 있게 도와달라고 부탁했다. 그러나 이바노프는 배낭을 어깨에 메고 마샤의 뒤를 따라 기차에서 내렸다. 그가 집까지 가려면 하루가 더 남아 있었다.

이바노프의 관심에 마샤는 놀랍기도 하고 감동스럽기도 했다. 그녀는 갑자기 도시에 혼자 남게 된다는 것이 두려웠다. 그녀는 이 도시에서 태어나고 살았지만, 지금은 타향처럼 거리감이 느껴지는 마샤의 어머니와 아버지는 독일군을 피해 피난을 가 어디에선가 사망했다. 이곳에는 사촌 언니들과 고모 둘이 살고 있지만, 마샤는 이들에게 귀속감을 느끼지 못했다.

이바노프는 철도 사령부에 체류 신고를 마치고 마샤와 함께 이 도시에 머물렀다. 사실 그는 4년째 보지 못한 아내와 두 자식이 기다리고 있는 집으로 하루 빨리 돌아가야 했다. 그러나 이바노프는 가족과의 설렘과 기쁨의 재회를 뒤로 미루고 있다. 그는 스스로도 자신이 왜 이렇게 하고 있는지 알 수 없었다. 자유의 시간을 좀더 갖고 싶었기 때문일지도 모른다.

마샤는 이바노프에게 가족이 있다는 사실을 몰랐고 처녀가 하기에는 다소 수줍은 질문이라 물어보지도 못했다. 그녀는 그저 아무 생각도 없이 이바노프의 착한 마음을 믿고 있었다.

이틀을 보낸 뒤 이바노프는 고향을 향해 출발했다. 마샤는 역까지 그를 배웅했다. 이바노프는 마샤에게 입을 맞추며 그녀의 모습을 영원히 기억하겠노라고 약속했다.

마샤는 웃음을 지으며 말했다.

"날 영원히 기억한다고요? 그러실 필요 없어요. 어차피 잊게 될 테니까요. 난 아저씨에게 아무것도 원하지 않아요. 그러니 그냥 저를 잊어주세요."

"오, 마샤! 예전엔 어디 있었소. 왜 전에 당신을 만나지 못했을까!?"

"전쟁이 나기 전에 저는 겨우 열 살배기였고, 그 전에는 태어나지도 않았죠."

기차가 도착했고, 그들은 작별을 했다. 이바노프는 떠났다. 그리고 그는 혼자 남은 마샤가 울음을 터뜨리는 걸 보지 못했다. 마샤는 여자 친구건 동료건 하루라도 자신과 운명을 함께했던 사람이면 그 누구도 잊지 못했다.

이바노프는 열차 창문 너머로, 아마도 다시는 볼일이 없을 도시의 집들은 바라보며 생각했다. 단지 다른 도시일 뿐 이와 비슷한 모양의 집에 그의 아내 류바(류보프의 애칭)와 두 아이, 페치카와 나스차가 살고 있고, 그들이 자기를 기다리고 있다고 생각했다. 그는 이미 부대에서 아내에게 전보를 보내, 집으로 가게 되었다고, 하루 빨리 그녀와 아이들에게 입맞춤을 하고 싶다고 전했었다.

이바노프의 아내 류보프 바실리예브나는 사흘 내내 서쪽에서 오는 모든 기차를 마중나갔다. 그래서 그녀는 직장에서 조퇴를 했고, 그 바람에 작업량을 채우지 못했다. 하지만 밤에는 기쁨에 잠을 이루지 못했다. 이 시간 벽시계의 시계추는 천천히, 아무런 느낌도 없이 똑딱거렸다. 넷째날 류보프 바실리예브나는 자신의 두 아이, 표트르(이바노프 아들의 이름은 표트르이고, 위에 나온 페치카와 뒤에 나오는 페트루슈카, 페차는 모두 그의 애칭)와 나스차를 역으로 내보냈다. 즉 낮에 도착하는 기차는 아이들이 마중하도록 했고, 저녁에 도착하는 기차는 손수 마중을 나갔다.

이바노프는 엿새째 되던 날 도착했다. 벌써 열두 살이 된 아들 표트르가 그를 마중했다. 아버지는 실제 나이보다 더 조숙해 보이는 이 소년을 바로 알아보지 못했다. 이바노프는 표트르가 키가 작고 몸도 말랐다고 생각했다. 대신 머리는 커다랗고, 이마는 널찍하고, 얼굴은 삶의 모든 근심에 이미 익숙해졌다는 듯 무감각한 표정이었다. 그리고 그의 작은 갈색 눈은 세상이 온통 모순투성이라는 듯 우울하고 불만스럽게 주위를 바라보고 있었다. 페트루슈카는 단정하게 옷을 입고 있었다. 신고 있는 단화는 낡긴 했어도 아직은 쓸 만했고, 바지와 점퍼는 아버지의 옷을 줄여 만든 것이라 오래되었지만 특별히 해진 곳은 없었다. 구멍난 곳은 꿰매져 있었고, 천조각을 대서 기운 곳도 있었다. 그러니까 페트루슈카는 전체적으로 볼 때 가난하지만 성실한 소년 농군처럼 보였다. 아버지는 이런 모습에 당황했고 한숨을 내쉬었다.

"아저씨가 우리 아버진가요?" 이바노프가 자기를 들어올려 껴안고 뽀뽀를 하자 페트루슈카가 물어보았다. "아, 아버지구나!"

"그래, 아버지다. 잘 있었니, 표트르 알렉세예비치(여기서 이바노프는 아들을 낯설어하며 존칭을 사용하고 있다)!"

"안녕하세요. 그런데 왜 이렇게 늦게 왔어요? 며칠 동안 기다리고 또 기다렸는데."

"기차가 말이야, 페차, 느리게 가서. 그런데 엄마와 나스차는 어떠니, 건강하고?"

"예, 그런대로요. 아빠, 근데 훈장은 몇 개나 받았어요?"

"두 개 받았다. 그리고 메달 세 개하고."

"엄마하고 우린 아빠 가슴이 훈장으로 꽉 차 있을 거라고 생각했어요. 엄마도 메달을 두 개 받았어요. 공장에서 공로상을 줬어요. 그런데 아빠, 왜 이렇게 짐이 없어요. 배낭 하나가 전부네요!"

"필요한 게 없어서."

"하기야, 트렁크를 가지고 다니면 싸움하는 데 불편하겠죠?"

"그럼, 힘들고 말고." 아버지가 맞장구쳤다. "거기, 전쟁터에는 트렁크를 가지고 다니는 사람은 없단다."

"난 그런 사람이 있는 줄 알았죠. 나라면 트렁크에다 물건을 보관하겠어요. 배낭에선 물건이 망가지거나 구겨지잖아요."

페치카는 아버지의 배낭을 들고 집으로 향했고, 아버지는 그의 뒤를 따라갔다.

어머니는 집 현관에서 그들을 마중했다. 그녀는 오늘 남편이 올 거라는 예감이 들었고, 그래서 또 한 번 직장에서 조퇴를 했다. 그녀는 공장에서 나와 집에 먼저 들른 다음 역으로 가려 했다. 그녀는 혹시 세묜 예브세예비치가 왔을까봐 걱정스러웠다. 그는 낮에 가끔 들르곤 했다. 한가한 낮 시간에 다섯 살짜리 나스챠와 페트루슈카와 함께 놀아주는 것이 그의 취미였다. 그는 빈손으로 오는 법이 없었다. 항상 아이들을 위해 뭔가를, 사탕이나 설탕 또는 흰빵을 들고 오거나, 때론 공산품 배급표를 가지고 왔다. 류보프 바실리예브나는 세묜 예브세예비치에게서 그 어떤 나쁜 점도 발견할 수 없었다. 그들이 알고 지낸 지난 2년 동안 세묜 예브세예비치는 그녀에게 항상 잘해주었고, 마치 친아버지처럼, 아니 아버지보다도 더한 관심으로 아이들을 대해주었다. 그러나 류보프 바실리예브나는 남편이 오늘 세묜 예브세예비치와 마주치지 않길 바랐다. 그녀는 부엌과 방을 정리했다. 집안은 깨끗해야 하고 외부인의 흔적이 있어서는 안 되었다. 나중에, 내일이나 모레쯤 그녀는 자진해서 남편에게 모든 진실을, 그녀가 어떻게 살았는지 이야기할 것이다. 다행스럽게도 오늘 세묜 예브세예비치는 오지 않았다.

이바노프는 아내에게 다가가 그녀를 포옹한 채, 잊었던 그러나 사랑하는 사람의 익숙한 체온을 느끼며 잠시 그대로 있었다.

어린 나스챠도 집에서 나와 아버지를 보았지만 그를 알아보지 못했다. 아버지 다리에 손을 대고 그를 엄마에게서 밀어내려 하던 아이는 곧 울음을 터뜨렸다. 페트루슈카는 아버지의 배낭을 어깨에 멘 채 말없이 서 있었다. 잠시 기다리던 그가 말했다.

"이제 그만해요. 나스치카가 울잖아요. 애는 아무것도 모른다구요."

아버지는 놀라, 울고 있는 나스챠를 안아 올렸다.

"나스치카!" 페트루슈카가 나스챠에게 소리를 질렀다. "정신 차려, 내 말 안 들려! 이 분은 우리 아버지야, 우리 친아버지라니까!"

집에 들어간 이바노프는 목욕을 하고 책상에 앉았다. 그는 다리를 쭉 뻗고 눈을 감은 채 마음속의 평온한 행복과 깊은 만족감을 음미했다. 이제 전쟁은 끝났다. 그의 다리는 수천 베르스타를 행군했고, 그의 얼굴 위에는 잔주름이 내려앉았다. 그리고 고통은, 감긴 눈꺼풀 안의 눈동자를 쿡쿡 찔렀다. 이 모든 것은 이제 해질녘의 어스름 속이든 어둠 속에서든 휴식을 원했다.

그가 앉아 쉬는 동안 가족들은 부엌과 방을 오가며 그의 귀향을 환영하기 위한 음식을 준비하기에 분주했다. 이바노프는 집안 살림들을 하나씩 살펴보았다. 벽시계, 식기장, 벽에 걸린 온도계, 의자, 창문턱 위에 놓인 꽃, 러시아식 부엌 페치카 등등. 이것들은 자신이 없는 동안에도 오랫동안 이 자리를 지키며 그를 그리워했을 것이다. 이제 그가 돌아와 이것들을 다시 바라보고 있다. 그는 가재도구들이 마치 자신이 없는 동안 슬픔과 어려움 속에서 살아왔던 친척들이라도 되는 양 이것들과 하나하나 인사를 나누고 있었다. 그는 변함없는 집안의 냄새들인 오래된 통나무집 냄새, 아이들의 체취, 페치카의 재 냄새 등을 들이쉬고 있었다. 이 냄새들은 4년 전 그대로였고, 그가 없는 사이에 사라지지도 변하지도 않았다. 이바노프는 다른 어디서도 이 냄새들을 느껴보지 못했다. 비록 그가 전시에 나라 구석구석 수많은 곳을 돌아다녔음에도 거기에는 다른, 고향집과는 다른 냄새가 풍겼다. 이바노프는 다시 마샤의 냄새를, 그녀의 머리카락에서 풍기던 향취를 떠올렸다. 그녀의 머리에서는 숲속 나뭇잎의, 풀이 무성히 자란 외진 오솔길의 냄새가, 집안의 평온함이 아닌 불안한 삶의 냄새가 풍겼다. 목욕탕 종업원의 딸 마샤, 그녀는 지금 무얼 하고 있을까. 새로운 생활에 잘 적응하고 있을까? 신의 가호가 있기를.

이바노프가 보기에 누구보다도 집안일에 분주한 사람은 페트루슈카였다. 그는 자기 일 말고도 어머니와 나스차에게 무엇을 해야 하고, 무엇은 하지 말아야 하며, 또 어떻게 해야 하는가를 일일이 지시하고 있었다. 나스차는 공손히 페트루슈카의 말을 들었고, 더 이상 아버지를 타인처럼 여기지 않았다. 그 아이의 얼굴에는 모든 일을 규칙에 따라 조심스럽게 해나가는 신중함이 배어 있었고, 마음씨가 착해 페트루슈카의 심부름을 귀찮아하지도 않았다.

"나스치카, 거기 그릇의 감자 껍질 좀 비워줄래. 그릇이 필요해."

나스차는 시키는 대로 그릇을 비워 말끔히 씻었다. 그 사이에 어머니는 반죽에 효모를 넣지 않고서 '속성' 피로그(케이크를 비롯해 고기, 야채 등 속재료를 넣어 구워낸 빵의 총칭. 이 소설에서는 축제 때 러시아인들이 만드는 전통 케이크를 말한다)를 준비하느라 분주했다. 페치카에서는 페트루슈카가 지핀 장작이 타오르고 있었다.

"빨리 좀 해요, 엄마. 좀더 빨리 할 수 없어요!" 페트루슈카가 명령조로 말했다. "보세요, 불은 다 준비됐는데, 하여튼 엄만 꾸물거리는 데 뭐 있다니까!"

"잠깐만, 페트루슈카, 이제 다 돼간다." 어머니는 고분고분 대답했다. "건포도만 넣으면 다 돼. 아버지는 건포도를 드신 지가 오래됐을 거야. 건포도를 오랫동안 아껴두었거든."

"아니에요. 아버지도 건포도 드셨어요." 페트루슈카가 말했다. "군대에서도 건포도를 준다니까요. 못 보셨어요? 군인 아저씨들 얼굴이 통통하잖아요, 밥을 잘 먹어서요. 나스치카, 넌 왜 그렇게 앉아 있니, 니가 뭐 손님으로 와 있는 줄 알아? 감자 좀 깎아라, 점심 때 프라이팬에 튀겨야 하니까. 피로그 하나론 우리 식구 모두가 먹기엔 부족하잖아."

페트루슈카는 어머니가 피로그를 준비하고 있는 동안 페치카의 불이 그냥 타도록 내버려둘 수 없었다. 그래서 그는 양배춧국이 담긴 냄비를 소뿔 모양의 갈퀴로 들어서 불 위에 얹었다.

"아니, 불길이 왜 이 모양이야. 이런, 사방으로 죄다 흩어지잖아. 고분고분 좀 타라. 냄비 밑을 바로 데워야지. 장작이 되려고 자란 나무들이 아깝지도 않니! 나스치카, 넌 왜 이렇게 장작을 마구 집어넣니? 내가 가르쳐준 대로 차곡차곡 넣었어야지. 그리고 감자 껍질은 왜 이렇게 두껍게 깎았어! 얇게 깎아야지. 살을 다 쳐냈네. 먹을 수 있는 걸 그냥 버렸잖아. 벌써 몇 번째 얘기하니, 이번이 마지막이다. 다음부터 또 그러면 그땐 한 대 맞을 줄 알아!'

"페트루슈카, 왜 나스차를 그렇게 못살게 구니." 어머니가 조심스럽게 말했다. "나스차가 뭘 어쨌다고? 걔가 아직 익숙치가 않아서 그렇지. 미용사가 머리 깎듯이 살 하나도 건드리지 말고 깎으란 말이니. 아버지가 오셨는데, 넌 계속 신경질만 내는구나!'

"신경질 내는 게 아니고, 난 할 일에 대해서 말하는 거예요. 아버지에게 식사 대접을 해야 하잖아요. 나라를 위해 싸우다 오셨는데, 어머니와 나스차는 쓸데없이 식량을 축내고 있으니. 감자 껍질만 해도 우리가 1년에 먹을 걸 얼마나 많이 낭비하는데요. 집에 어미돼지라도 한 마리 있으면 버리는 감자 껍질로 한 1년 키워 품평회에 내보낼 수도 있었을 거예요. 거기서 메달도 받을 수도 있고."

이바노프는 자기 아들이 어느새 이만큼 자랐는지 이해할 수 없었다. 그는 가만히 앉아 있었지만 속으로 몹시 놀라고 있었다. 그러나 그는 얌전하고 어린 나스차가 더 마음에 들었다. 나스차는 집안일을 위해 부지런히 손을 놀리고 있었다. 손놀림도 매사에 익숙하고 능숙했다. 아이들이 집안일을 한 지 이미 오래되었다는 말이다.

"류바!" 이바노프가 아내를 불렀다. "왜 아무런 말이 없소. 내가 없는 동안 어떻게 지냈는지, 몸은 좀 어떤지, 직장에서는 뭘 하는지, 말 좀 해봐요."

류보프 바실리예브나는 마치 새색시처럼 수줍어했다. 그 사이 남편이 낯설어져, 남편이 말을 걸면 얼굴을 붉히기까지 했다. 그녀는 마치 젊었을 때처럼 수줍어하고 놀란 표정을 지었다. 이바노프는 아내의 이런 표정이 마음에 들었다.

"별일 없었어요, 알료샤(이바노프의 애칭). 그럭저럭 지냈어요. 아이들도 별로 아프지 않았고, 애들 키우며 살았죠, 뭐. 문제는 밤이나 돼야 애들을 볼 수 있었던 거죠. 벽돌공장에서 일해요, 프레스 작업반에서. 다니기에는 좀 멀어요."

"어디에서 일한다고?" 이바노프가 다시 물었다.

"벽돌공장 프레스 작업반에서요. 특별한 기술이 없잖아요. 처음에는 잡일을 했는데, 기술을 가르쳐줘 프레스 반으로 옮겼어요. 일하는 건 괜찮은데, 아이들이 항상 혼자 있어서. 그래도 봐요, 애들이 얼마나 컸나. 어른처럼 자기들이 알아서 다 하죠." 류보프 바실리예브나는 나지막하게 이야기했다. "그런데 알료샤, 이게 잘된 건지는 잘 모르겠어요."

"나중에 알게 되겠지. 이젠 함께 살게 됐으니 나중에 지켜봅시다. 뭐가 잘되고 뭐가 잘못됐는지."

"이제 당신이 돌아왔으니 모든 게 나아지겠죠. 혼자서는 모르겠어요. 뭐가 맞는 건지, 뭐가 잘못된 건지 두렵기만 했어요. 이젠 애들을 어떻게 키워야 할지 당신이 생각해봐요."

이바노프는 일어나 방을 이리저리 거닐었다.

"그러니까 별 다른 일은 없었다는 얘기군."

"그래요, 알료샤. 별일 없었어요. 이제 모든 게 지나갔잖아요. 다 참아낸걸요. 우리들은 단지, 당신이 그리웠어요. 혹시 다른 사람들처럼 당신이 죽기라도 할까, 못 돌아오는 것은 아닐까 두려웠어요."

그녀는 피로그를 앞에 두고 울기 시작했다. 철판 위에 놓인 피로그 반죽 위로 눈물이 떨어졌다. 그녀는 금방 피로그 표면에 날 계란을 입혔던 손으로 다시 반죽을 매만지며, '환영'의 피로그에 눈물을 입히고 있었다.

나스챠는 엄마의 치마에 얼굴을 기대고 다리를 잡은 채 아버지를 적의에 찬 눈으로 바라보았다.

아버지가 그녀에게 몸을 기울였다.

"왜 그래, 나스치카, 왜? 나 때문에 화난 거니?"

그는 나스챠를 안아 올려 머리를 쓰다듬었다.

"아니, 우리 딸이 왜 그럴까? 내 얼굴을 완전히 잊어버린 게야? 내가 전쟁에 나갈 때 넌 어린애였는데."

나스챠는 아버지의 어깨에 머리를 대고 울기 시작했다.

"왜, 왜 그래, 나스치카?"

"엄마가 우니까 그렇죠."

페치카 옆에 망연히 서 있던 페트루슈카는 이런 광경이 마음에 들지 않았다.

"아니, 모두들 왜 그래요. 다들 감정에 취해가지고. 페치카 불이 다 타잖아요. 불을 새로 지피란 말이에요. 장작은 누가 새로 준대요! 옛날 배급표로는 이미 다 받아서 땠고, 이제 광에 남은 게 별로 없어요. 한 열 개비나 남았나, 그것도 다 사시나무인데. 엄마, 반죽 다 됐으면 빨리 주세요. 불기가 남아 있을 때 해야죠."

페트루슈카는 페치카에서 국냄비를 꺼낸 다음 바닥의 불을 헤집었다. 마치 페트루슈카와 손발을 맞추려는 듯 류보프 바실리예브나는 서둘러 각기 다른 모양의 피로그 두 판을 페치카에 집어넣었다. 그 참에 두번째 피로그에는 달걀을 바르는 것도 잊었다.

한편 이바노프에게 고향집은 여전히 이상하고 낯설었다. 아내는 피로에 지친 얼굴이었지만, 예전의 모습 그대로 어여쁘고 다소곳했다. 당연히 그래야 하듯 많이 자라긴 했지만, 아이들도 자신에게서 태어난 그 아이들이었다. 그러나 왠지 이바노프는 귀향의 기쁨을 만끽할 수 없었다. 가족들과 너무 오래 떨어져 있었던 것인가, 가장 가까웠던 가족들조차도 낯설게 느껴졌다. 그는 이제 훌쩍 커버린 큰 아들 페트루슈카가 엄마와 어린 여동생에게 명령하고 지시하는 모습을 지켜보았다. 이바노프는 그의 신중하면서도 근심 가득한 표정을 바라보며 이 어린아이에 대한 아버지로서의 애정, 아들에 대한 자신의 관심이 부족했다는 사실을 부끄럽게 인정하고 있었다. 그러나 페트루슈카에 대한 자신의 이러한 무관심보다도 더 이바노프의 마음을 부끄럽게 만들었던 것은 페트루슈카가 아직은 다른 사람의 사랑과 관심이 필요한 나이라는 사실이었다. 이바노프는 페트루슈카의 얼굴을 측은하게 바라보며 이런 생각을 했다. 이바노프는 그가 없는 사이 가족들이 어떻게 살았는지 정확히 알지 못했고, 페트루슈카에게 어쩌다 이런 성격이 형성됐는지 이해할 수 없었다.

가족들과 함께 앉아 있으며, 이바노프는 자신의 의무감을 떠올렸다. 그로서는 가능한 한 빨리 일을 시작해야, 그러니까 직장을 구해 돈을 벌어 아내가 아이들을 제대로 키울 수 있도록 도와야 한다. 그래야 모든 것이 점차 나아질 테고, 페트루슈카도 친구들과 뛰어놀고 공부도 하고 부엌에 들락거리지도 않을 것이다.

페트루슈카는 다른 사람보다 음식을 덜 먹었다. 대신 음식 부스러기를 하나도 남김없이 모아 자기 입 속에 넣었다.

"애야!" 아버지가 표트르에게 말을 걸었다. "왜 부스러기만 먹니, 네 피로그는 다 먹지도 않고. 그것부터 먹어라! 어머니가 또 주실 거다."

"먹자면야 다 먹을 수 있죠." 페트루슈카가 얼굴을 찡그리고 말했다. "전 됐어요."

"개가 걱정하는 건, 자기가 음식을 많이 먹기 시작하면 나스챠도 그걸 보고 또 많이 먹게 된다는 거죠. 음식을 아끼려고 그래요." 류보프 바실리예브나가 안타까워하며 말했다.

"엄마, 아빤 아까운 게 없나 보죠." 페트루슈카가 냉정하게 말했다. "식구들이나 많이 먹으면 됐지, 전 괜찮아요."

아버지와 어머니는 서로를 쳐다보며 아들의 말에 몸서리를 쳤다.

"넌 왜 이렇게 조금 먹니?" 아버지가 어린 나스챠에게 물어보았다. "너, 오빠 눈치를 보는 거니? 먹고 싶은 만큼 먹어라. 그렇지 않으면 평생 꼬맹이가 돼."

"벌써 많이 컸는걸요." 나스챠가 말했다.

그녀는 작은 피로그 한 쪽을 먹고 나선 다른, 조금 더 큰 피로그

조각은 옆으로 옮겨놓고 휴지로 덮었다.

"왜 그러니?" 어머니가 물었다. "피로그에 버터 발라줄까?"

"아뇨, 배부른걸요."

"마저 먹어라, 피로그는 뒀다 뭐 하려고?"

"세묜 아저씨가 오시잖아요. 아저씨 줄 거예요. 내가 안 먹고 남겨두었으니까, 이건 내 거예요. 베개 밑에 둬야지. 안 그러면 식으니까."

나스차는 의자에서 내려가 휴지로 싼 피로그 조각을 침대로 가져가 베개 밑에 놓았다.

어머니는 노동절에 세묜 예브세예비치가 오기까지 식지 말라고 구운 피로그를 베개로 덮어두었던 일을 기억했다.

"세묜 아저씨가 누구야?" 이바노프는 아내에게 물었다. 류보프 바실리예브나는 뭐라 말해야 할지 몰라 이렇게 둘러댔다.

"누군지는 모르겠고. 독일군 때문에 아내와 아이들을 다 잃은 사람이 있어요. 그 사람이 우리 아이들을 보러 와서 놀고 가곤 했어요."

"놀러 와?" 이바노프가 놀라며 말했다. "아니 여기에 그 사람이 왜 놀러를 와? 그 사람이 몇 살인데?"

페트루슈카는 재빨리 어머니와 아버지를 쳐다봤다. 어머니는 아버지에게 아무런 대답도 하지 못했고, 우울한 눈으로 나스차를 바라보았다. 아버지는 적의를 띤 웃음을 짓곤, 의자에서 일어나 담배를 피워 물었다.

"너희들이 세묜이라는 아저씨랑 놀았다는 장난감은 어디에 있냐?" 잠시 후 아버지가 페트루슈카에게 물어보았다.

의자에서 내려온 나스차는 서랍장 옆에 있는 의자로 기어올라가 장 위에서 책을 꺼낸 다음 아버지에게 가져왔다.

"이건 놀이책이에요." 나스차가 아버지에게 말했다. "세묜 아저씨가 책을 읽어줘요. 이 곰돌이 미슈카, 재미있어요. 장난감도 되고, 책도 되고."

이바노프는 딸이 가져다 준 책을 들여다보았다. 곰돌이 미슈카, 장난감 대포, 돔나 할머니가 손녀와 아마포를 짜는 집에 대한 이야기가 있었다.

페트루슈카는 페치카 굴뚝의 통풍구를 닫아야 할 시간이 됐다는 걸 깨달았다. 안 그러면 집안의 열기가 새어나가니까.

통풍구를 닫고 페트루슈카가 말했다.

"그 아저씨, 세묜 예브세예비치는 아버지보다 나이가 많아요. 우리에게 필요한 걸 가져다 주니까, 그냥 놔두세요."

페트루슈카는 혹시 무슨 일이 있나 창 밖을 내다보았다. 하늘에는 9월의 구름 같지 않은 구름이 떠다니고 있었다.

"웬 구름이 이렇게 납빛이야, 곧 눈이라도 올 모양이네! 내일 아침이라도 당장 겨울이 들이닥칠 것 같아. 그럼 어쩌지, 감자는 밭에 있고, 집에는 저장해놓은 게 없는데. 큰일인걸."

이바노프는 자기 아들이 하는 이야기를 듣고 있자니 주눅이 들었다. 그는 아내에게 이 세묜 예브세예비치가 누구인지 더 자세히 묻고 싶었다. 왜 그가 2년 동안이나 자기 집을 들락거렸는지, 그가 나스차를 보러 오는 건지, 아니면 자신의 사랑스러운 아내를 보러 오는 건지 알고 싶었다. 그러나 페트루슈카는 집안일로 류보프 바실리예브나를 다시 몰아붙였다.

"엄마, 내일 밀가루 배급표하고 증명서 주세요. 아, 그리고 석유 배급표도 주세요. 내일이 마지막 날이잖아요, 목탄도 받아 와야 하고. 엄마, 자루는 잃어버렸어요, 자루를 가져가야 준다고요. 자루 좀 빨리 찾아봐요, 아니면 헝겊으로 새로 하나 만들든가. 자루 없인 아무것도 못 한다고요. 나스차, 그리고 내일부터 우리 집에서 물 길러 가지 못하게 해. 우물물을 너무 많이 퍼 간다고. 겨울은 오는데, 물이 마르면 우리 두레박 끈이 짧아서 물을 떠올릴 수가 없어. 눈을 씹어 먹을 수도 없잖아. 눈을 녹이려면 장작을 또 때야 하니까."

말을 하면서도 페트루슈카는 한편으로는 페치카 주변을 청소하며 부엌 집기들을 정리했다. 그리고 페치카에서 양배춧국이 담긴 냄비를 끄집어냈다.

"피로그를 좀 먹었으니, 이젠 고기가 들어간 양배춧국을 빵과 함께 드시죠." 페트루슈카가 모두에게 지시했다. "그리고 아버지는 내일 아침 지역의회와 군사정치국에 들러서 당장 거주 등록을 하세요. 아버지 몫의 배급표를 빨리 받아야죠."

"그래, 그러마." 아버지는 순순히 동의했다.

"곧장 다녀오세요, 잊지 말고. 아침에 늦잠 자느라 잊어버리지 말고요."

"그래, 잊지 않으마." 아버지는 약속했다.

고기와 양배춧국이 준비된, 전쟁이 일어난 후 처음으로 함께 하는 식사는 침묵 속에서 이루어졌다. 페트루슈카마저도 조용히 앉아 있었다. 아버지, 어머니 그리고 아이들은 함께 앉아 있는 가족들의 이 잔잔한 행복이 뜻하지 않은 말로 깨어질까봐 조심하는 듯했다.

잠시 후 이바노프가 아내에게 물어보았다.

"류바, 다들 옷은 제대로 입고 다녔소. 아마도 낡아서 다 해졌을 테지?"

"옛날 걸 그냥 입고 다녔죠. 이제 새옷 좀 사려고요." 류보프 바실리예브나는 미소를 지었다.

"아이들은 있던 걸 그냥 고쳐주었고, 당신 옷인 바지 두 벌과 속옷도 다 줄여서 아이들에게 입혔어요. 생각해봐요. 남은 돈은 없고, 아이들 옷은 입혀야 하고."

"잘했소. 아이들을 위해서는 뭐든 아끼지 말아야지." 이바노프가 말했다.

"아끼긴요, 당신이 사준 외투도 팔았는걸요. 지금 난 누빈 솜 재킷을 입고 다녀요."

"솜 재킷이 너무 짧아요. 그렇게 다니면 감기 들기 십상인데." 페트루슈카가 말했다. "목욕탕에서 화부(火夫)로 일하게 되면 급료를 받을 테고, 그러면 어머니께 외투를 사드릴 거예요. 시장에서 팔거든요. 가서 값도 물어봤어요, 적당한 게 있어요."

"그럴 필요 없다. 네가 돈을 벌지 않아도 돼." 아버지가 말했다.

점심을 먹고 나서 나스차는 커다란 안경을 코에 걸쳐 쓰고 창가에 앉아 엄마의 장갑을 꿰맸다. 엄마는 공장에서 일할 때 장갑 위에 또 벙어리 장갑을 꼈다. 벌써 날씨가 많이 쌀쌀해졌다. 밖은 이미 완연한 가을 날씨였다.

페트루슈카는 여동생을 보더니 화를 냈다.

"너 왜 장난치니, 세묜 아저씨 안경은 왜 쓰고 있어!"

"안경 너머로 보는 거니까 괜찮아."

"뭐야! 내가 모를 줄 알고! 그러다 눈이 나빠져서 장님이라도 되면, 연금이나 받으면서 평생 남에게 의지해서 살아야 돼. 당장 벗지 못해! 내 말 들려? 그리고 네가 무슨 장갑을 꿰맨다고 그러니. 엄마가 하게 놔둬, 아니면 내가 나중에 할 테니. 빨리 공책 들고 와서 글씨 쓰기 연습이나 해, 공부 안 한 지 얼마나 된 거야!"

"나스차가 벌써 학교에 다니나?" 아버지가 물어보았다.

어머니는 애가 어려 아직 학교에 다니는 것은 아니지만, 페트루슈카가 매일 공부를 시키고 있고, 공책도 사다주어 지금은 글씨 쓰기 연습을 하고 있다고 대답했다. 또 페트루슈카는 여동생에게 호박씨를 이용해 더하기 빼기를 해가며 셈을 가르치고 있고, 알파벳은 류보프 바실리예브나가 직접 가르친다고 했다.

나스차는 장갑을 내려놓고 서랍장에서 공책과 펜대를 꺼내왔다. 모든 것이 제대로 된 것에 만족한 페트루슈카는 어머니의 솜 재킷을 입고 내일 쓸 장작을 패러 밖으로 나갔다. 잠시 후 페트루슈카는 장작을 집안으로 가지고 들어왔다. 장작을 밤새 페치카에 넣어두면 적당히 말라 훨씬 잘 타기 때문이다.

저녁에 류보프 바실리예브나는 일찌감치 저녁상을 차렸다. 아이들이 일찍 잠자리에 들면 남편과 단 둘이 앉아 이야기를 나눌 생각이었다. 그런데 아이들은 저녁을 먹고도 한참 동안 자지 않았다. 나스차는 나무 침대에 누워 이불을 들추고 아버지를 쳐다보고 있었다. 페치카 위에 누워 있던(러시아 페치카는 취사와 난방은 물론 윗부분은 잠자리로도 쓰인다) 페트루슈카도 몸을 뒤척이며 무슨 소린가를 중얼거렸다. 간혹 신음소리를 내기도 하며 오래도록 잠들지 못하는 것 같았다. 이윽고 늦은 밤이 돼서야 나스차가 지친 눈을 감았고, 페트루슈카도 페치카 위에서 코를 골기 시작했다.

페트루슈카는 항상 긴장을 늦추지 않고 잠을 잤다. 그는 항상 밤새 무슨 일이 일어나지 않을까, 불이 나거나 도둑이 들어오는 것을 못 듣지는 않을까, 혹시 어머니가 문고리를 거는 것을 잊지나 않았는지, 그래서 밤새 문이 열려 집안의 온기가 빠져나가지나 않을까 걱정스러웠다. 페트루슈카는 부엌 옆방에서 이야기하는 부모님의 불안한 목소리에 잠이 깼다. 시간이 얼마나 되었는지, 한밤중인지, 아니면 벌써 아침이 돼가는지 알 수 없었지만 아버지와 어머니는 자지 않고 있었다.

"알료샤, 조용히 좀 해요, 애들이 깨요." 어머니가 조용히 말했다. "그 사람을 욕하지 말아요, 그 사람은 착한 사람이에요. 당신 아이들을 사랑했다고요."

"필요 없어, 그 사람의 사랑은." 아버지가 말했다. "내가 우리 아이들을 사랑하는데. 제길, 그 자는 왜 남의 아이들한테 신경을 쓰는 거야! 내가 봉급 수령증도 보내주고, 당신도 일을 하고, 그런데 뭣 때문에 이 세묜 예브세예비치란 자가 필요한 거지? 아직도 연애가 그리워 피가 끓기라도 하는 거야? 에이, 류바, 류바! 당신이 그러리라곤 생각도 못했는데. 그러니까, 날 완전히 바보로 만들었구먼."

아버지는 말을 멈춘 뒤 성냥을 그어 파이프 담배에 불을 붙였다.

"알료샤, 무슨 소리예요!" 어머니가 크게 소리쳤다. "내가 얼마나 고생을 하며 아이들을 키웠는데, 애들은 아픈 적도 거의 없었고, 몸도 건강하잖아요."

"무슨 소리야!" 아버지가 말했다. "애들이 넷이나 있는 사람들도 제대로 잘만 살았고, 다른 집 아이들도 우리 애들 못지않게 잘만 자랐더구만. 페트루슈카를 봐, 애가 어떻게 됐나. 말하는 게 무슨 꼬장

꼬장한 노인네처럼 따지기나 하고, 공부도 완전히 집어치우고."

페트루슈카는 페치카 위에서 한숨을 쉬었다. 그리고 계속 이야기를 듣기 위해 코를 고는 척했다. 그러면서 생각했다. '내가 노인네 같다고. 그래도 덕분에 식사를 잘 하셨다면 하는 수 없지.'

"그래도 살면서 어려운 게 뭔지, 중요한 게 뭔지 알았잖아요. 그리고 공부도 그만둔 게 아니에요."

"누가 그랬다는 거요! 그 당신의 세몬 말이오? 됐소, 괜히 딴 소리 하지 말라구." 아버지가 화를 냈다.

"그 사람 좋은 사람이에요."

"그 사람을 사랑하기라도 한단 말이오?"

"알료샤, 난 당신 애들의 엄마에요."

"그래서? 대답해봐, 말 돌리지 말고!"

"난 당신을 사랑해요, 알료샤. 난 아이들의 엄마고, 이미 오래 전에 당신의 여자였잖아요. 당신의 유일한. 그게 언제인지 기억도 나지 않지만."

아버지는 어둠 속에서 말없이 파이프 담배를 빨았다.

"난 당신을 그리워했어요, 알료샤. 물론, 옆에 아이들이 있었지만, 그 애들이 당신을 대신할 순 없었어요. 난 항상 당신만을 기다렸어요. 이 길고 무시무시한 몇 년의 시간을. 아침이면 잠에서 깨는 것조차 두려웠어요."

"그 사람 직책이 뭐요, 직장은 어디요?"

"우리 공장에서 자재 보급 일을 해요."

"알만 하군, 좀도둑이겠군."

"모르긴 해도, 그런 사람 아니에요. 가족이 모길례프 시에서 모두 죽었대요. 아이가 셋이었는데, 딸은 약혼도 한 상태였고요."

"그건 별로 중요하지 않지. 그 대가로 다른 가족을 손에 넣었으니. 뭐, 여편네도 그리 늙지 않았고, 얼굴도 반반하고, 그러니 다시 살만 하겠군."

어머니는 아무런 대답도 하지 않았다. 집안은 조용해졌다. 그러나 이내 페트루슈카는 어머니가 우는 소리를 들었다.

"알료샤, 그 사람은 아이들에게 당신 이야기를 해주었어요." 어머니가 다시 말을 했다. 페트루슈카는 어머니의 눈에 아직도 눈물이 많이 고여 있다는 걸 알 수 있었다. "당신이 거기서 우리를 위해 싸우며 고생하고 있다고 했어요. 애들이 이유를 물어보면, 당신이 착하기 때문이라고 대답했어요."

아버지는 웃음을 터뜨리고 담뱃대에서 불씨를 털어냈다.

"보라고, 당신들의 그 잘난 세묜 예브세예비치란 양반을! 날 본 적도 없는 사람이 날 좋게 얘기하잖아. 어떤 작잔지 알만 해!"

"물론 당신을 본 적은 없지만, 애들이 당신을 잊지 않게, 아버지를 사랑할 수 있게 일부러 그렇게 말한 거예요."

"그 사람이 왜 그럴 필요가 있냔 말이야, 왜? 당신을 하루라도 빨리 손에 넣으려고? 말해봐, 당신은 왜 그 사람이 그랬다고 생각하는 거지?"

"아마도 마음이 착해서, 그래서 그렇겠죠. 아닌가요?"

"류바, 당신은 참 멍청하군. 이렇게 말해 미안하지만, 세상에 공짜란 없는 거야."

"세묜 예브세예비치는 아이들에게 자주 뭔가를 가져다 줬어요. 한 번도 그냥 오는 법이 없었죠. 사탕이든, 밀가루든, 설탕이든요.

얼마 전에는 나스차에게 펠트 장화도 주었어요, 작아서 자기에겐 필요없다며. 우리 집에는 그 사람에게 필요한 건 없었어요. 우리도 필요한 건 없었죠. 우리도 그 사람이 가져다 주는 선물이 없어도 살 수 있어요. 그 동안에 그렇게 살아왔으니까요. 하지만 그 사람은 다른 사람을 도와주면 자기 마음이 좀 나아진다고 했어요. 그러면서 죽은 식구들을 조금은 잊을 수 있다고 하더군요. 당신이 그 사람을 한번 보면, 당신이 생각하는 그런 사람이 아니라는 걸 알게 될 거예요."

"계속 쓸데없는 얘기만 늘어놓는군!" 아버지가 말했다. "그런 말로 날 현혹시킬 생각은 하지 말라고. 류바, 당신하곤 이젠 영 말이 안 되는군, 이제 제대로 좀 살고 싶었는데."

"우리와 함께 살아요, 알료샤."

"난 아이들하고 살고, 당신은 그 세묜 예브세예비치하고 살고?"

"아니에요. 그 사람 이젠 더 이상 우리 집에 오지 않을 거예요. 그 사람에게 더 이상 오지 말라고 말할게요."

"그러니까, 한 번 그랬지만, 이제 더 이상은 하지 않겠다? 이봐, 류바! 여자들이란 다 이 모양이라니까."

"그러는 당신들 남자들은요?" 어머니가 화를 내며 물었다. "여자들이 다 이 모양이라니요? 난 그런 여자 아니에요. 밤낮으로 일하며 벽돌을 만들었어요. 기관차 화실 벽에 쓰는 내화벽돌이에요. 난 한눈에 알아볼 정도로 말랐어요, 보기에도 끔찍할 정도로. 모두가 낯선 눈으로 쳐다봐요. 거지들도 내겐 구걸하지 않더군요. 나도 힘들었다고요. 항상 아이들끼리만 집에 있고. 집에 돌아와보면 불이 지펴져 있길 하나, 먹을 거라고는 아무것도 없고, 어둠침침한 게, 아이들은 심심해하고, 애들이 지금처럼 집안일을 금방 배운 줄 알아요? 페트루슈카도 그냥 어린애였다고요. 그때 세묜 예브세예비치가 집에 오기 시작했어요. 와서는 아이들과 놀아주고, 그 사람은 혼자 살아요. 내게 물어보더군요, 가끔 놀러 와도 되냐고. 몸 좀 녹이고 가겠다고. 우리 집도 춥다고 했죠. 마른 장작이 없어서. 그랬더니, 좀 외로워서 그런다고, 그냥 아이들하고 잠시 있다 가면 되고 일부러 불까지 땔 필요는 없다고. 그래서 아이들이 싫어하지 않는다면 그러라고 했죠. 나중에는 나도 아무렇지 않더군요. 사실 그 사람이 드나들면서 우린 다들 좋아졌어요. 난 그 사람을 바라보면서 당신을 생각했고, 우리에게 당신이 있다는 걸 기억했죠. 당신이 없는 동안 얼마나 외롭고 힘들었는지, 알아요? 누구라도 좋으니 사람이 있으면 덜 외롭고 시간도 빨리 지나갈 거라 생각했죠. 그렇지만 당신이 없는 시간이 무슨 의미가 있겠어요!'

"그래서 다음에, 다음은 어떻게 됐소?" 아버지가 재촉했다.

"다음이요? 다음엔 아무 일 없었어요. 그리고 이제 당신이 돌아왔잖아요, 알료샤."

"그래. 그렇다면 할 수 없지. 자, 그럼 잠이나 잡시다." 아버지가 말했다.

어머니는 아버지에게 부탁하는 투로 말했다.

"잠은 조금 있다 자고, 좀더 얘기해요. 전 당신과 함께 있는 게 얼마나 기쁜지 몰라요."

'얘기가 끝나질 않는군.' 페치카 위에서 페트루슈카가 생각했다. '그래도 화해했으니 다행이군. 어머니는 공장에 가려면 일찍 일어나야 하는데, 저렇게 안 자고 계시니. 좋은 것도 때가 있지, 울음은 그치셨나?

"그 세묜이란 사람이 당신을 사랑했소?" 아버지가 물어보았다.

"잠깐만요. 나스차에게 좀 갔다 올게요. 잘 때 이불을 잘 차버려서 감기가 들지도 몰라요."

어머니는 나스차에게 이불을 덮어주고 부엌으로 나가 페치카 근처에서 잠시 걸음을 멈추고 페트루슈카가 자는지 귀를 기울였다. 페트루슈카는 어머니의 의도를 알아채고 코를 골기 시작했다. 잠시 후 다시 어머니의 목소리가 들려왔다.

"아마도, 그랬을 거예요. 나를 그런 눈길로 바라봤거든요. 그러나 절 좀 보세요. 내가 지금 어디 여자 같은가요? 그 사람이 외로워서, 그래서 누구든 사랑하지 않으면 안 됐던 거예요."

"그럼, 그 사람하고 키스라도 한 번 했겠군. 둘 다 그렇게 마음이 맞아떨어졌으니." 아버지는 인정한다는 듯 말했다.

"그건 아니에요! 내가 원한 건 아니지만, 그 사람이 내게 두 번 입을 맞췄어요."

"당신은 원하지도 않았는데, 그 사람이 그랬단 말이오?"

"모르겠어요. 그 사람 말이, 아내로 착각했대요. 내가 부인을 좀 닮았다며."

"그럼 그 사람도 날 닮았소?"

"아니오. 안 닮았어요. 당신을 닮은 사람은 아무도 없어요. 당신은 내게 하나밖에 없는 사람이에요, 알료샤."

"내가 유일하다고? 하긴, 셈은 항상 하나부터 시작하지. 그 다음에는 둘, 셋."

"그리고 그 사람은 내 볼에 입을 맞췄지, 입술에는 아니에요."

"어디가 됐든 마찬가지지."

"마찬가지라뇨, 아니에요, 알료샤. 당신은 우리가 여기서 어떻게 살았는지 알기나 해요?"

"뭘 아냐고? 난 전쟁 내내 전투를 했고, 옆에서 죽어가는 사람을 수도 없이 봤소. 당신은 몰라."

"그래요, 당신은 전투를 했지만, 난 여기서 당신을 그리워하며 넋 나간 사람처럼 슬픔에 손조차 움직이기 힘들었어요. 그래도 일은 열심히 해야 했어요. 애들을 키우고, 파시스트들을 막아내기 위해 나라에 공헌도 해야 하고."

어머니는 조용조용 이야기했다. 하지만 그녀는 마음이 아팠고, 페트루슈카는 그런 어머니가 측은했다. 그는 어머니가 구두 수선공에게 주는 돈을 아끼기 위해 구두 수선하는 법을 배웠고, 감자 한 알을 위해 옆집 전기 난로를 고쳐주기도 했다는 걸 알고 있었다.

"사는 것도, 당신에 대한 그리움도 견뎌내기 힘들었어요." 어머니가 계속 말했다. "만일 견뎌냈다면 난 아마도 죽었을 거예요. 그랬을 거예요. 난 알아요. 하지만 애들이 있잖아요. 알료샤, 내겐 뭔가 좀 다른 위안이 필요했어요. 기쁨 같은 거요. 그래서 잠시나마 쉴 수 있게요. 어떤 사람이 말하더군요, 나를 좋아한다고. 그 사람은 내게, 당신이 언젠가 그랬던 것처럼 나를 사랑스럽게 대해줬어요."

"어떤 사람이라니, 또 그 세묜 예브세예비치 말이오?" 아버지가 물어보았다.

"아뇨, 다른 사람이에요. 그 사람은 우리 공장 노동조합 지역위원회 지도원인데, 부상을 입어 후송된 사람이에요."

"제기랄! 이 작자는 또 누구야! 그래서, 어떻게 됐어, 그 자가 마음을 좀 달래줬나?"

페트루슈카는 이 지도원이라는 사람에 대해 처음 들었고, 자신도 그를 모르고 있다는 사실에 놀랐다. "어라, 그런데 엄마가 어느새." 그는 혼잣말로 중얼거렸다.

어머니가 아버지에게 대답했다.

"그 사람에게서는 아무것도, 아무런 기쁨도 느낄 수 없었어요. 처음엔 너무 힘들어서, 그래서 그 사람에게 끌렸던 것 같아요. 그런데 그 사람과 가까워지자, 그리고 아주 가까워지자 냉정을 찾았어요. 같이 있으면서도 집안일이 걱정됐고, 그 사람이 가까워지도록 허락한 걸 후회하기 시작했죠. 그러곤 깨달았죠. 난 당신에게서만 평온과 행복을 느낄 수 있고, 당신이 돌아오면, 그때 편히 쉴 수 있을 거라고. 당신 없이는 난 아무 데도 몸을 둘 수 없고, 아이들에게도 잘할 수 없어요. 알료샤, 우리와 함께 살아요. 잘 살 수 있을 거예요!"

페트루슈카는 아버지가 말없이 침대에서 일어나 담뱃불을 붙이고 의자에 앉는 소리를 들었다.

"그 사람과 아주 가까워지고 나서는 몇 번이나 만났소?" 아버지가 물어보았다.

"딱 한 번이에요, 그리고 더 이상은 만나지 않았어요. 얼마나 더만나야 하나요?" 어머니가 대답했다.

"얼마나 만나야 하는가는 당신이 결정할 문제고." 아버지가 말했다. "그럼 당신은 왜 당신이 우리 아이들의 엄마고, 내게 유일한 여자였다고 말하는 거요, 이미 오래 전부터."

"그건 사실이에요, 알료샤."

"사실이라니, 뭐가 사실이오? 그 사람의 여자이기도 했으면서,

아니오?"

"아니에요, 그 사람하고는 그런 적 없어요. 그럴 마음도 있었지만, 그럴 수 없었어요. 당신 없인 견딜 수 없을 것 같아 내 옆에 아무라도 있어주길 바랐어요. 너무 힘들고 괴로웠어요. 그러자 아이들도 사랑할 수 없었어요. 당신도 알잖아요, 내가 모든 걸 참아낼 수 있다는 걸. 아이들을 위해서라면 내 뼈라도 아까워하지 않는다는 걸요."

"잠깐만!" 아버지가 말을 가로막았다. "당신 말대로라면, 이 지도원인가 뭔가 하는 사람에게 당신이 잠시 실수를 했고, 그 사람에서 아무런 위안도 받지 못했는데, 그런데도 당신은 이렇게 멀쩡히 살아 있지 않소."

"그래요, 이렇게 죽지 않고 살아 있어요."

"그러니까, 당신은 지금 거짓말을 하고 있다고! 당신 말이 맞는다고 생각해?"

"모르겠어요." 어머니가 나지막이 속삭였다. "난 아는 게 적어서."

"그래, 아는 거야 내가 더 많지. 산 경험도 내가 더 많고." 아버지가 말했다. "에이, 이런 몹쓸 사람아!"

어머니는 말이 없었다. 아버지가 잇달아 숨을 몰아쉬는 소리가 들렸다.

"전쟁이 끝나고 이렇게 집에 돌아왔건만 당신은 내 마음을 난도질하는구먼. 할 수 없지. 그럼 이제 그 세묜이라는 작자와 같이 살지 그래! 날 아주 우스갯거리로 만들었어. 난 사람이지 장난감이 아니라고."

아버지는 어둠 속에서 옷을 입고 신발을 신기 시작했다. 그리고 석유등에 불을 붙이고 책상에 앉아 시계를 찼다.

"4시군." 아버지가 혼잣말을 했다. "아직은 어둡군. 여편네는 많아도 쓸 만한 아내는 하나 없다는 말이 맞지."

집안은 조용해졌다. 나스챠는 나무 침대에서 얌전히 자고 있었다. 페트루슈카는 따뜻한 페치카 위에서 베개에 파묻혀, 코를 고는 걸 잊고 있었다.

"알료샤!" 부드러운 목소리로 어머니가 말했다. "알료샤, 용서해 줘요!"

잠시 후 페트루슈카는 아버지의 신음소리를 들었고 곧이어 유리가 깨지는 소리를 들었다. 페트루슈카는 커튼에 난 구멍 사이로 아버지와 어머니가 있는 방을 들여다보았다. 방은 어두웠지만 석유등에 불이 타고 있었다. '아버지가 등 유리를 깨버렸네.' 페트루슈카는 생각했다. '유리는 구할 수가 없는데.'

"여보! 당신 손을 베었어요. 피가 나잖아요, 어서 장롱에서 수건 가져오세요."

"조용히 해!" 아버지가 소리쳤다. "당신 목소린 듣고 싶지도 않다고. 애들이나 깨워. 당장 깨우라고! 깨우라는 말 안 들려! 자기들 엄마가 어떤 사람인지 다 말해줄 거야, 애들도 알아야 할 거 아니야!"

이때 나스챠가 놀라서 소리를 지르며 잠에서 깼다.

"엄마!" 그녀가 엄마를 불렀다. "나 엄마한테 가도 돼?"

나스챠는 밤에 엄마 침대로 가서 그녀의 이불 밑에서 몸을 데우는 걸 좋아했다.

페트루슈카는 다리를 밑으로 하고 페치카에 걸터앉아 모두를 향해 말했다.

"지금이 몇 신데 안 자고 있어요! 왜 잠을 깨우는 거예요? 해도 뜨지 않았고, 밖은 아직 어두운데! 왜 이렇게 시끄럽게 하는 거예요! 불은 또 왜 켜놓구!"

"나스챠, 자라, 아직 더 자야지. 엄마가 금방 갈게, 응. 그리고 페트루슈카, 너도 더 자고. 이제 그만 조용히 해라."

"엄마 아빠 무슨 얘기를 그렇게 오래 해요? 아버지는 또 왜 그러세요?" 페트루슈카는 다시 말을 꺼냈다.

"내가 왜 그러는지, 네가 무슨 상관이냐! 이 놈은 안 끼어드는 데가 없구먼!" 아버지가 화를 내며 대꾸했다.

"아빠, 등 유리는 왜 깨셨어요? 엄마는 왜 놀라게 하는 거예요? 보세요, 엄마가 얼마나 말랐는지. 버터는 나스챠에게 주고, 감자도 버터 없이 드신다고요."

"너는 네 엄마가 나 없는 사이에 무슨 짓을 했는지 알고나 있니?" 아버지는 마치 어린애처럼 투정하는 말투로 소리쳤다.

"알료샤!" 류보프 바실리예브나는 낮은 소리로 남편을 막아섰다.

"알죠, 다 안다고요!" 페트루슈카가 대답했다. "어머니는 아버지 때문에 매일 울었어요, 아버지가 걱정돼서요. 그런데 아버지가 오고 나서도 계속 우시잖아요. 아무것도 모르는 건 아버지라고요!"

"넌 아직 아무것도 모르고 있어!" 아버지가 화를 냈다. "제기랄, 저런 놈이 어디서 나타났지!"

"모르긴요, 다 안다고요. 모르는 건 아버지예요. 할 일도 많고 살 일이 걱정인데, 아버지는 멍청이처럼 계속 화만 내고."

말을 마친 페트루슈카는 베개에 머리를 묻고 소리 없이 울기 시작했다.

"니가 아주 집안을 좌지우지하는구나." 아버지가 다시 말을 꺼냈다. "될 대로 되라지. 그래 니가 이 집 가장 노릇 하며 잘 살아봐라."

페트루슈카가 눈물을 닦더니 아버지 말에 응수했다.

"아버지는 나이도 많고 전쟁터에도 갔다 왔으면서 무슨 말씀을 그렇게 하세요. 내일 신체불구자 조합에 한번 가보세요. 거기에 하리톤이라는 아저씨가 판매원으로 일하고 있는데, 빵을 달아서 팔면서도 아무도 속이지 않아요. 그 아저씨도 전쟁터에 갔다 왔어요. 가서 한번 물어보세요. 모두에게 다 얘기해준다고요. 나도 들었어요. 그 아저씨의 부인은 아뉴타라는 사람인데, 운전을 할 줄 알아서 빵을 배달해요. 마음씨가 착해서 빵 한 조각도 훔치지 않는대요. 그 아줌마도 남자를 사귀었대요. 그 남자는 훈장도 받았는데, 한쪽 팔이 없어요. 그래도 공산품을 파는 가게의 책임자로 일하고 있대요."

"그렇게 할 얘기가 많니! 잠이나 자려무나. 벌써 날이 새려고 하는데." 어머니가 말했다.

"잠을 못 자게 하는 게 누군데요. 그리고 날이 새려면 아직 멀었어요. 이 한쪽 팔이 없는 아저씨랑 아뉴타 아줌마가 친해졌어요, 그래서 두 분 다 살기가 좋아졌죠. 하리톤 아저씨는 전쟁터에 있었고요. 나중에 하리톤 아저씨가 집에 돌아왔고 아뉴타 아줌마를 혼내기 시작했죠. 하루 종일 화를 내고 밤에는 술만 마시고, 아뉴타 아줌마는 울기만 했죠. 아무것도 먹지 않고. 아저씨는 화를 내다 내다 결국에는 지쳐서 아뉴타 아줌마를 용서했대요. 그러면서 이렇게 말했대요. '그런데, 당신은 고작 그 외팔이뿐이었소, 순진하긴. 사실 난 말이지, 당신 말고도 글라슈카라고 있었고, 아프로시카도 있었고,

마루시카도 있었고, 당신하고 이름이 같은 뉴슈카(아뉴타의 애칭)도 있었고, 그리고 또 막달린카라고도 있었지.' 그리고 웃기 시작하자 이번엔 아뉴타 아줌마도 웃으면서 아저씨를 칭찬하더래요. 하리톤 아저씨는 좋은 사람이고, 그런 사람은 세상에 없다고요. 독일군도 때려잡았지, 여자는 하도 많아 주체를 못할 지경이었다고요. 하리톤 아저씨가 우리에게 다 얘기해준 거예요, 빵 배달하면서요. 아저씨와 아줌마는 지금은 아주 사이좋게 잘 살고 있어요. 그런데 하리톤 아저씨가 또 웃으면서 이렇게 얘기했어요. '근데, 실은 내가 마누라에게 거짓말을 한 거야. 글라슈카니, 뉴슈카니, 아프로시카니, 그리고 또 막달린카니 하는 이런 여자들은 다 지어낸 거지. 군인은 조국의 아들인데, 그런 쓸데없는 생각을 하면 되나. 적들을 쳐부술 생각을 해야지. 내가 일부러 마누라에게 겁을 좀 주려고 그랬지.' 아버지, 잠이나 주무세요. 불이나 끄구요. 유리가 깨져 그을음이 생기잖아요."

이바노프는 페트루슈카의 이야기를 듣고 겁이 덜컥 났다. '아니, 이 자식이! 얘가 이러다가 마샤 이야기도 꺼내는 거 아니야.'

페트루슈카는 피곤했는지 이내 코를 골기 시작했다. 이번엔 진짜로 잠이 든 것이다.

페트루슈카는 날이 훤히 밝아서야 잠에서 깼다. 그는 자기가 이렇게 늦게까지 잠을 잤고, 아침부터 해야 할 집안일이 있었다는 걸 깨닫고 깜짝 놀랐다.

집에는 나스차 혼자만 있었다. 아이는 방바닥에 앉아 어머니가 오래 전에 사준 그림책의 책장을 넘기고 있었다. 나스차에겐 다른 책이 없었기 때문에 매일 이 책만 보고 있었다. 나스차는 마치 책을 읽을 줄 아는 양 손가락으로 글자를 짚었다.

"왜 아침부터 책 가지고 장난이니, 제자리에 갖다 놔!" 페트루슈카가 여동생에게 말했다. "어머니는 공장에 가셨니?"

"일하러 가셨어." 나스차가 책을 덮으며 조그만 소리로 대답했다.

"아버지는 어디 가셨지?" 페트루슈카는 집안을 이리저리 살폈다. "가방도 가져가셨니?"

"응, 가방도 가지고 나가셨어."

"무슨 말 안 하셨어?"

"아니, 아무 말 안 하고, 입하고 눈에다 뽀뽀만 해줬어."

"그래……." 페트루슈카는 골똘히 생각에 잠겼다.

"나스차, 일어나!" 그는 동생을 일으켜 세웠다. "씻고 옷 입혀줄 테니 밖으로 나가자."

그 무렵 아이들의 아버지는 역에 앉아 있었다. 그는 벌써 보드카 2백 그램을 마시고 여행자 식권으로 식사도 했다. 지난 밤 그는 마샤와 헤어졌던 도시로 돌아가기로 결심했다. 그곳에서 그녀를 다시 만나 다시는 그녀와 헤어지지 않으리라고. 한 가지 문제는 머리카락에서 자연의 냄새가 나는 이 목욕탕 종업원의 딸보다 자신이 나이가 훨씬 많다는 것이었다. 그러나 일이 어떻게 될지는 그곳에 가보면 알게 될 것이다. 앞날의 일은 알 수 없는 것이다. 그럼에도 이바노프는 마샤가 자신을 보고 조금이라도 기뻐해주길 바랐다. 그렇다면 이걸로 충분했다. 이는 자신에게 가까운 사람이 있다는 것을, 게다가 아주 괜찮은, 활발하고 착한 마음씨를 가진 사람이 있다는 걸 의미한다. 가보면 알겠지!

어제 그가 왔던 방향으로 떠날 기차가 도착했다. 그는 배낭을 들고 기차를 타러 갔다. '마샤가 날 기다리지는 않겠지.' 이바노프는 생각했다. '그녀는 내가 결국 자기를 잊게 될 거라고 했지. 우리가 다시는 보지 못할 거라고. 하지만 이제 난 그녀에게 영원히 돌아갈 거야.'

그는 객실로 들어가지 않고 차량 회랑에 멈춰 섰다. 기차가 떠날 때 이 소도시를 마지막으로 한번 살펴보고 싶었다. 전쟁 전부터 그는 여기서 살았고, 아이들도 이곳에서 태어났다. 떠나온 집도 다시 한번 보고 싶었다. 그의 집은 기차에서 보였다. 집앞의 길이 철도 건널목으로 이어졌고, 기차는 바로 그곳을 지나가기 때문이다.

기차는 시동을 걸고 조금씩 역의 선로 전환기를 지나 넓은 가을 들녘을 향해 나아가기 시작했다. 그는 차량에 설치된 손잡이를 잡고 서서 자신의 고향이었던 도시의 집과, 건물과, 창고들, 그리고 소방서 망루를 바라보았다. 멀리 높이 솟아 있는 두 개의 굴뚝이 그의 눈에 들어왔다. 하나는 비누공장의 것이고, 다른 하나는 지금 류바가 프레스 작업반에서 일하고 있을 벽돌 공장일 것이다. 자기 식대로 살라지 뭐, 나는 나대로 살 테니. 어쩌면 그는 그녀를 용서할 수도 있었다. 그러나 그런들 무슨 의미가 있는가? 어차피 그의 마음은 그녀에 대한 배신감으로 가득 차 있었다. 외로움과 남편과의 이별, 전쟁의 시간을 견디지 못하고 다른 사람과 함께했던 아내를 그는 용서할 수 없었다. 그리고 류바가 세묜인지, 예브세인지와 가까워진 것이 사는 게 힘들고 가난과 외로움이 그녀를 너무 힘들게 했기 때문이라는데, 이것은 이유가 될 수가 없었다. 단지 그녀의 감정을 보여주는 것일 뿐이다. 모든 사랑은 무언가에 대한 필요와 외로움에서 시작하는 것이다. 사람이 아무런 부족함도 느끼지 못하고 외로워하지도 않는다면 결코 다른 사람을 사랑할 수 없다.

이바노프는 객실로 들어가려 했다. 잠이나 잘 생각이었다. 아이들을 남기고 온 집을 다시 한번 보려는 생각은 그만두었다. 공연히 마음 아프고 싶지 않았다. 그는 건널목이 아직 멀었나 확인하려고 앞을 보았다. 건널목은 바로 앞에 있었다. 여기서 철길은 시골에서 시내로 이어지는 길과 교차한다. 이 흙길 위에는 마차에서 떨어진 밀짚과 건초더미, 버드나무 가지와 말똥이 흩어져 있었다. 이 길은 일주일에 두 번 장이 서는 날을 제외하면 늘 인적이 드물었다. 이따금 농부가 건초를 가득 실은 마차를 끌고 시내로 나가거나 반대로 시골로 돌아오곤 했다. 지금도 마찬가지였다. 시골길은 휑했다. 단지 저 멀리 이 시골길로 이어지는 시내 쪽 길을 따라 두 아이가 뛰어오고 있었다. 한 아이는 조금 크고 다른 아이는 그보다 작았다. 큰애는 작은애의 손을 잡고 따라오길 재촉했고, 작은애는 짧은 다리를 열심히 놀렸지만 큰애를 따라가기에는 힘겨워 보였다. 시내 끝에 자리한 집 근처에서 멈춰 선 그들은 역 쪽을 바라보며, 그리로 가야 할지 말아야 할지 망설이고 있었다. 이때 열차가 건널목을 지나치자 그들은 기차를 따라잡으려는 듯 곧장 기차를 향해 뛰기 시작했다.

이바노프가 타고 있던 기차가 건널목을 지나갔다. 이바노프는 객실로 들어가 누우려고 바닥에 두었던 배낭을 집어들었다. 다른 승객의 방해를 덜 받는 상단 침대에 누울 작정이었다. 그런데 이 두 아이들이 하다못해 기차의 마지막 차량이라도 따라잡았을까? 이바노프는 기차에서 고개를 내밀어 뒤를 바라보았다.

손을 맞잡은 두 아이는 아직도 건널목을 향해 난 길을 따라 뛰고 있었다. 그들은 둘이 동시에 넘어졌다 다시 일어나 또 앞으로 뛰었다. 큰 아이는 남은 한 손을 들어올려, 얼굴은 기차가 가는 쪽으로, 즉 이바노프가 있는 쪽을 바라보며 누군가를 향해 손을 흔들어댔다. 마치 자기에게 돌아오라고 이야기하는 것 같았다. 그러다 둘은 다시 넘어졌다. 이바노프가 자세히 보니, 큰애는 한쪽 발에는 털장화를, 다른 한 쪽에는 덧신을 신고 있었다. 그래서 그렇게 자주 넘어진 것이었다.

이바노프는 눈을 감았다. 기진맥진해서 넘어지는 아이들을 더 이상은 애처로워 바라볼 수가 없었다. 이 순간 갑자기 그는 가슴이 뜨거워지는 걸 느꼈다. 그의 내부에 갇혀 평생을 힘겹게 뛰고 있던 심장이 그의 전신을 뜨거움과 전율로 휘감으며 밖으로 튀어나오려는 듯했다. 갑자기 그가 예전에 알던 모든 것이 좀더 정확히, 그리고 더욱 현실적으로 느껴졌다. 예전에 그는 다른 사람의 삶을 자기의 이기심과 개인적인 이해관계라는 울타리 속에서 바라봤다. 그런데 이제 갑자기 타인의 삶이 열린 가슴을 통해 다가왔다.

그는 열차 계단에서 다시 한번 기차의 꼬리 쪽을, 기차에서 멀어져가는 아이들을 바라보았다. 이 아이들은 다름 아닌 그의 아이들, 페트루슈카와 나스차였다. 아이들은 아마도 기차가 건널목을 지나칠 때 그를 알아보았을 것이다. 페트루슈카는 집으로, 엄마에게로 돌아오라고 손짓을 했을 것이다. 그는 다른 생각에 잠겨 그들을 무심히 바라보았고, 그들이 자기 아이들이라는 사실을 모르고 지나쳤으리라.

이제 페트루슈카와 나스차는 기차에서 멀찌감치 떨어져 레일 옆

모래 길을 달리고 있었다. 페트루슈카는 여전히 어린 나스차의 손을 잡고 그녀가 따라오지 못하면 손을 계속 잡아당기며 재촉하고 있었다.

이바노프는 배낭을 기차 밖으로 내던졌다. 그리고 열차의 맨 아래 계단으로 내려섰다. 그리고 아이들이 자기를 따라 달리고 있는 모랫길로 뛰어내렸다.

(1946년)

프로

그는 긴 일정으로, 어쩌면 돌아오지 못할 먼 길을 떠났다. 승객들을 실은 기차가 텅 빈 공간 속으로 멀어져 갔다. 기관차는 이별을 고하며 길게 기적을 울렸다. 배웅을 나왔던 사람들은 기차가 떠나고 난 플랫폼에서 다시 일상으로 돌아가기 위해 발길을 옮겼다. 청소부가 자루걸레를 들고 나와, 정박한 배의 갑판을 청소하듯 플랫폼을 청소하기 시작했다.

"아가씨, 비켜서요!" 청소부가 여자의 통통한 두 다리를 바라보며 소리쳤다.

벽쪽으로 물러선 여자는 우체통에 적혀 있는 우편물 수거 시간표를 읽어내려갔다. 우편물을 자주 수거해 가기 때문에 매일 편지를 띄울 수 있었다. 그녀는 우체통의 철판을 손가락으로 눌러보았다. 철판이 꽤 단단해 편지에 담긴 마음이 어디론가 사라져버릴 일은 없어 보였다.

기차역 너머에는 생긴 지 얼마 되지 않은 철도 도시가 자리잡고 있었다. 건물의 흰 벽에는 나뭇잎 그림자가 흔들거리고 있었다. 한여름의 저녁 햇살은 숨쉴 공기 한 점 없을 것 같은 투명한 허공을 뚫고 내려와 도시의 건물을 환히 비추고 있었다. 이런 한낮에는 세상의 모든 것이 너무도 선명하고 눈부시고 환상적이어서, 세상이 마치 존재하지 않는 것처럼 보였다.

젊은 여자는 이 이상한 빛에 놀라 발걸음을 멈췄다. 그녀는 20년 동안 살면서 이처럼 밝고 적막한 공간을 본 적이 없었다. 그녀는 상쾌한 공기와 사랑하는 사람이 다시 돌아오길 바라는 기대감 때문에 가슴이 허해지는 것을 느꼈다. 그녀는 이발소 유리창에 비친 자신의 모습을 바라보았다. 이렇다 할 특징이라곤 없는 평범한 생김새, 웨이브가 들어간 부풀린 머리——이런 머리 모양은 19세기쯤에 유행한 적이 있었다——움푹 패인 회색 눈은 꾸민 것 같은 상냥함을 띠고 있었다. 떠난 사람을 사랑하는 데 익숙해져 있는 그녀는 그 사람의 지속적이고 변함없는 사랑을 받는 사람이 되기를 원했다. 그녀의 몸속에 사랑스러운 두번째 생명이 고통스러워하며 자라나기를 원했기 때문이다. 그러나 그녀는 자신이 원하는 만큼 힘차고 변함없이 사랑할 수 없었다. 그녀는 이따금 피곤함을 느꼈고, 그럴 때면 지칠 줄 모르는 강한 마음을 갖지 못한 것이 슬퍼져 눈물을 흘리곤 했다.

그녀는 방 세 개짜리 신축 아파트에 살고 있었다. 방 하나는 열차 기관사인 아버지가 썼고, 나머지 두 개는 그녀와 남편이 쓰고 있었다. 지금 그녀의 남편은 어떤 알 수 없는 전기 장치를 설비하고 가동시키기 위해 극동 지방에 가 있다. 그는 언제나 기계의 비밀에 골몰해 있었다. 그는 인류의 복리와 행복, 혹은 그 이상의 무엇을 위해 기계로 세계를 변화시키기를 꿈꾸었다. 그런 그를 아내는 잘 이해하지 못했다.

그녀의 아버지는 늙어가면서 기관차를 운행하는 횟수가 점차 줄어들었다. 그는 예비 기관사가 되어 갑자기 병이 난 사람을 대신해 운행하거나, 수리받고 나온 기관차를 점검하는 운행이나, 근거리 노선의 소형 화물차 운행을 나갔다. 1년 전 철도국에서 그에게 퇴직을 권유했을 때, 그는 연금 생활이 어떤 것인지 잘 모르면서도 그렇게 하겠노라고 선뜻 동의했었다. 그리고 나흘을 그럭저럭 보낸 후 닷새째 되던 날, 그는 선로 옆 철도용지 한쪽에 쌓아놓은 흙더미 위에 밤늦게까지 앉아 있었다. 거기서 그는 객차나 짐칸을 달고 둔탁한 소리를 내며 달리는 기관차의 뒷모습을 눈물을 글썽이며 바라보았다. 그 후로도 그는 기관차를 바라보며 공상에 젖기 위해, 아침부터 그 흙더미 위에 올라가 앉아 있었고, 저녁 무렵이 되어서야 마치 힘든 운행을 끝낸 사람처럼 지친 모습으로 집으로 돌아왔다. 집으로 돌아오면 손을 씻고 한숨을 지으며, 경사로에서 한 객차의 브레이크가 파열돼 떨어져나갔다는 등의 이야기를 늘어놓았다. 그리고는 단단한 밸브에 다치기라도 한 듯, 손바닥에 바를 바셀린을 달라고 수줍게 딸에게 부탁했다. 그리고 혼잣말을 중얼거리며 저녁 식사를 하고 나면 곧 행복한 표정으로 잠에 곯아떨어졌다. 아침이 되면 이 퇴직 기관사는 다시 철도용지로 나가, 지나가는 열차를 바라보며, 눈물과 공상과 동정과 외로운 열정에 싸여 또 하루를 보내는 것이었다. 운행 중인 기관차에서 뭔가 이상한 점이 발견되거나, 기관사가 규정대로 기차를 운행하지 않으면, 잘못을 꾸짖으며 이런저런 지시를 내리는 것이었다. "이 놈아, 물이 한 쪽으로 쏠리잖아! 밸브를 열어! 공기를 불어넣으라고! 모래를 아껴야지. 오르막에서는 어쩌려고 그래! 왜 모래를 쓸데없이 뿌리냐고? 플랜지(철도의 탈선을 방지하는 턱)를 당겨! 증기를 허비하지 말라고! 기관차가 뭐 목욕탕인 줄 알아!" 어떤 때는 열차의 짐칸을 잘못 배치해, 가령 화물을 싣지 않은 차량들이 앞이나 중간 부분에 들어가 급제동시 압박을 받는 수가 있었다. 그럴 때면 이 퇴직 기관사는 언덕 위에서 주먹을 내두르며 기차 후미에 탄 차장을 호되게 꾸짖었다. 또 한때 그의 조수였던 베니아민이 그가 현역 때 몰던 기관차를 운행할 경우, 노인은 늘 그의 실수를 발견해내고 자신이 근무할 때는 그런 일이 없었다며 이 조심성 없는 조수는 벌을 받아야 한다고 기관사에게 충고하는 것이었다. 늙은 기관사는 "베니아민의 귀퉁배기를 한 대 때려주게!"라며 흙더미 위에 처량하게 앉아 있다가 일어나 소리를 질렀다.

흐린 날이면 그는 우산을 챙겨 집을 나섰고, 그의 외동딸은 아버지가 있는 곳으로 점심을 가져갔다. 저녁이 되어 비쩍 마른 아버지가 배를 주린 채, 사람들이 일을 제대로 못 한다고 화를 내며 집으로 돌아올 때면, 아버지가 몹시 가여웠기 때문이다. 그런데 얼마 전 그가 여느 때처럼 언덕 위에서 목청껏 소리치며 욕을 해대고 있을 때, 기관고(機關庫)의 간부인 피스쿠노프 동지가 그에게 다가왔다. 그는 노인을 기관고로 데려가 다시 그를 기관사로 등록시켰다. 노인은 기관차 운전석에 올라타 보일러 옆에 자리를 잡고 앉았다. 그는 기관차의 보일러를 한 팔로 감싸안고 행복에 겨워 꾸벅꾸벅 졸기 시작했다.

"프로샤!" 아버지는 딸이 역에서 먼 길을 떠날 남편을 배웅하고 돌아왔을 때 말했다. "프로샤, 페치카에서 먹을 것 좀 꺼내다오. 밤에 또 운행을 나오라고 부를지 모르거든."

그는 자기에게 운행을 나가라고 불러주길 늘 기대하고 있었지만, 그런 일은 뜸했다. 대개 3, 4일에 한 번씩, 소형 화물차를 집결지로 이동시키거나, 다른 간단한 도움이 필요할 때가 고작이었다. 그래도 아버지는 빈속에 아무런 준비도 없이 우울한 기분으로 일을 나가려 하지 않았다. 자신이 중요한 직책을 맡은 철도원이라고 생각한 그는 언제나 자신의 건강과 활력, 소화 상태 등에 신경을 썼다.

"기술자 나으리!" 이따금 노인은 위엄 있고 분명한 발음으로 자신을 그렇게 부르고 나서는, 멀리서 들려오는 갈채소리를 듣고 있다는 듯 대답 대신 의미심장한 침묵을 지키곤 했다.

프로샤는 오븐에서 수프가 담긴 질그릇을 꺼내 아버지에게 드렸다. 저녁 햇살이 집안을 가득히 비추고 있었고, 햇살은 프로샤의 몸속까지 스며들었다. 그녀의 몸속에서 달아오른 심장이 끊임없이 혈액의 흐름과 생의 감각을 만들어내고 있었다. 그녀는 자기 방으로 들어갔다. 탁자 위에는 남편의 어릴 적 사진이 놓여 있었다. 남편은 어린 시절 이후로는 사진을 찍은 적이 없었다. 그는 자기 자신에게 관심이 없었고, 자기 얼굴이 가지는 의미를 믿지 않았기 때문이다. 누렇게 빛 바랜 사진 속에는 낡은 스웨터와 싸구려 바지를 입은, 머리가 큰 아이가 맨발로 서 있다. 그의 뒤로는 마법의 나무가 자라고 있고, 멀리 분수와 궁전이 보였다. 아이는 사진 속 자기의 모습 뒤로 아름다운 삶이 펼쳐져 있다는 것도 모른 채, 아직은 낯선 세상을 주의 깊게 바라보고 있었다. 그런데 아름다운 삶은 열의에 찬 수줍고 큰 얼굴의 바로 이 소년 속에도 있었다. 소년은 장난감 대신 풀잎을 손에 들고 튼튼한 맨발로 땅을 딛고 서 있었다.

벌써 밤이 찾아왔다. 시골 목동은 젖소들을 재우기 위해 풀밭에서 집으로 몰고 갔다. 젖소들도 쉬고 싶다는 듯 주인을 향해 울어댔다. 여인네들은 돌아온 젖소들을 축사로 데려갔고, 길었던 하루도 차가운 밤 공기 속에서 저물어갔다. 프로샤는 떠난 남편에 대한 사랑과 그리움에 행복해 하며, 어스름 속에 앉아 있었다. 창 밖의 소나무들은 행복한 천상을 향해 곧게 뻗어 있었고, 이름 모를 들새들이 가냘픈 소리로 졸음이 섞인 마지막 노래를 부르고 있었다. 그 사이 밤의 파수꾼인 귀뚜라미들은, 아직은 별일이 없으며, 자기들은 졸지 않고 지켜보고 있다는 걸 알리려는 듯 온순하고 부드러운 소리로 울어대고 있었다.

아버지는 프로샤에게 클럽에 안 가냐고 물었다. 클럽에서는 연극은 물론 꽃꽂이 경연과 열차 승무원 출신 배우들의 공연도 있을 예정이었다.

"아뇨, 안 갈래요." 그녀가 말했다. "그이가 자꾸 생각나 그냥 집에 있을래요."

"페지카(프로의 남편 표도르의 애칭이다) 말이냐?" 그가 말했다. "곧 돌아올 게다. 1년 후면 돌아오겠지. 남편이 보고 싶겠지, 암, 그렇고말고! 나도 예전에, 하루나 이틀씩 집을 비울 때가 있었어. 그럴 때면 죽은 네 엄마도 날 그리워했지. 어느 나이든 아줌마들처럼 말이다!"

"난 그런 아줌마는 아니에요! 그래도 어쨌든 그리워하기는 하죠!" 프로샤가 흠칫 놀라며 말했다. "모르죠, 나 역시 그런 어느 아줌마들과 다를 게 없을지……."

아버지는 딸을 위로했다. "네가 아줌마라니? 그런 여자들은 이미 오래 전에 다들 죽었지. 아줌마라고 하기엔 넌 아직 젊다. 공부도 더 해야 하고. 아무튼 그땐 그런 좋은 여자들이 있었지……."

"아버지, 방에 들어가 계세요." 프로샤가 말했다. "금방 저녁 차려드릴게요. 지금은 저 혼자 있고 싶어요."

"벌써 저녁 먹을 시간이 됐구나!" 아버지가 말했다. "이런, 전령이 날 부르러 올지도 모르는데. 누가 병이 났거나, 술에 곤드레만드레됐거나, 또 집안에 뭔가 급한 일이 생길 수도 있잖니. 그런 일이 어디 한둘이겠냐? 그럼 즉시 나가봐야 하거든. 열차 운행이 멈추면 안 되지! 휴, 지금 페지카는 급행 열차를 타고 달리고 있겠지. 녹색 신호등이 켜지면, 40킬로미터 앞까지 벌써 길이 훤히 뚫려 있고, 기관사는 멀리 전방을 내다보고, 전깃불이 기차를 환히 비추고……. 모든 게 예정대로 되지."

노인은 자리를 뜨지 않고, 계속 그 자리에서 서성거리며 혼잣말을 중얼거렸다. 그는 기관차를 몰거나, 기관차에 대한 생각을 하고 있지 않을 때는 딸이나 다른 사람들과 함께 있고 싶어했다.

"아버지, 저녁 드셔야죠!" 딸이 명령조로 아버지에게 말했다. 그녀는 귀뚜라미 소리를 들으며 창 밖으로 어둠에 싸인 소나무를 바라보며 남편을 생각하고 싶었다.

"제정신이 아니야!" 아버지는 투덜거리며 방으로 들어갔다.

프로샤는 아버지에게 저녁을 차려주고 집을 나왔다. 클럽에서는 환호성이 터져 나오고 있었다. 이어 음악 소리가 들리더니, 다음엔 승무원 출신 배우들의 합창 소리가 들려왔다. "이 전나무는 웬 거야! 전나무에 옹이는 또 뭐야!" "뚜뚜뚜뚜 기관차, 루루루루 비행기,

쁘르쁘르쁘르 쉐빙선. 다 함께 허리를 숙이세! 다 함께 허리를 펴세!
뚜뚜루루 노래하세! 사자(死者)여, 모두 깨어나라! 더 유연하게 더
우아하게! 생산은 우리의 목표……."

청중들은 몸을 흔들며 겸연쩍은 표정으로, 배우들을 따라 하느라
애를 먹고 있었다.

프로샤는 클럽 옆을 지나 계속 걸었다. 더 이상 건물은 없었고,
중앙 철로 양옆으로 방호림(防護林)이 펼쳐져 있었다. 멀리 동쪽에
서 급행 열차가 빠른 속도로 달려왔다. 기관차는 전방을 향해 탐조
등을 쏘아대며, 격전을 치르듯 어둠을 뚫고 왔다. 이 열차는 극동을
향해 달려가던 급행 열차를 어디에선가 만났을 것이다. 남편도 프
로샤와 헤어진 뒤에 이 열차를 보았을 것이다. 그녀는 어디선가 남
편을 스쳤을 이 열차의 뒷모습을 유심히 바라보았다. 그녀는 역으
로 되돌아갔다. 그러나 그녀가 역에 도착하기 전에 열차는 이미 잠
시 정차했다 떠나고 없었다. 기차의 마지막 칸마저도 그간 만났던
사람들에 대한 기억을 털어버리고 어둠 속으로 사라져버렸다. 플랫
폼과 역사에서 프로샤는 아무도 만날 수 없었다. 승객들 가운데 그
역에서 내린 사람은 한 명도 없었다. 그러니 남편이 타고 간 급행 열
차에 대해 물어볼 사람도 아무도 없었다. 그를 보았거나, 그에 대해
뭔가를 아는 사람이 있으련만!

역에는 두 명의 노파만이 앉아 있었다. 그들은 단거리 노선의 야
간 열차를 기다리고 있었다. 낮에 보았던 그 남자가 그녀가 서 있는
바닥을 쓸고 있었다. 사람들이 서서 뭔가 좀 생각을 하려면, 그들은
언제나 이렇게 비질을 해대는 것이다. 그들 마음에 드는 사람은 아
무도 없는 것이다.

프로샤는 비질하는 사람에게서 조금 물러섰다. 그러자 그는 다시 그녀 쪽으로 다가왔다.

"혹시 모르세요?" 프로샤가 그에게 물었다. "제2호 열차 말이에요, 잘 가고 있는지? 여기서 오늘 낮에 떠났는데. 그 열차에 대한 소식은 없나요?"

"기차가 들어올 때만 플랫폼에 나올 수 있소." 청소부가 말했다. "들어올 기차가 없으니, 아가씬 역사 안으로 들어가요. 여기는 항상 사람들이 북적댄단 말요. 별의별 사람들이 다 오지. 집에 틀어박혀 신문이나 읽던가. 아니지, 그럴 위인들이 아니지. 어디 가서 시비라도 걸어야 직성이 풀리겠지."

프로샤는 선로를 따라 역 반대쪽으로 걸어갔다. 그곳에는 둥근 천장의 화물 기관차 차고, 급탄차(給炭車), 전차대(轉車臺, 기관차, 객차 등 차량의 방향을 전환하여 한 선에서 다른 선으로 옮기기 위한 회전식 설비), 연료 찌꺼기를 처리하는 광재(鑛滓) 구덩이 등이 있었다. 증기와 연기가 뒤섞여 구름처럼 맴돌고 있는 곳을 높다란 가로등이 환히 비추고 있었다. 거기에는 곧 출발하기 위해 증기를 뿜어 올리며 경적을 울리고 있는 기관차가 있는가 하면, 어떤 기관차는 세척을 하면서 열을 식히고 증기를 뿜아내고 있었다.

네모난 삽을 든 네 명의 여자가 프로샤 곁을 지나갔다. 그 뒤로 한 남자가 따라가고 있었는데, 반장이나 조장쯤 되는 것 같았다.

"아가씨, 찾는 사람이 있소?" 그 남자가 프로샤에게 물었다. "한번 잃어버린 사람은 찾기 어렵지, 떠난 사람은 돌아올 리 없고. 우리랑 일이나 합시다!"

프로샤는 잠시 생각에 잠겼다.

"삽을 주세요!" 그녀가 말했다.

"자, 내 걸 주지." 조장이 프로샤에게 삽을 넘겨주었다. "아주머니들은, 세 번째 구덩이를 맡으세요." 그가 다른 여자들에게 말했다. "난 첫번째를 맡을 테니."

그는 프로샤를 기관차의 연료 찌꺼기를 버리는 광재 구덩이로 데려가 일을 맡기고는 어디론가 사라졌다. 이미 구덩이 안에서 두 명의 여자가 뜨거운 광재를 밖으로 퍼내고 있었다. 프로샤도 구덩이 속에 들어가 일을 시작했다. 그녀는 처음 보는 여자들과 함께 있는 것이 싫지 않았다. 구덩이는 좁고 더웠고, 게다가 재와 가스 때문에 숨쉬기도 곤란할 지경이어서, 광재를 바깥으로 퍼내기가 쉽지 않았다. 하지만 프로샤는 오히려 마음이 편해졌다. 그녀는 여기서 사람들과 부대끼며 기분을 달랬고, 별과 전깃불이 환히 비추는, 드넓게 펼쳐진 밤 풍경을 바라보았다. 사랑으로 괴로웠던 그녀의 마음도 평온을 되찾았다. 급행 열차는 먼 곳으로 떠났다. 지금쯤 그녀가 사랑하는 사람은 시베리아 벌판을 달리는 열차의 불편한 이층 침대에서 잠들어 있을 것이다. 그가 아무 걱정 없이 편안히 잠들기를, 기관사가 멀리 앞을 내다보고 사고를 내지 않기를 그녀는 기원했다.

잠시 후 프로샤와 한 여자가 구덩이 밖으로 나왔다. 구덩이에서 퍼낸 광재를 무개화차에 실어야 했다. 두 여자는 광재를 화차에 퍼올리다 이따금 숨을 돌리며 이야기를 나누었다.

어느새 프로샤의 친구가 된 이 여자는 나이가 서른 살 정도 되어 보였다. 그녀는 추위를 느꼈는지, 입고 있던 허름한 옷을 불평하며, 옷매무새를 자꾸 매만졌다. 그녀는 어떤 못된 인간에게 욕설을 했다는 이유로 유치장에서 나흘을 보내고 오늘 석방되었다. 경비원으로 일하는 그녀의 남편은 한 달에 60루블을 받으며 베르당 총(19세기 후반 러시아 보병이 사용한 단발총이다)을 들고 협동조합 건물 주변에서 밤새 보초를 섰다. 그녀가 유치장에 갇혀 있을 때, 그는 경찰서장에게 그녀를 풀어달라고 사정했다. 그녀는 체포되기 전 정부(情夫)와 동거하고 있었다. 그 자는 무심코, 아마도 피곤했거나 두려워서 자신이 저지른 범죄를 그녀에게 털어놓았다가 걱정이 되었는지 그녀를 죽이려 했다. 그러나 그는 지금 체포되어 죄과를 치르고 있을 것이고, 풀려난 그녀는 이제 남편과 살게 될 것이다. 일자리가 있고 빵을 사는 일도 어렵지 않았다. 옷을 살 돈도 둘이서 어떻게든 벌 수 있을 것이다.

프로샤는 남편이 떠난 후 자신이 당하고 있는 외로움과 고통을 그녀에게 말했다.

"잠시 떠난 거지, 죽은 건 아니잖아. 다시 돌아올 거야!" 그녀가 프로샤를 위로했다. "난 말야, 유치장에 앉아 있으려니 너무 슬프더라. 그런 데를 가봤어야지. 경험이 있었다면 그렇게까지 괴롭진 않았을 텐데 말야. 나야 법 없이도 살 만큼 착하게 살았는데. 결국엔 풀려나 집으로 갔지. 남편이 좋아서 눈물까지 흘리더라. 그런데 날 껴안지도 못하는 거야. 나를 뭐 범죄자나 불결한 여자라고 생각했는지도 모르지. 난 예전처럼 평범한 여잔데 말야. 저녁에 그 사람이 일하러 나갈 시간이 됐는데도, 그 사람도 나도 우울한 기분이 가시지 않는 거야. 남편이 베르당 총을 챙기며 "과일 주스를 사줄게. 같이 나가자"고 하는데, 난 그러고 싶지 않더라고. 카페는 혼자 가라고, 혼자 마시라고 했지. 돈이 좀 모이고, 이번 일로 생긴 슬픔이 좀 잊혀지면 그때 카페에 같이 가자고 했지. 그러곤 바로 여기, 역으로

온 거야. 일거리를 찾으려고. 도상(道床) 작업이나 선로 교체 공사가 있을 거라고 생각했지. 밤 시간이라도 일은 항상 있잖아. 사람들과 같이 있으면, 마음이 좀 가라앉을 거라고 생각했어. 봐, 사촌 동생을 만난 것처럼 너랑 이렇게 얘기도 하게 됐잖아. 자, 빨리 일 끝내고, 사무실에 돈 받으러 가자. 그걸로 아침에 빵 사러 가야지. 프로샤!"

그녀가 구덩이를 향해 소리쳤다. 구덩이 안에는 구덩이 밖의 프로샤와 이름이 같은 사람이 일하고 있었다. "거기 아직 많이 남았어?"

"아니!" 구덩이 안의 프로샤가 대답했다. "조금, 조금밖에 안 남았어."

"빨리 나와." 경비원의 아내가 말했다. "빨리 끝내고 같이 돈 받으러 가자."

그들 옆에서는 기관차들이 긴 여정에 앞서 소음을 내며 엔진에 힘을 모으고 있었고, 반대로 운행을 마치고 돌아온 기관차들은 숨을 몰아쉬며 휴식을 위해 몸을 식히고 있었다.

조장이 다가왔다.

"아주머니들, 어떻게 됐나요? 구덩이 일은 끝냈나요? 아하, 다 됐군! 그럼 사무실에 가 계시죠, 나도 곧 따라 갈 테니. 돈을 받으면 춤 추러 클럽으로 갈지, 애를 만들러 집으로 갈지, 그거야 가보면 알겠죠. 아이고, 바쁘기도 하셔라!"

여자들은 사무실에서 장부에 사인을 했다. 예프로신야 예프스타피예바, 나탈리야 부코바에 이어, 또 하나의 예프로신야가 아니라 '예바'라는 철자와 비슷하게 생긴 세 글자 다음에 낫과 망치 모양의 글자가 씌어 있었다. 이 여자는 문맹인 모양이었다. 이들은 3루블 20카페이카씩 받아들고 각자 집으로 향했다. 프로샤 예프스타피예바와 경비원의 아내 나탈리야는 함께 걸어갔다. 프로샤는 그녀에게 자기 집에 가서 몸을 씻자고 제안했다.

아버지는 부엌에 있는 반닫이 위에서 옷을 입은 채, 그것도 두툼한 겨울 양복에 기관차 배지가 달린 털모자까지 쓰고 잠을 자고 있었다. 그는 비상 호출이나, 어떤 심각한 기술적인 문제가 생겨 급히 나가봐야 할 상황을 기다리고 있었다.

두 여자는 조용히 할 일을 끝내고, 얼굴에 분을 살짝 바른 후 웃으며 집을 나섰다. 늦은 시간이긴 하지만, 클럽에서는 댄스 파티와 꽃꽂이 경연이 진행되고 있을 것이다. 지금 불편한 침대 칸에서 잠들어 있을 남편은 아무것도 느낄 수도, 기억할 수도 없어 그녀를 사랑할 수도 없을 것이다. 그녀는 이 세상에 자기 혼자인 듯 느껴졌다. 그래서 지금은 춤도 좀 추고 음악도 듣고, 또 다른 사람들의 손도 잡아보고 싶었다. 아침이 되어 남편이 그곳에서 홀로 잠에서 깨어나 그녀를 떠올린다고 생각하면 눈물이 터져나올 것 같았다.

두 여자는 클럽까지 뛰어갔다. 근거리 열차가 지나갔다. 자정이었지만 그곳에서는 그렇게 늦은 시간은 아니었다. 클럽에서는 아마추어 재즈 악단의 연주 소리가 흘러나왔다. 왈츠곡 〈리오 리타〉가 나오자 한 부기관사가 프로샤 예프스타피예바에게 즉시 춤을 청했다.

프로샤는 행복한 표정을 지으며 춤을 추었다. 그녀는 음악을 좋아했다. 진정한 삶과 그녀의 영혼이 그렇듯, 음악 속에는 행복과 슬픔이 둘이 아닌 하나로 합쳐져 있다고 그녀는 생각했다. 춤을 추는 동안 그녀는 선잠에 빠져 있는 듯, 무엇에 깜짝 놀란 듯 자기의 존재를 거의 느낄 수 없었다. 그녀가 필요한 동작을 취하는 데는 많은 힘이 들지 않았다. 아름다운 선율이 프로샤의 몸을 이미 뜨겁게 달구었기 때문이었다.

"꽃꽂이 경연은 벌써 끝난 모양이지요?" 숨을 몰아쉬며 그녀가 작은 소리로 파트너에게 물었다.

"조금 전에 끝났는데, 왜 그렇게 늦으셨어요?" 부기관사는 마치 프로샤를 오랫동안 사랑하여 애를 태웠다는 듯 말했다.

"아이, 아까워라!" 프로샤가 말했다.

"이곳이 맘에 드십니까?" 파트너가 물었다.

"네, 물론이죠." 프로샤가 대답했다. "너무 좋아요."

나타샤(나탈리야의 애칭) 부코바는 춤을 출 줄 몰랐다. 그래서 그녀는 오늘 처음 만난 친구의 모자를 들고 홀의 가장자리에 서 있었다.

악단이 휴식을 취하는 동안, 프로샤와 나타샤는 과일 음료를 한 병씩 마셨다. 나타샤는 아주 오래 전에 이 클럽에 딱 한 번 온 적이 있었다. 기분이 조금 들뜬 그녀는 멋드러지게 꾸며진 산뜻한 클럽의 내부를 둘러보았다.

"프로샤, 프로샤!" 그녀가 속삭였다. "그럼, 사회주의에선 집들이 다 이런 식인가? 그래?"

"당연히 이렇지!" 프로샤가 말했다. "아니면, 이보다도 좀더 나을 수도 있고."

"대단한데!" 나탈리야 부코바가 감탄했다.

막간의 휴식 시간이 끝나고 프로샤는 다시 춤을 추기 시작했다. 이번에는 한 배차원이 그녀에게 춤을 신청했다. 음악은 폭스트롯 〈마이 베이비〉가 연주되고 있었다. 배차원은 프로샤를 끌어당겨 그녀의 머리에 뺨을 밀착시켰다. 하지만 이런 은밀한 애무도 그녀를 흥분시키지 않았다. 멀리 떠난 사람을 그리워하는 그녀의 몸은 잔뜩 굳어 있고, 속이 텅 빈 나무 같았다.

"근데 이름이 어떻게 되죠?" 춤을 추다가 파트너가 귓속말로 그녀에게 물어보았다. "얼굴은 눈에 익은데, 댁의 아버님이 누구신지는 생각이 나질 않네요."

"프로(프로와 프로샤는 둘 다 예프로신야의 애칭)예요!" 프로샤가 대답했다.

"프로요? 그럼, 러시아 사람이 아닙니까?"

"네, 물론 아니죠!"

배차원은 잠시 생각에 빠졌다.

"아니라뇨? 댁의 아버님은 러시아인이잖아요? 예프스타피예프 씨, 맞죠?"

"그게 중요한가요?" 프로가 속삭였다. "제 이름은 프로예요!"

그들은 말없이 춤을 추었다. 사람들은 벽 근처에 서서 춤추는 사람들을 지켜보고 있었다. 모두 세 쌍이 춤을 추고 있었는데, 나머지는 부끄러워하거나 춤을 못 추는 사람들이었다. 프로샤는 배차원의 가슴에 머리를 기댔다. 그녀의 높게 부풀린 구식 머리 모양이 그의 눈 아래로 들어왔다. 그녀의 이런 신뢰의 표시가 그는 사랑스럽고 만족스러웠다. 그는 사람들 앞에서 우쭐한 마음이 들기도 했다. 그는 몰래 그녀의 머리를 살짝 쓰다듬어볼까 하는 생각도 했지만, 자기를 보고 있을 사람들의 시선이 두려웠다. 더구나 사람들 가운데는 그의 약혼녀가 있어 잘못했다가는 나중에 호되게 당할 수도 있는 일이었다. 그래서 배차원은 점잖게 프로에게서 조금 떨어지려 했지만, 그녀는 다시 그의 가슴에 기댔다. 게다가 그녀의 머리 무게에 넥타이가 옆으로 밀리고 와이셔츠 앞섶이 열리면서 맨살이 조금 드러났다. 배차원은 춤을 추면서도 두렵고 불편한 마음에 음악이 끝나기만을 기다렸다. 그러나 음악은 점점 격정과 힘을 더해갔고, 프로는 그에게서 더욱 떨어지려 하지 않았다. 그는 넥타이 아래 드러난 가슴 위로 물이 한 방울 흐르는 듯한 간지러움을 느꼈다. 남자의 가슴 털이 자라는 바로 그 자리였다.

"울고 있는 거예요?" 그가 놀라서 물었다.

"조금이요." 프로가 나지막이 말했다. "문 쪽으로 좀 데려다주시겠어요? 이제 그만 추고 싶어요."

프로의 파트너는 계속 춤을 추면서, 그녀를 출입구 쪽으로 데려갔다. 그녀는 급히 인적이 드문 복도로 나왔다.

나타샤가 모자를 가지고 나왔다. 프로는 집으로 갔고, 나타샤는 남편이 일하는 조합 창고로 향했다. 창고 옆에는 건자재를 쌓아둔 야적장이 있었는데, 귀엽게 생긴 한 여자가 경비를 서고 있었다. 나타샤는 혹시 남편과 그 여자 사이에 은밀한 사랑이나 연민이 싹튼 건 아닌지 의심스러웠다

다음날 아침 프로샤는 시베리아의 우랄에 있는 한 역에서 온 전보를 받았다. 남편이 보낸 전보에는 다음과 같이 씌어 있었다. "나의 소중한 사람! 프로, 당신을 사랑하오. 꿈에서도 당신을 본다오."

아버지는 벌써 기관고에 가고 집에 없었다. 그는 선전실(宣傳室)에 들러 철도 소식지《기적 소리》를 대충 훑어보고 간밤에 수송부에 아무런 일이 없었는지 알아본 다음, 카페에서 동료들과 맥주 한 잔을 마시며 관심사에 대해 이야기를 나누었다.

프로샤는 이도 닦지 않고 세수도 하는 둥 마는 둥 얼굴에 겨우 물

만 찍어 발랐다. 그녀는 이제 더 이상 외모에 신경을 쓰지 않았다. 사랑의 감정이 아닌 다른 것에 시간을 낭비하고 싶지 않았다. 이제 그녀에겐 여자로서 외모에 대한 집착도 사라졌다. 3층에서는 종종 하모니카 소리가 들려왔다. 악기 소리는 끊어졌다가는 금방 다시 들려왔다. 오늘도 이른 새벽에 그녀가 잠시 잠에서 깨었다 다시 잠이 들었을 때도, 위층에서는 이 단순한 곡조의 하모니카 소리가 들렸다. 이 소리는 들판에서 열심히 먹이를 모으느라 숨이 가쁜 잿빛 들새의 노래 소리와 비슷했다. 위층에는 기관고에 다니는 보일러공이 살고 있었는데, 그 집에는 어린 사내아이가 하나 있었다. 아버지는 아마도 일을 나갔을 테고, 어머니는 빨래를 하고 있어 아이가 지루해하고 있는 것 같았다. 프로샤는 아무것도 먹지 않은 채 철도 교통과 신호 체계에 대한 강의를 듣기 위해 집을 나섰다.

예프로신야 예프스타피예바는 지난 4일간 수업을 빠졌다. 친구들은 그녀를 보고 싶어했을 테지만, 그녀는 아무런 감정이 없었다. 프로샤의 급우들은 그녀를 많이 이해해주었다. 그녀가 기술 관련 과목에서 누구보다도 뛰어났기 때문이다. 그러나 정작 그녀는 자신이 어떻게 그런 능력을 가졌는지 잘 이해되지 않았다. 그녀의 남편은 공과대학을 두 곳이나 졸업했고 기계의 구조를 마치 자기의 몸처럼 정확히 알고 느끼는 사람이다. 단지 그녀는 남편을 좇으며 살고 있을 뿐이었다.

프로샤는 처음에는 공부를 잘 못했다. 푸핀의 코일, 계전기, 전선의 저항 측정 등에 그녀는 관심이 없었다. 그런데 한번은 남편이 이런 단어들을 열거하면서 그녀로선 수수께끼 같고 괴이하기만 한 이런 물건들이 어떻게 작동하는지, 그리고 기계들을 살아 움직이게 하는 내밀하고 섬세한 구조에 대해 그녀에게 설명해주었다. 남편은 전압의 크기를 마치 자신의 욕망처럼 정확히 느끼는 사람이었다. 그는 그의 손과 생각이 미치는 것이면 무엇이든 그것에 영감을 불어넣었다. 그는 기계 내부의 에너지 흐름에 대한 확실한 감각을 가지고 있었고, 기계의 몸체가 느끼는 고통과 인내에 찬 저항을 직접 느낄 수 있었다.

그날 이후로 코일, 휘트스톤 브리지, 접속기, 광력(光力)의 단위, 이런 모든 것이, 마치 남편의 영혼이 담긴 몸의 일부라도 되는 듯 그녀에겐 신성한 것들이 되었다. 그녀는 이런 것들을 이해하기 시작했고, 마음속은 물론 머릿속에도 소중히 간직하기 시작했다. 간혹 공부가 힘이 들 때면, 프로샤는 기분이 우울해져 남편에게 말했다. "표도르, 마이크로 패러드가 어떻고, 부유 전류가 어떻고 하는 것들이 너무 힘들어요." 그러면 남편은 한나절 동안이나 떨어져 있어 그리웠던 아내를 한번 안아보지도 않고, 잠시나마 자신이 직접 마이크로 패러드나 부유 전류가 되는 것이었다. 프로샤는 아무리 노력해도 이해할 수 없었던 것들을 두 눈으로 직접 보는 듯했다. 이것들은 들판의 다채로운 풀들처럼 소박하고 자연스럽고 매력적인 것들이었다. 프로샤는 자신이 여자여서 마이크로 패러드나 기관차, 전기가 직접 되는 느낌을 가질 수 없지만, 표도르는 그렇게 할 수 있다는 사실이 못내 부러워했다. 그녀는 그의 뜨거운 등을 손가락으로 조심스럽게 쓰다듬어보았다. 그는 자느라 깨어나지는 않았다. 그는 항상 몸 전체가 뜨거웠고 이상해 보이는 데가 있었다. 쓸데없는 데 돈 쓰기를 좋아했고, 시끄러워도 잠을 잘 잤으며, 맛이 있든 없든 아무 음식이나 잘 먹었다. 또 절대 아픈 적이 없었고, 중국의 남부 지방에 가 군인이 될 생각을 하기도 했다.

수업을 듣고 있던 예프스타피예바는 정신이 혼미하고 산만해져 강의 내용을 하나도 이해할 수 없었다. 그녀는 칠판에 씌어진 전류의 공진 현상에 관한 벡터 그림을 노트에 끄적거렸고, 금속의 포화 상태가 고조파(高調波) 생성에 미치는 영향에 관한 강사의 설명도 심드렁하게 듣고 있었다. 표도르가 없다. 이제 통신과 신호 체계가 그녀의 마음을 설레게 하지 않았고, 전기는 완전히 생소한 것이 되고 말았다. 푸핀의 코일, 마이크로 패러드, 휘트스톤 브리지, 철심도 그녀의 마음속에서 메말라버렸고, 전류의 고조파에 대해서는 아무 것도 이해할 수 없었다. 그녀의 머릿속에는 아이의 단조로운 하모니카 소리만 맴돌고 있었다. "엄마는 빨래를 하시고, 직장에 가신 아버지는 아직 돌아오지 않고. 혼자 있긴 심심하고 외로워."

프로샤는 강의는 듣지 않고 노트에 자기 생각을 적었다. "난 바보 같고, 불쌍한 여자예요. 페자(표도르의 애칭이다), 빨리 돌아와요! 통신과 신호 체계에 대한 공부가 거의 끝나가요. 당신이 돌아오지 않아 내가 죽거든, 돌아와 나를 묻은 다음 중국으로 떠나요."

집에서 아버지는 옷을 입고 신발을 신고 모자까지 쓴 채 앉아 있었다. 그는 오늘도 운행을 하라는 호출이 있을 것이라 예상하고 있었다.

"왔니, 얘야?" 아버지가 딸에게 물었다. 그는 계단에서 나는 발소리까지 유심히 들었다. 그리고 누구라도 집에 오면 좋아했다. 그는 항상 자신에게 행복을 가져다줄 특별한 손님을 기다리는 듯했다.

"죽이라도 데워줄까? 버터도 넣고." 아버지가 물었다. "금방 해 주마."

딸은 먹지 않겠다고 했다.

"그럼 소시지를 좀 구우마!"

"아녜요! 됐어요!" 프로샤가 말했다.

아버지는 잠시 말이 없었다. 그러고 나서 이번엔 조금 기가 죽어 물었다. "그럼, 수슈카(고리 모양의 건빵)와 차를 좀 마시겠니? 얼른 끓이마."

딸은 말이 없었다.

"그럼, 어제 먹다 남은 마카로니는 어떠니? 아직은 먹을 만한데. 널 위해 좀 남겨뒀거든."

"제발 날 좀 그냥 놔둬요!" 프로샤가 말했다. "극동으로 출장이라도 가시지 않나요?"

"그렇게 부탁도 해봤지. 늙어서 안 된다더라. 눈도 시원찮고." 아버지가 말했다.

그는 프로샤가 금방 자기 방으로 들어가면 어쩌나 겁이 났다. 그는 잠깐이라도 딸과 이야기를 하고 싶었다. 그래서 노인은 딸을 자기 곁에 잡아둘 만한 이유를 찾고 있었다.

"애야, 오늘은 왜 입술에 연지를 안 발랐니? 아님, 연지가 다 떨어진 게냐? 내 금방 가게에 뛰어가 사오마."

프로샤의 회색 눈에 눈물이 고였다. 그녀는 자기 방으로 들어갔다. 혼자 남은 아버지는 부엌을 정리하며 집안일을 하기 시작했다. 그러다 곧 쪼그리고 앉아 오븐 문을 열어 그 속에 머리를 들이밀고, 마카로니가 담긴 프라이팬을 내려놓고 울기 시작했다.

문을 두드리는 소리가 났지만, 프로샤는 문을 열어주지 않았다. 노인은 오븐에서 머리를 꺼냈다. 걸려 있는 수건이 모두 지저분해,

그는 빗자루에 얼굴을 닦고 문을 열러 나갔다.

기관고에서 전령이 왔다.

"네페드 스체파노비치 씨, 여기에 서명하시죠. 오늘 8시까지 나오세요. 기관차 한 대를 전면 수리해야 하거든요 먹을 것과 옷가지도 좀 준비하세요. 일주일 안에 돌아오기는 힘들 겁니다."

네페드 스체파노비치가 장부에 서명을 해주자 전령은 돌아갔다. 노인은 자신의 철제 트렁크를 열었다. 거기엔 어제 넣어둔 빵과 양파, 설탕이 조금 들어 있었다. 그는 거기에다 수수 한 줌과 사과 두 개를 더 넣고, 트렁크에 달린 커다란 자물쇠를 채웠다.

그리고 나서 그는 프로의 방문을 조심스럽게 두드렸다.

"애야, 문 좀 잠가라! 나 운행 나간다. 2주일쯤 걸릴 게야. 슈차 형(型) 열차가 배당됐구나. 고장이 났다는데 별 문제는 없을 게다."

프로샤는 아버지가 집을 나가고 나서야 방에서 나와 아파트 문을 잠갔다.

"하모니카를 불어봐! 왜 안 부는 거니?" 아이가 살고 있는 위층을 향해 프로샤가 속삭였다.

소년은 아마도 산책을 나간 모양이었다. 여름날, 낮이 길게 이어졌다. 바람은 저녁을 대비해 행복에 겨워 조는 듯한 소나무들 사이에서 쉬고 있었다. 하모니카 부는 소년은 아직 어렸기 때문에 영원한 사랑을 위해 이 세상에서 어떤 것을 선택하지는 않았다. 그의 심장은 편하고 자유롭게 고동치고 있었다.

창문을 열고 침대에 누운 프로샤는 졸기 시작했다. 상공을 지나는 바람 탓에 소나무 가지들이 조금씩 흔들리는 소리가 났고, 아직 어둠이 내리지도 않았는데 멀리 귀뚜라미 한 마리가 울기 시작했다.

프로샤는 잠에서 깼다. 다시 자기에는 밖은 아직 환했다. 그녀는 하늘을 바라보았다. 아직 따뜻한 온기가 가득했다. 사라져가는 태양의 생생한 자취들로 뒤덮인 모습이었다. 그곳에는 인간에게 불어넣기 위해 자연이 자신의 순수한 힘을 모아 만든 행복이 머물러 있는 것 같았다.

프로샤는 두 베개 사이에서 짧은 머리털을 하나 발견했다. 표도르의 것임이 틀림없었다. 그녀는 머리카락을 빛에 비추어 보았다. 흰 머리카락이었다. 표도르는 벌써 스물아홉 살이 되었고, 흰머리가 자라기 시작했다. 흰 머리칼은 스무 개쯤 됐다. 아버지도 머리가 하얗지만, 그가 그들 침대 근처에 온 적은 없었다. 프로샤는 표도르가 베고 자던 베개의 냄새를 맡아보았다. 베개에는 아직 그의 체취가 묻어 있었다. 그가 마지막으로 잠자리에서 일어난 후 그 베갯잇을 빤 적이 없었기 때문이다. 프로샤는 표도르의 베개에 얼굴을 파묻고 숨을 죽인 채 한동안 가만히 있었다.

집으로 돌아온 소년이 하모니카를 불었다. 오늘 이른 새벽녘에 불던 바로 그 곡이었다. 프로샤는 침대에서 일어나 책상 위에 있는 빈 상자 속에 남편의 머리카락을 넣어두었다. 소년은 하모니카 연주를 멈췄다. 아침에 일찍 일어나는 그가 잠자리에 들 시간이었다. 아니면 직장에서 돌아온 아버지와 공부를 마치고 지금은 아버지 무릎에 앉아 있을지도 모른다. 소년의 어머니는 설탕 덩어리를 집게로 잘게 쪼개면서 속옷을 새로 사야겠다고 말한다. 속옷이 너무 낡아 빨래하면서 찢어졌기 때문이다. 그의 아버지는 말없이 '그냥 좀 건너봅시다' 라고 생각한다.

저녁 내내 프로샤는 역의 철길을 거쳐 숲과 호밀밭을 걸어다녔다. 어제 일했던 구덩이 근처에도 가보았다. 구덩이는 광재로 다시 가득 차 있었지만, 일하는 사람은 아무도 없었다. 그녀는 나타샤 부코바가 어디 사는지 몰랐다. 어디 사는지 물어보지도 않았었다. 프로샤는 친구나 친지를 찾아가는 것을 좋아하지 않았다. 그녀는 누구를 만나든지 부끄러움을 탔다. 그녀는 자신의 사랑에 대해 남들과 이야기할 줄 몰랐고, 사랑 외에 다른 것에는 전혀 흥미를 느끼지 못했다. 그녀는 나타샤의 남편이 베르당 총을 들고 경비를 서고 있는 조합 창고 옆을 지나게 되었다. 프로샤는 그가 내일 아내와 과일 음료라도 마실 수 있도록 돈을 조금 주고 싶었지만 망설여졌다.

"아가씨, 저리 가세요! 이 앞에서 서성거리면 안 됩니다. 여긴 국가 재산을 보관하는 창고예요." 경비가 말했다. 그때 그녀는 자리에 멈춰서 외투 주머니에 든 돈을 만지작거리고 있었다.

창고를 지나자 텅 빈 공터가 나왔다. 거기엔 독기를 품은 듯한 키 작은 억센 풀이 자라고 있었다. 프로샤는 피로에 지쳐 풀밭에 잠시 서 있었다. 거기서 하늘에 떠 있는 별까지는 고작해야 2킬로미터 밖에 되지 않을 것 같았다.

"아, 프로, 프로, 한 번이라도 널 안아줄 사람이 있으면 좋으련만!" 그녀는 혼자 중얼거렸다.

프로샤는 집에 돌아오자마자 잠자리에 들었다. 하모니카를 부는 소년도 이미 오래 전에 잠이 들었고, 귀뚜라미 소리도 들리지 않았기 때문이었다. 그런데 무언가가 계속 그녀의 잠을 방해하고 있었다. 프로샤는 어스름한 주위를 둘러보고 냄새를 맡아보았다. 그녀를 불안하게 한 것은 다름 아닌 표도르가 한때 그녀 곁에서 베고 잤던 베개였다. 베개에서는 여전히 그녀가 잘 아는 따스한 몸에서 났던, 구린 흙 냄새가 풍겼다. 프로샤의 가슴에 슬픔이 일기 시작했다. 그녀는 표도르의 베개를 시트로 말아 장롱 속에 감추고, 버림받은 고아처럼 잠이 들었다.

프로샤는 통신과 신호 체계에 관한 강의를 더 이상 들으러 가지 않았다. 이제 그녀에겐 과학이 이해할 수 없는 것이 되고 말았다. 그녀는 집에서 줄곧 표도르의 편지와 전보만을 기다렸다. 집에 사람이 없다고 우체부가 편지를 반송할지도 모르기 때문이다. 그러나 첫번째 전보가 온 후 나흘이 지나고 엿새가 지났지만 표도르는 더 이상 소식을 보내오지 않았다.

아버지는 고장난 기관차를 정비소에 맡기고 운행에서 돌아왔다. 그는 기관차를 모는 일을 마치고 돌아온 것이 기뻤다. 일하는 동안 여러 사람들과 만나고, 다른 지방의 기차역도 구경하는 등 여러 가지 일들을 경험할 수 있어서 행복했다. 이제 그는 이런 기억들을 떠올리며 다른 사람들에게 이야기해줄 무언가가 있다는 것에 한동안 기쁠 것이다. 그러나 프로샤는 아버지에게 아무것도 묻지 않았다. 아버지가 먼저 이야기를 꺼냈다. 고장난 기관차를 어떻게 몰고 갔는지, 통과하는 역에서 주물공들이 열차 부품을 떼어가지 않는지 감시하느라 잠도 자지 못했다든지, 어디에 가면 딸기를 싸게 살 수 있고, 또 어디에서는 봄에 닥친 한파로 딸기 농사를 망쳤다는 이야기도 했다. 프로샤는 아무런 대꾸도 하지 않았다. 심지어 아버지가 스베르들로프스크 시에서 파는 보일(무명, 양털, 명주 등으로 만든 반투명의 엷은 피륙)과 인조 견사에 대해 이야기할 때도 그녀는 아무런 관심을 보이지 않았다. '그런데 애가 혹시 파시스트는 아닐까? 그는

딸에 대해 생각했다. '애를 어떻게 하다 가지게 됐지? 통 기억이 나지 않는군!'

표도르에게서 편지나 전보가 오기를 마냥 기다리기만 할 수 없었던 프로샤는 우체국에 우편배달부로 취직했다. 편지가 도중에 사라질 수도 있다고 생각한 그녀는 자기 손으로 직접 사람들에게 편지를 전해주고 싶었다. 게다가 표도르의 편지를 되도록 빨리 다른 우편배달부의 손을 거치지 않고 받아보고 싶었다. 자기가 편지를 손에 넣는다면 결코 없어질 염려가 없었다. 아침에 그녀는 다른 배달부보다 일찍 우체국에 나갔다. 아직 이른 시간이어서 소년이 하모니카를 불기 전이었다. 그녀는 자진해서 우편물을 분류하는 일을 도우며 마을로 들어오는 편지의 주소를 일일이 확인했다. 하지만 표도르의 편지는 없었다. 모두 다른 사람들 앞으로 가는 것들이었다. 봉투 안에는 그녀에겐 아무런 흥미도 없는 편지들이 들어 있었다. 그렇지만 프로샤는 하루에 두 번씩 집집마다 정성껏 편지를 배달하며 그 편지가 고향 사람에게 위로가 되기를 바랐다. 새벽부터 그녀는 두툼한 가방을 임산부처럼 허리에 두르고, 마을길을 바삐 오가며 편지를 배달했다. 문을 두드리면 속바지 차림의 남자들이나 거의 알몸을 드러내다시피 한 아낙네들, 어른보다 일찍 잠에서 깬 아이들이 밖으로 나왔다. 저 멀리 아직 검푸른 하늘이 드리워져 있을 때였지만 프로샤는 괴로운 마음을 잊기 위해 다리를 혹사시키며 일을 했다. "매달 92루블씩 받는다면서요?" 편지를 받는 사람들은 그녀에게 관심을 나타내며 이런 일상적인 질문을 던지곤 했다. "네, 공제액을 포함하면 그렇죠." 프로가 대답했다. 한번은 《붉은 처녀지》를 정기적으로 구독하는 어떤 사람이 프로샤에게 청혼을 한 적도 있었다. 그는 만약 그녀가 청혼을 받아준다면 자기는 행복할 테고, 행복이란 누구에게나 필요한 것이니, 한번 해보는 게 어떻겠느냐고 말했다. "어떻게 하시겠어요?" 그 구독자가 물었다. "생각 좀 해보죠." 프로가 대답했다. 그러자 그가 충고했다. "생각할 필요 없어요! 일단 저의 집에 놀러와 저를 한번 느껴보세요. 전 자상하고, 책도 많이 읽는 교양 있는 사람이죠. 당신은 제가 어떤 잡지를 구독하는지 알잖아요! 이 잡지는 편집위원회에서 만든답니다. 이 편집위원회는 똑똑한 사람들로 이뤄져 있죠. 아시겠지만, 거긴 한 사람이 아닌 여러 사람이 일을 하죠. 그것처럼 우리도 하나가 아닌 둘이 될 겁니다! 그건 든든하고 좋은 거죠. 또 당신은 결혼한 여자로서 위신도 서게 되죠! 처녀란 뭡니까? 외톨이에다 결국 반사회적인 존재란 말이죠! 안 그래요?"

프로샤는 편지와 소포를 배달하면서 사람들을 많이 알게 되었다. 사람들은 포도주와 간식거리로 프로샤를 대접하면서 그녀에게 푸념을 늘어놓았다. 인생이란 결코 공허와 고요를 모르는 법이었다.

표도르는 떠나면서 도착하는 대로 직장 주소를 알려주겠다고 약속했다. 떠나기 전에 그는 자기가 어디서 일하게 될지 정확히 알 수 없었다. 그런데 그가 떠난 지 벌써 14일이 지났지만 그에게서 아무런 연락이 없었다. 편지를 쓰려고 해도 주소가 없었다. 그와 떨어져 있는 시간이 프로샤에겐 너무도 힘겨웠다. 그녀는 점점 더 빠른 속도로 우편물을 배달했고, 또 점점 더 빨리 숨을 내쉬었다. 그것은 심장을 다른 일로 바쁘게 만들어서 그 속에 쌓인 공허함을 덜어내기 위해서였다. 어느 날 그녀는 길을 지나다 자신도 모르게 비명을 질렀다. 그날 두 번째로 우편물을 배달할 때였다. 프로샤는 갑자기 호흡이 멎고 심장이 꺼질 듯한 느낌이 들어 노래를 부르듯이 목청껏 크게 비명을 질렀다. 지나는 사람들이 그녀를 쳐다보았다. 정신을 가다듬은 프로샤는 우편물 가방을 허리에 두른 채 들판으로 뛰어갔다. 숨이 멎을 것 같아 견딜 수 없었다. 그녀는 땅바닥에 쓰러져, 심장의 고통이 잦아들 때까지 소리를 질러댔다.

한참 뒤에 프로샤는 일어나 앉아 옷매무새를 고치고는 미소를 지었다. 이제 기분이 좋아져 더 이상 소리를 지를 필요가 없었다.

프로샤는 우편물을 모두 배달하고 전신과에 들렀다. 표도르한테서 키스가 담긴 전보가 와 있었다. 집에 돌아온 그녀는 밥도 먹지 않고 먼저 남편에게 편지부터 쓰기 시작했다. 그녀는 창문 너머로 하루 해가 지는 것도 보지 못했고, 소년이 잠자기 전에 부는 하모니카 소리도 듣지 못했다. 아버지는 딸의 방에 노크를 하고 들어와 차 한 잔과 버터 바른 빵을 건네주었고, 딸이 어둠 속에서 눈을 상할까 봐 전깃불을 켜주었다.

한밤중에 네페드 스체파노비치는 부엌에 있는 반닫이 위에 앉아 졸기 시작했다. 벌써 엿새째 기관고에서 아무런 연락이 없었다. 그는 오늘 밤에는 반드시 호출이 있을 거라 기대하며 계단에서 들려올 전령의 발소리에 귀기울이고 있었다.

밤 1시, 프로샤가 반으로 접은 종이 한 장을 들고 부엌으로 들어왔다.

"아빠!"

"왜 그러니, 애야?" 노인은 신경을 곤두세운 채 얕은 잠을 자고 있었다.

"이 전보를 우체국에 좀 가져다 주세요. 전 너무 피곤해서요."

"갑자기 왜? 전령이 오면 난 나가봐야 하는데." 아버지가 놀라며 말했다.

"기다려줄 거예요." 프로샤가 말했다. "금방 다녀오실 텐데요, 뭐. 전보 내용은 보지 마시고 곧바로 창구에 넣어주세요."

"그러마." 노인이 다짐했다. "편지도 쓰던데? 줘라, 같이 부쳐줄게."

"편지는 쓰든 말든 상관하지 마세요. 근데, 돈은 있으세요?"

아버지에겐 돈이 있었다. 그는 전보를 가지고 집을 나섰다. 우체국에서 노인은 전보를 읽어보았다. '애가 오해를 살 만한 말을 썼을지도 몰라. 좀 읽어봐야 하고 말고.'

전보는 표도르 앞으로 보내는 것이었다. '첫차를 타고 오게. 자네 아내이자 내 딸인 프로샤가 호흡기 질환의 합병증으로 죽어가고 있네. 아버지 네페드 예프스타피예프.'

'애 하고는 참!' 네페드 스체파노비치는 잠시 생각에 잠긴 후 전보를 창구에 밀어넣었다.

"어, 오늘 프로샤를 보았는데요!" 전신 업무를 담당하는 여직원이 말했다. "병이 났나요?"

"아마도 그런 것 같소." 노인이 말했다.

아침에 프로샤는 아버지에게 다시 우체국에 다녀와달라고 말했다. 병으로 건강이 악화돼 일을 그만둘 수밖에 없다는 말을 전해달라는 것이었다. 노인은 다시 집을 나섰다. 어차피 기관고에 들를 생각이었다.

프로샤는 시트를 손질하고 구멍난 양말을 깁고 바닥을 닦고 집을 청소했다. 아무 데도 나가고 싶지 않았다.

이틀 후 급행으로 답신이 왔다. '곧 출발합니다. 걱정스럽고 괴롭습니다. 제가 도착하기 전엔 장례를 치르지 마세요. 표도르.'

프로샤는 남편이 도착할 시간을 정확히 계산해보고 전보를 받은 지 꼭 7일째 되는 날 역으로 나갔다. 거짓말한 게 떨리기는 하지만 즐거웠다. 제 시간에 시베리아 횡단 열차가 동쪽으로부터 다가오고 있었다. 프로샤의 아버지도 플랫폼에 나와 있었다. 다만 딸의 기분을 방해하지 않기 위해 멀찌감치 떨어져 있었다. 급행 열차의 기관사가 천천히 브레이크를 밟아 열차를 역에 부드럽게 갖다 대었다. 네페드 스체파노비치는 자기가 왜 여기 나왔는지도 까맣게 잊고, 열차의 움직임을 넋놓고 바라보았다.

역에서 내리는 승객은 단 한 명뿐이었다. 모자를 쓰고 긴 푸른색 망토를 걸친 승객의 눈이 긴장감으로 반짝였다. 한 여인이 그를 향해 뛰어갔다.

"프로!" 그 승객은 이렇게 말하고 플랫폼에 가방을 떨어뜨렸다.

아버지는 가방을 주워들고 사위와 딸을 뒤따랐다.

딸은 길을 가다 돌아서서 아버지에게 말했다.

"아버지, 기관고에 가서 운행을 나가게 해달라고 부탁해보세요. 집에 계속 계시면 지루하잖아요."

"지루하지." 아버지가 딸의 말에 동의하며 말했다. "그럼 가볼게. 이 가방 받아라."

사위가 늙은 기관사를 바라보았다.

"안녕하세요, 아버님!"

"페자, 잘 있었는가? 돌아온 것을 축하하네."

"감사합니다, 아버님."

젊은이는 무슨 얘긴가를 더하고 싶었지만, 노인은 가방을 딸에게 넘겨주고 길을 벗어나 기관고로 가버렸다.

"여보, 집을 깨끗이 청소해놓았어요." 프로가 말했다. "난 아프지 않았어요."

"기차를 타고 오며 그러리라 생각했소." 남편이 대답했다. "당신이 보낸 전보를 계속 믿었던 건 아니오."

"그럼 왜 온 거예요?" 프로샤는 놀랐다.

"당신을 사랑하오. 당신이 너무도 그리웠소." 표도르가 슬프게 말했다.

프로샤도 슬픔에 잠겼다.

"나는 당신이 날 더 이상 사랑하지 않게 될까 두려워요. 그럼 난 정말로 죽을 거예요."

표도르가 그녀의 뺨에 키스했다.

"죽고 나면 당신은 모든 사람을 잊게 되겠지? 나까지도 말야." 그가 말했다.

프로샤는 슬픔을 가누며 말했다.

"아녜요. 죽는 것은 재미없어요. 죽음은 패배주의예요."

"물론 패배주의지." 표도르가 미소를 지었다. 그는 고상한 학문적인 개념을 써서 말하는 그녀가 사랑스러웠다. 예전에 프로는 남편에게 재치있는 말들을 가르쳐달라고 부탁한 적이 있다. 그래서 그는 아무런 뜻은 없어도 기지가 넘치는 표현들을 노트에 가득 적어주었다. 'a라고 말한 사람은 b라고 말해야 한다', '꼭지점 위에 놓인 돌', '이것이 그런 것이면 그것은 다름 아니라 이런 것이다' 와 같은 것들이었다. 그러나 프로는 그것들이 속임수에 지나지 않는다는 것을 알아차렸다. 그녀는 그에게 물었다. "어째서 a 다음에는 반드시 b라고 말해야 하나요? 그럴 필요도 없고 또 내가 원하지 않는다면 말이에요."

집에 도착하자마자 그들은 쉬기 위해 자리에 누웠다가 이내 잠이 들었다. 세 시간쯤 지나 아버지가 문을 두드렸다. 아버지는 철제 트렁크에 먹을 것을 챙겨 다시 집을 나갔다. 아마도 운행 명령이 떨어진 모양이었다. 프로샤는 문을 잠그고 다시 자리에 누웠다. 밤이 돼서야 그들은 잠에서 깼다. 그들은 잠시 이야기를 나누었다. 그리고 표도르가 프로를 껴안았다. 그들은 아침이 올 때까지 그렇게 말없이 잤다.

다음날 프로샤는 서둘러 음식을 준비해, 남편과 함께 식사를 했다. 그녀는 되는 대로 음식을 만들었기 때문에 깔끔하지도 않고 맛도 없었다. 그러나 그들은 먹는 것에 큰 관심이 없었다. 물질적인 것 때문에 사랑을 위한 시간을 허비하고 싶지 않았던 것이다.

프로샤는 표도르에게 이제 더 열심히 공부하고 지식도 많이 쌓아 모든 사람들이 행복한 삶을 누릴 수 있도록 하겠다고 다짐했다.

표도르는 프로의 말을 듣고 나서 자신의 생각과 계획에 대해 그녀에게 자세하게 설명해주었다. 에너지를 전선이 아닌 이온화된 공기를 이용해 전송한다든가, 초음파 처리로 금속의 내구성을 강화한다든가, 인간에게 영생을 가져다 줄 특수한 빛, 열, 전기적 조건을 지닌 백 킬로미터 상공의 성층권을 개발해서 천국에 관한 고대(古代)의 꿈을 실현한다든가 등이었다. 또 표도르는 프로샤를 위해, 또 이왕이면 모든 사람을 위해 다른 많은 것들을 발명해내겠다고 약속했다.

프로샤는 피곤한 입을 약간 벌린 채, 행복한 마음으로 남편의 이야기를 들었다. 한참 이야기를 하고 나서 그들은 포옹을 했다. 그들은 지금 이 시간 행복하기를 간절히 원했다. 앞으로 그들은 헌신적인 노동으로 개인과 인류의 행복에 기여할 것이다. 그러나 지금은 자신들의 행복을 뒤로 미루며 괴로워하고 싶지 않았다. 그들은 어제의 사색과 대화, 쾌락으로 인한 피로를 잠으로 씻어내고 다시 하루를 시작할 수 있을 상쾌한 기분으로 깨어났다. 프로샤는 아이를 많이 낳고 싶었다. 그녀가 아이들을 키우면 아이들은 자라나 아버지의 사업, 즉 공산주의와 과학의 사업을 완성시킬 것이다. 표도르는 상상의 나래를 펴며 인류에게 풍요를 가져다 줄 신비로운 자연의 힘과 고통받는 인간 영혼의 근원적인 변화에 관해 프로샤에게 이야기해주었다. 이어서 그들은 키스를 하고 서로를 애무했다. 그들의 고상한 꿈이, 마치 그 자리에서 실현되기라도 하듯 점점 기쁨이 넘쳐났다.

저녁이면 프로샤는 남편과 함께 먹을 음식을 사기 위해 집을 나섰다. 두 사람 모두 식욕이 늘고 있었다. 그들은 지금까지 나흘을 잠시도 떨어지지 않고 함께 지냈다. 운행 나간 아버지는 아직 돌아오지 않았다. 아마도 고장난 기관차를 몰고 어디론가 멀리 떠난 모양이었다.

그로부터 이틀 뒤 프로샤는 표도르에게 이대로 조금만 더 함께 지내다가 나흘 후에 사업과 생활로 돌아가자고 말했다.

"내일이나 모레부터는 현실적인 삶을 살아야 해!"라고 말하면서 표도르가 프로를 껴안았다.

"모레부터요!" 프로가 나지막이 말했다.

8일째 되던 날 표도르는 울적한 기분으로 잠자리에서 일어났다.

"여보, 일을 시작합시다. 당신은 통신 강좌에 다시 나가봐요."

"내일부터요!" 프로가 이렇게 속삭이고는 남편의 머리를 감싸안았다.

그러자 그도 미소를 지으며 마음을 누그러뜨렸다.

다음날 표도르가 물었다. "여보, 언제부터라고 했지?"

"조금만 더 있다가요. 조금만." 잠에서 덜 깬 프로가 대답했다. 그녀가 그의 손을 꼭 쥐자, 그는 그녀의 이마에 키스했다.

프로샤는 늦게 일어났다. 해가 이미 중천에 떠 있었다. 방에는 그녀 혼자뿐이었다. 표도르와 함께 지낸 날이 열흘 아니면 열이틀째 되던 날이었다. 프로샤는 얼른 침대에서 일어나 창문을 활짝 열었다. 한동안 잊고 있었던 하모니카 소리가 들려왔다. 그런데 하모니카 소리는 위층이 아닌 다른 곳에서 들려오고 있었다. 프로샤는 창문 밖을 내다보았다. 창고 옆에 통나무가 하나 놓여 있었고, 머리가 큰 맨발의 아이가 그 위에 앉아 하모니카를 불고 있었다.

집안 전체가 이상하리 만큼 조용했다. 표도르는 어딘가 나가고 없었다. 프로샤는 부엌으로 갔다. 부엌에서는 아버지가 등받이 없는 의자에 앉아 모자도 벗지 않고 식탁에 엎드려 자고 있었다. 프로샤는 아버지를 깨웠다.

"언제 돌아오셨어요?"

"뭐?" 아버지가 목소리를 높였다. "오늘 새벽에."

"표도르가 문을 열어드리던가요?"

"아니." 아버지가 말했다. "문이 열려 있더구나. 표도르는 역에서 봤다. 간이 의자에서 눈을 붙이고 있을 때였어."

"왜 역에서 주무세요? 잘 데가 없어서요?" 프로샤가 짜증을 냈다.

"무슨 말이야? 난 역에서 지내는 데 이력이 났지 않니?" 아버지가 말했다. "너희를 방해할까 봐."

"어휴, 정말 대단도 하시지! 그런데 표도르는 어디 갔어요? 언제 온대요?"

"오지 않을 거다. 떠났어." 아버지가 잠시 머뭇거리다 말했다.

프로는 말이 없었다. 노인은 행주를 뚫어지게 쳐다보면서 말했다. "아침에 급행 열차가 왔지. 표도르는 그걸 타고 극동으로 떠났다. 극동에서 다시 중국으로 갈지도 모른다고 하더라."

"또 뭐라고 하던가요?" 프로가 물었다.

"그 외엔 별 말이 없었다." 아버지가 대답했다. "너를 잘 보살펴 달라고 하더라. 또 그쪽 일이 끝나면 돌아오던가, 아니면 너를 그쪽으로 부르겠다고 하더라."

"무슨 일 말인가요?" 프로샤가 물었다.

"모르겠다." 아버지가 말했다. "네가 잘 알고 있다던데. 공산주의나 뭐 그런 거겠지."

프로샤는 자기 방으로 들어와 창틀에 배를 대고 하모니카를 부는 소년을 바라보았다.

"애야!" 그녀가 소년을 불렀다. "이리 들어와!"

"네, 곧 갈게요." 소년이 대답했다.

소년은 통나무에서 일어나 옷자락에 하모니카를 닦고는, 초대받은 집으로 향했다.

프로는 잠옷 차림으로 거실 한가운데 혼자 서 있었다. 그녀는 꼬마 손님을 기다리며 미소를 지었다.

"표도르, 잘 가요!"

그녀는 아마도 어리석은 여자여서 그녀의 인생을 돈으로 환산하면, 아마도 2카페이카밖에 안 되고, 그래서 그녀를 사랑하거나 보살펴줄 가치가 전혀 없을지도 모른다. 하지만 그 2카페이카를 2루블로 바꾸는 방법을 알고 있는 사람은 오로지 그녀뿐일 것이다.

"표도르, 잘가요! 돌아올 때까지 기다릴게요."

꼬마 손님이 현관문을 조심스럽게 두드렸다. 그녀는 소년을 방으로 들어오게 한 다음, 그의 손을 잡고 바닥에 앉아 그의 얼굴을 사랑스럽게 바라보았다. 이 소년이 표도르가 그녀에게 언젠가 정겹게 이야기한 적이 있는 바로 그 인류(人類)일 것이다.

(1936년)

포투단강

1

전쟁이 끝났다. 풀들은 내전 기간 동안 다져진 황톳길을 따라 다시 자라나기 시작했다. 마을들도 다시 조용하고 한적해졌다. 전투에서 살아남은 사람들은 긴 꿈속에서 힘들었던 전쟁의 시간들을 잊어가며, 상처를 치유하고 가족들의 품에서 쉬고 있었다. 그러나 제대 명령을 받았지만 아직도 집에 도착하지 못한 사람들은 낡은 군용 외투에 배낭을 메고 얇은 헬멧이나 양털 모자를 쓴 채 여전히 낯선 풀숲을 걷고 있었다. 지금은 무성히 자란 이 풀들은 전시에는 관심을 둘 수 없었거나 행군 대열에 짓밟혀 아예 자라지 않았을 것이다. 그들은 길 주변의 낯익은 들판과 마을을 확인하며 숨막힐 듯 설레는 가슴을 안고 걸어갔다. 전쟁과 병의 고통, 그리고 승리의 기쁨을 맛본 그들의 영혼은 이미 달라져 있었다. 3, 4년 전 자신의 모습이 어떠했는지 기억이 아련해진 그들은, 이제 다시금 인생을 시작하기 위해 걸어가고 있었다. 그들은 완전히 다른 사람으로 변했기 때문이다. 그들은 나이만큼 더 성장했고 더 현명해지고 참을성도 더 많아졌다. 그들은 마음속 깊이 '위대한 전세계적 희망'을 느끼고 있었다. 이 희망은 이제 뚜렷한 목적과 소명 의식을 가지지 못했던 전쟁 전과는 달리, 그들의 젊은 날의 이상(理想)이 되었다.

늦여름 마지막으로 동원 해제된 적군(赤軍) 병사들이 집으로 돌아가고 있었다. 늦어진 제대일까지 이들은 노동 부대에서 이런저런 잡일을 하며 집을 그리워했다. 이제서야 그들은 자신과 사회를 위해 살아갈 수 있도록 귀향을 명령받았다.

포투단강 위로 멀리 퍼져 있는 언덕을 따라, 적군 병사였던 니키타 피르소프가 걸어가고 있었다. 그는 이미 이틀째 조그만 시골 마을의 한 농가를 찾아 걸어가고 있었다. 그의 나이는 스물다섯 살이었고, 그의 얼굴에서는 유순함과 동시에 우울함이 항상 느껴졌다. 그런데 그의 이런 얼굴 표정은 슬픔 때문이 아니라 드러내지 않는 착한 성격이나, 혹은 젊은이들에게 흔히 있는 열정적인 성격 때문일지도 모른다. 그의 금빛 머리칼은 오랫동안 깎지 않아 털모자 밑으로 내려와 귀를 덮고 있었다. 회색 빛의 커다란 두 눈은 조용하고 적막한 주변의 풍경을 긴장 어린 눈초리로 바라보고 있었다. 이 행인은 분명 여기 사람은 아니었다.

정오가 다 된 시각, 니키타 피르소프는 포투단강으로 흘러 들어가는 작은 시냇가에 자리를 잡고 누웠다. 한낮의 햇살을 받으며, 이미 봄부터 자라기 시작해 이젠 다 자라버린 풀밭 위에 누워 있던 그는 졸기 시작했다. 체온이 조금 식었을 때, 한적한 이곳의 정적 속에

피르소프는 곯아떨어졌다. 그 위로 곤충이 날아다니고, 거미줄이 너풀거렸다. 웬 부랑자 하나가 피르소프를 건드리지 않고 그를 넘어 지나갔다. 누워 있는 사람에게 관심이 없었던 그는 자기 할 일을 찾아 계속 걸어갔다. 여름을 지나 오랜 건기(乾期) 동안 만들어진 먼지가 하늘 높이 솟아올라 대기를 뿌옇게 만들고 있었다. 그래도 세상의 시간은 평상시처럼 태양을 따라 저 멀리 지나가고 있었다. 피르소프는 자리에서 일어나 앉더니, 누군가에게 쫓기거나 싸움을 한 사람처럼 가쁘게 숨을 몰아쉬었다. 악몽을 꾼 것이다. 들판에 사는 듯한, 깨끗한 밀을 배불리 먹어 통통하게 살이 찐 작은 짐승 한 마리가 그의 숨통을 짓눌렀다. 탐욕스레 용을 쓰느라 땀에 흠뻑 젖은 이 짐승은 그의 숨을 끊어버리기 위해, 잠자는 사람의 입과 목을 헤집고 들어갔다. 거의 숨이 넘어갈 찰나 피르소프가 소리를 지르고 도망치려 하자, 조그만 짐승은 그의 품에서 펄쩍 뛰쳐나왔다. 앞을 못 보는 불쌍한, 그리고 스스로도 놀라 벌벌 떨던 이 짐승은 쏜살같이 밤의 어둠 속으로 자취를 감췄다.

피르소프는 시냇물에 얼굴을 씻고 입 안을 헹궜다. 그리고 서둘러 걷기 시작했다. 이제 아버지의 집이 그리 멀지 않았고, 저녁 무렵이면 그곳에 도착할 것이다.

땅거미가 질 무렵, 어둠에 싸인 고향의 모습이 어슴푸레 피르소프의 눈에 들어왔다. 포투단 강변에서 시작해 호밀밭으로 이어져 올라가는 경사가 완만한 구릉지대가 보였다. 이 언덕 위에 지금은 어두워 거의 보이지 않지만 조그만 도시 하나가 자리잡고 있었다. 지금 그곳에는 불빛이 하나도 밝혀져 있지 않았다.

그 시간, 니키타 피르소프의 아버지는 잠을 자고 있었다. 그는 직장에서 돌아오자마자, 아직 해가 지지 않았는데도 잠자리에 들었다. 그는 혼자 살고 있었다. 아내는 이미 오래 전에 죽었고, 두 아들은 제1차 세계대전 당시 행방불명되었고, 막내인 니키타는 내전에 참전하고 있었다. "막내는 돌아오겠지! 내전이야, 집을 사이에 두고 퉁탕거리는 거니까. 총도 제1차 세계대전 때보다야 덜 쏘고……." 아버지는 그렇게 생각했다. 아버지는 해질 무렵부터 해뜰 무렵까지 꽤 오랜 시간 잠을 잤다. 잠을 안 자고 있으면 이런저런 생각이 나거나 잊혀진 일들이 떠올랐다. 그러면 잃어버린 자식들에 대한 그리움과 덧없이 지나가버린 자신의 인생에 대한 후회로 마음이 괴로웠다. 그래서 그는 아침이 되면 곧장 일터로 갔다. 그는 목공소에서 몇 년째 목수로 일하고 있었다. 일을 하는 동안에는 모든 걸 잊고 아픔을 견뎌낼 수 있었다. 그러나 저녁이 되면 마음이 다시 괴로워져, 방이 하나뿐인 집으로 돌아오자마자 거의 겁에 질린 듯 다음날 아침까지 잠에 빠져들었다. 그래서 그에겐 등유가 필요 없었다. 새벽에 파리들이 대머리가 된 그의 머리를 물어뜯기 시작하면 노인은 잠에서 깼다. 그는 천천히, 그리고 조심스레 옷을 챙겨 입고, 신발을 신고 세수를 했다. 그러고는 한숨을 내쉬며 종종걸음으로 이리저리 걸어다니다 방을 청소했다. 그리고 혼잣말을 중얼거리며 문밖으로 나가 그날 날씨가 어떤지 살펴본 다음, 다시 집안으로 들어왔다. 그는 목공소에서 일을 시작할 때까지 아침마다 남는 시간을 이런 식으로 때우고 있었다.

그날 밤 니키타 피르소프의 아버지는 평상시처럼 외로움과 피곤에 지쳐 잠을 자고 있었다. 담벼락을 둘러싼 나지막한 흙더미 위에서 귀뚜라미 한 마리가 울어대고 있었다. 올 여름을 그곳에서 났을,

재작년 가을에 울어대던 놈이나 그 손자뻘 되는 놈일 것이다. 니키타는 아버지 방의 창문을 두드렸다. 귀뚜라미는 이 늦은 시간에 찾아온 낯선 사람의 방문에 귀기울이고 있었다는 듯 잠시 울음을 멈췄다. 아버지는 오래된 나무침대에서 기어 내려왔다. 그는 이 침대 위에서 이제는 고인이 된 자신의 모든 아들의 어머니였던 아내들과 함께 잠을 잤었고, 니키타 역시 이 침대에서 태어났다. 비쩍 마른 노인은 속바지 차림이었다. 오래 입은데다 자주 세탁을 해서 길이가 줄고 통도 오그라든 바지는 무릎까지밖에 내려오지 않았다. 아버지는 창문에 바짝 얼굴을 대고 아들을 바라보았다. 그는 자기 아들이 돌아왔다는 것을 확인하고도 아들의 모습을 훑어보며 한참을 그대로 바라보고 있었다. 그리고 나서야 아이처럼 키가 작고 깡마른 아버지는 현관을 지나 마당으로 달려가 밤 사이 걸어둔 울타리 문을 열어주었다.

니키타는 천장이 낮은 허름한 방안으로 들어갔다. 이 방에는 거리 쪽으로 작은 창문이 하나 나 있었고, 페치카 옆에는 잠잘 때 이용할 수 있는 간이 벤치가 하나 놓여 있었다. 방에서는 어린 시절부터 3년 전 전쟁터로 떠날 때까지 나던 그 냄새가 여전히 났다. 이 세상에 하나밖에 없는 이곳에서는 어머니의 옷자락 냄새까지도 느낄 수 있었다. 니키타는 모자를 벗고 배낭을 내려놓았다. 그리고 천천히 옷을 벗고 침대 위에 앉았다. 그 사이 아버지는 당연히 해야 할 인사말을 건네지도, 말을 걸 용기를 내지도 못한 채, 맨발에 속바지 차림으로 아들을 바라보며 그대로 서 있었다.

"그래, 거기 가보니 부르주아지들과 카데트(입헌민주당원) 놈들이 있든?" 이윽고 그는 아들에게 물어보았다. "다 쳐부순 거냐, 아니면 잔당들이 남은 거냐?"

"아뇨, 다는 아니고, 거의 대부분⋯⋯." 아들이 말했다. 아버지는 잠시, 그러나 진지하게 생각에 잠겼다. 계급 전체를 말살시킨다는 것은 쉬운 일은 아니었다.

"그래, 그들은 나약한 사람들이지." 노인은 부르주아지들에 대해 말했다.

"부르주아지들이 뭘 할 줄 알겠어. 그저 남한테 의지해 살아온 사람들이⋯⋯."

니키타는 자리에서 일어났다. 그는 이제 아버지보다 머리 하나 반 정도는 더 컸다. 노인은 아들에 대한 사랑을 어떻게 표현해야 할지 몰라 그냥 말없이 서 있었다. 니키타는 아버지의 머리를 끌어당겨 가슴에 안았다. 노인은 아들의 몸에 기대어 이제 자신에게 휴식의 시간이 찾아왔다는 듯 깊은 안도의 숨을 몰아쉬었다.

2

바로 이 도시, 들판으로 곧장 이어지는 어느 거리에 초록색 덧창이 있는 목조 가옥이 한 채 서 있었다. 이 집에는 시립학교의 교사였던, 초로의 여인이 살고 있었다. 과부가 된 그녀에겐 열 살가량의 남자아이와 열다섯 살의 밝은 금발의 소녀 류바가 있었다.

니키타 피르소프의 아버지는 몇 년 전 이 과부 여교사와 재혼할 생각이 있었는데, 이내 포기하고 말았다. 아버지는 니키타가 아직 소년이었을 때, 그를 데리고 여교사의 집을 두 번 방문했었다. 니키타는 류바를 그때 처음 보았다. 생각에 잠긴 그녀는 손님들에게 관심을 보이지 않은 채 책을 읽고 있었다.

늙은 여교사는 목수에게 차와 건빵을 대접했고, 민중에 대한 교육과 학교 난로 수리에 관해 뭔가를 이야기했다. 니키타의 아버지는 줄곧 말없이 앉아만 있었다. 그는 부끄러워하며 헛기침을 하거나 담배를 피워 물었다. 그리고 조심스레 차를 따라 마시며 배가 부르다며 건빵에는 손을 대지 않았다.

여교사의 집에는 방 두 개와 부엌이 있었는데, 창문엔 모두 커튼이 쳐져 있었고 의자도 여러 개 놓여 있었다. 방 하나에는 피아노와 옷장이 있었고, 좀 떨어져 있는 다른 방에는 침대와 붉은 벨벳 소파두 개가 놓여 있었다. 그 방 벽걸이 선반에는 어떤 작가의 전집이 가득 꽂혀 있었다. 이런 집안의 모습이 아버지와 아들에겐 너무도 풍요롭게 느껴졌다. 아버지는 과부의 집을 두 차례 방문한 후, 더 이상은 그 집에 가지 않았다. 그는 그녀에게 결혼하고 싶다는 말을 꺼내지 않았다. 그러나 니키타는 책을 읽고 있던 신중한 표정의 소녀와 피아노를 다시 보고 싶었다. 그는 그 집에 놀러가고 싶은 마음에 아버지에게 여교사와 결혼하라고 했다.

"니키타, 그건 안 돼!" 그때 아버지는 그렇게 말했다. "내가 배운게 뭐 있니. 내가 그 사람과 무슨 얘기를 하겠어! 그리고 그 사람들을 우리 집에 초청하는 것도 창피스러운 일이지. 그릇이며, 음식이며, 뭐 변변한 게 있어야지. 네 눈으로 봤잖니, 그 소파 말이다. 고풍스러운 모스크바제였어! 옷장은 어떻고! 전면의 그 장식하며! 내가알지! 게다가 그 집 딸은 어떻고! 아마 대학까지 가겠지."

아버지는 그 후로 몇 년째 자신의 늙은 신부감을 보지 못했다. 그러나 가끔 그녀가 보고 싶거나, 아니면 그저 생각은 했을 것이다.

다음날, 내전에서 돌아온 니키타는 병무위원회에 들러 예비군으로 등록했다. 그러고 나서 그는 친숙한 고향 도시를 둘러보았다. 작은 집들, 다 썩어버린 담과 울타리, 마당에 드문드문 서 있는 사과나무들이——이들 중 대부분은 말라죽어 고목이 되어 있었다——마음을 아프게 했다. 어릴 때만 해도 이 사과나무들은 푸르고 무성했고, 누구인지는 모르지만 똑똑한 사람들이 살고 있던 단층집들도 높고 우람해 보였다. 거리는 길게 느껴졌고, 길가에 자라던 우엉의 키도 높아 보였다. 예전에는 공터나 버려진 밭에서 자라던 잡초들이 우거진 숲처럼 보였다. 그러나 이제 사람들이 사는 집은 낮고 초라해 칠을 하거나 보수를 해야 했다. 이제는 늙고 참을성 많은 개미들만 살고 있는 공터에는 잡초들이 무성했고, 그 잡초들을 보고 있으면, 무섭다기보다는 오히려 서글퍼졌다. 거리도 넓은 들판과 밝은 하늘에 이내 맞닿아 있었다. 도시가 작아진 것이다. 이렇게 크고 비밀스러운 것들이 작고 따분한 것들로 바뀌었다면, 이는 그가 꽤 많은 시간을 살았다는 것을 의미한다고 니키타는 생각했다.

그는 언젠가 손님으로 방문했던, 초록색 덧창이 달린 집을 천천히 지나쳐 갔다. 덧창의 초록색은 이제는 희미해졌지만 기억에는 선명하게 남아 있었다. 초록빛은 햇빛에 바래고, 폭우와 빗물에 씻겨 나무가 보일 정도로 퇴색해 있었다. 철제 지붕도 심하게 녹슬어 있었다. 지금은 피아노가 있는 방 천장으로 빗물이 스며들 것이다. 니키타는 이 집의 창문을 유심히 바라보았다. 창문에 걸려 있던 커튼은 보이지 않고, 창문 너머로 낯선 어둠만이 눈에 들어왔다. 니키타는 낡은, 그러나 그에게는 친숙한 이 집 문 옆에 놓여 있는 벤치에 자리를 잡고 앉았다. 집안에서 누군가가 피아노를 연주하면, 그 소리를 들을 수 있을 거라고 그는 생각했다. 그러나 집안에선 아무런 소리도, 아무런 기척도 들리지 않았다. 잠깐 기다리던 니키타는 나무로 만든 담 사이에 난 빈틈으로 마당을 들여다보았다. 무성하게 자란 쐐기풀 사이로 하얗게 드러난 길이 헛간으로 이어져 있었고, 현관 앞에는 나무 계단이 세 단 놓여 있었다. 노파 여교사와 그녀의 딸 류바는 이미 오래 전에 죽었을 테고, 아들은 의용군이 되어 전쟁터로 떠났을 것이다.

니키타는 집으로 향했다. 날이 저물기 시작했다. 아버지가 곧 집으로 돌아올 테고, 이제 앞으로 어떻게 살아갈지, 어느 곳에 가서 일을 해야 할지 아버지와 함께 생각해봐야 한다.

큰길에는 사람들의 행렬이 이어졌다. 전쟁이 끝난 후 민중들이 생기를 되찾았기 때문이다. 회사원들, 대학생들, 부상에서 회복되고 있는 제대한 군인들, 소년소녀들, 가내수공업자들이 거리를 활보했다. 그러나 노동자들은 좀 늦게, 거의 황혼이 질 무렵에야 이 행렬에 합류할 것이다. 사람들은 오래돼서 낡아빠진 옷이나 제정 러시아 시절에 입던 다 해진 군복을 입고 있었다.

거의 모든 행인은, 심지어 손을 잡고 가는 신랑신부들도 생활에 필요한 물건들을 들고 가고 있었다. 여자들은 감자나, 이따금 생선을 담은 시장 바구니를 들거나, 남자들은 배급받은 빵이나 소머리 반쪽을 옆구리에 끼거나, 아니면 국을 끓일 소의 내장을 조심스레 들고 갔다. 피곤에 지친 중년들은 어두운 표정으로 걸어가기도 했다. 그러나 젊은 사람들은 서로의 얼굴을 쳐다보며 즐겁게 웃고 있었다. 이들은 영원히 행복한 시간을 눈앞에 두고 있는 듯 고무되어 있었고 낙관적이었다.

"안녕하세요!" 한 여자가 애써 용기를 내어 니키타 피르소프에게 말했다.

이 목소리에 니키타의 가슴은 뜨겁게 달아올랐다. 마치 잃어버렸던 소중한 사람이 도움을 요청하는 소리 같았다. 하지만 니키타는 자기에게 하는 인사가 아니라는 생각이 들었다. 그는 옆을 지나가는 사람들을 조심스럽게 쳐다보았다. 행인은 둘밖에 없었는데, 그나마 그들은 이미 그를 지나쳐 걸어가고 있었다. 니키타는 뒤를 돌아보았다. 거기에는 이젠 키가 다 자란 류바가 그를 바라보고 있었다. 그녀는 슬픈 표정으로 어색하게 웃고 있었다.

니키타는 그녀에게 다가가, 그녀의 온몸이 온전한지 조심스럽게 살펴보았다. 그녀는 그의 기억 속에서 보석과도 같은 존재였기 때문이다. 그녀의 오스트리아제 구두는 이미 다 해졌고, 하얀 모슬린 원피스는 무릎까지밖에 내려오지 않았다. 아마도 그 이상 길게 만들 옷감이 없었나보다. 니키타는 류바의 원피스를 보고 그녀가 가엾어졌다. 그는 언젠가 관 속에 누워 있는 여자가 그런 원피스를 입고 있는 것을 본 적은 있었다. 하지만 이 모슬린 원피스는 살아 있는 성숙한, 그러나 불쌍한 여자의 몸을 가리고 있다. 류바는 원피스 위에 낡은 부인용 재킷을 걸치고 있었다. 아마도 그녀의 어머니가 처녀 시절에 입었던 재킷일 것이다. 머리에는 아무것도 쓰지 않았고, 외갈래로 땋은 금발은 목 아래까지 내려왔다.

"절 기억하시겠어요?" 류바가 물었다.

"그럼요, 잊지 않았죠." 니키타가 대답했다.

"그래요, 잊어서는 안 되죠." 류바가 웃음을 지었다.

그녀는 신비로운 영혼이 깃든 깨끗한 두 눈으로, 니키타를 사랑한다는 듯 다정하게 바라보았다. 니키타도 그녀의 얼굴을 바라보았다. 그녀를 만나게 된 것이 기뻤다. 하지만 생활고 때문에 움푹 꺼진 두 눈과 남에게서 희망을 구하려는 듯한 눈빛이 그의 가슴을 아프게 했다.

니키타는 류바와 함께 그녀의 집으로 갔다. 그녀는 여전히 그 집에 살고 있었다. 그녀의 어머니는 얼마 전에 죽었고, 남동생은 전시에 적군(赤軍)의 야전 식당에서 밥을 얻어먹다 그만 그 생활에 익숙해져 군인들과 함께 남쪽 지방으로 떠났다.

"야전 식당에선 죽을 계속 줬는데, 집에는 죽이 없어서⋯⋯." 류바가 동생에 대해 말했다.

류바는 방을 하나만 쓰고 있었다. 니키타는 심장이 멎는 듯 긴장하며 방안을 둘러봤다. 예전에 이 방에서 그는 류바와 피아노, 화려한 가구들을 보았다. 그러나 이제는 피아노도 화려한 장식의 가구도 없었다. 대신 소파 두 개와 책상, 침대 하나만 남아 있었다. 어린 시절처럼 신기하지도 흥미를 끌지도 않았다. 색 바랜 벽지는 군데군데 떨어져나갔고 마루도 다 닳아버렸다. 타일로 장식을 한 커다란 페치카 옆에는 나뭇조각 한 줌으로 주변이나 겨우 따뜻하게 할수 있는 작은 철제 난로가 놓여 있었다.

류바는 품에 안고 있던 두툼한 공책을 내려놓고, 구두를 벗었다. 그러고는 맨발로 있었다. 그녀는 군립(郡立) 의료과학원에 다니고 있었다. 당시 모든 지방에는 종합대학교와 과학원이 있었는데, 사람들이 가능한 한 빨리 고등교육을 받고 싶어했기 때문이었다. 삶에 대한 무지(無知)도 가난과 배고픔만큼이나 사람들의 마음을 괴롭혔다. 인간으로 존재한다는 것이 심각한 일인지 아니면 무의미한 일인지 알아야 했다.

"작아서 발이 조여요." 류바는 자기 구두에 대해 말했다. "조금만 앉아서 기다려주시겠어요? 난 잠을 좀 자야겠어요. 배가 너무 고픈데 배고픈 걸 생각하고 싶지 않아서요."

류바는 옷을 벗지 않고 침대 위 이불 속으로 들어가 길게 땋은 머리로 눈을 가리고 누웠다.

니키타는 말없이 류바가 깨어날 때까지 두세 시간 정도 앉아 있었다. 밤이 다 되어서야 류바는 잠에서 깨어났다.

"친구가 오늘은 안 올 모양이네." 류바는 슬픈 목소리로 말했다.

"왜, 친구 도움이 필요한가요?" 니키타가 물었다.

"많이 필요해요." 그녀가 말했다. "친구네는 대가족인데, 아버지는 군인이에요. 먹다 남은 게 있으면 갖다 주죠. 그럼 난 그걸로 요기를 하고 그 친구와 공부도 해요."

"등유는 있나요?" 니키타가 물었다.

"아뇨, 장작을 받았어요. 난로를 피우고 마루에 앉아 그 빛으로 책을 봐요."

류바는 괴롭고 슬픈 생각이 떠올랐다는 듯 힘없이 수줍게 웃었다.

"아마도 친구네 오빠가 아직 안 자나봐요. 자기 동생이 날 먹여 살리는 걸 싫어하거든요, 아까워서……. 하지만 난 잘못이 없어요! 난 먹는 걸 별로 좋아하지 않는데 이 머리가 자꾸 먹는 것만 생각하고, 그래서 다른 생각을 못 하게 해요."

"류바!" 창가에서 젊은 목소리가 들렸다.

"제냐!" 류바가 창에 대고 대답했다.

류바의 친구가 들어왔다. 그녀는 재킷 주머니에서 큼직한 구운 감자 네 개를 꺼내 철제 난로 위에 올려놓았다.

"조직학 책은 구했니?" 류바가 물었다.

"누구한테 구해?" 제냐가 대답했다. "도서관에 신청했어. 기다려야 해."

"괜찮아, 방법이 있겠지." 류바가 말했다. "내가 첫번째 두 장을 외워뒀거든. 내가 불러줄 테니, 넌 받아써. 그럼 되겠지?"

"미리 말이야!" 제냐가 큰 소리로 웃었다.

니키타는 난로를 피워 공책을 비출 수 있도록 해준 뒤 갈 준비를 했다.

"이제 저를 잊지 않겠죠?" 류바가 그에게 인사를 했다.

"난 더 이상 기억할 사람이 없어요." 니키타가 말했다.

3

피르소프는 제대 후 이틀 동안 집에서 쉬었다. 그 후에는 아버지가 일하고 있는 목공소에 나갔다. 거기서 그는 목재를 가공하는 목수로 일하게 됐는데, 월급은 아버지의 반도 되지 않았다. 그러나 정식 목수가 되면 월급도 올라간다는 것을 니키타는 알고 있었다.

니키타는 일을 손에서 놓지 않았다. 전시에도 군인들은 전투만 하는 것은 아니었다. 장기 주둔지나 후방에 있을 때 군인들은 우물을 파거나 가난한 농민들의 집을 수리해주거나, 더 이상 산사태가 나지 않도록 산비탈에 나무를 심기도 했다. 전쟁이야 언젠가 끝나지만, 삶은 영원히 끝나지 않는 것이기 때문에 이에 대해서는 미리 관심을 기울여야 하는 법이다.

일주일 뒤 니키타는 류바의 집을 다시 찾았다. 선물로 점심 식사 때 노동자 식당에서 두 번째 요리로 나온 삶은 생선과 빵을 가져갔다.

류바는 창가에서 해가 지기 전에 서둘러 책을 읽고 있었다. 그 사이 니키타는 어두워질 때를 기다리며, 류바 곁에서 말없이 앉아 있었다. 곧 땅거미가 지고 거리도 조용해지자, 류바는 눈을 비비며 교과서를 덮었다.

"어떻게 지냈어요?" 류바가 작은 소리로 물었다.

"아버지와 함께 지냈죠. 우린 별일 없어요." 니키타가 말했다. "먹을 걸 좀 가져왔어요. 어서 먹어요."

"잘 먹을게요. 고마워요." 류바가 말했다.

"잠은 안 잘 거예요?" 니키타가 물어보았다.

"네, 안 잘 거예요." 류바가 대답했다. "지금 저녁을 먹을 거예요. 그럼, 배가 든든해지겠죠!"

니키타는 현관에서 장작 부스러기를 가져와, 공부하는 데 필요한 빛을 내기 위해 난로에 불을 지폈다. 그는 마룻바닥에 앉아 난로 구멍을 열고 나무쪽과 가늘게 토막난 장작개비를 불 속으로 집어넣었다. 그는 열은 적게 나더라도 빛은 많이 나도록 애썼다. 식사를 다 한 류바도 니키타의 맞은편, 난로 빛이 비추는 바닥에 앉아 의학 책을 읽기 시작했다.

그녀는 조용히 책을 읽다가 가끔씩 중얼거리거나 웃거나, 빠른 필체로 단어들을 노트에 적었다. 아마도 중요한 부분일 때 그렇게 했을 것이다. 니키타는 나무가 제대로 타고 있는지 지켜보다 가끔 류바의 얼굴을 쳐다보았다. 하지만 아주 어쩌다 한 번씩 류바를 쳐다본 다음 다시 불길을 오랫동안 바라보았다. 니키타는 류바가 자신의 시선을 싫증낼까 두려웠다. 그렇게 시간이 흘러갔다. 니키타는 집으로 돌아갈 시간이 된다는 것이 아쉬웠다.

시계탑에서 자정을 알리는 종소리가 들렸다. 니키타는 제냐가 왜 오지 않았는지 류바에게 물어보았다.

"티푸스가 재발했어요. 아마도 죽을 것 같아요." 류바는 다시 책을 읽기 시작했다.

"저런, 안됐군요!" 니키타가 말했다. 그러나 류바는 아무런 대답도 하지 않았다.

니키타는 온몸이 뜨겁게 달아올라 누워 있는 제냐의 모습을 머릿속에 떠올렸다. 사실, 그가 그녀를 좀더 일찍 알았고, 그녀가 그에게 조금이라도 호의를 보였다면, 아마도 그녀를 진정으로 사랑할 수도 있었을 거라고 니키타는 생각했다. 그녀와 처음 만났을 때 어두워서 자세히 보지 못했고 기억도 가물가물하지만, 그녀는 아름다웠던 것 같다.

"벌써 졸리네!" 한숨을 내쉬며 류바가 중얼거렸다.

"읽은 건 다 이해했어요?" 니키타가 물었다.

"그럼요, 완벽하게요! 얘기해줄까요?" 류바가 제안했다.

"그럴 필요 없어요." 니키타가 거절했다. "잘 기억해두세요. 나야 들어도 곧 잊어버릴 테니까."

그는 난로 주변의 쓰레기를 빗자루로 쓸어낸 후 집을 나왔다.

그때부터 니키타는, 그녀가 자기를 그리워하도록 만들기 위해 일부러 하루나 이틀을 거르기는 했지만, 거의 매일 류바의 집을 찾아갔다. 그녀가 그를 기다렸는지는 알 수 없었다. 그러나 일부러 그녀를 찾아가지 않는 날이면 니키타는 류바에 대한 그리움을 억지로 참아가며 도시를 몇 바퀴씩, 그러니까 10베르스타('베르스타'는 미터법 시행 이전 러시아의 거리 단위로 1,067킬로미터에 해당한다)나 15베르스타씩 걸어다녔다.

류바의 집에서 니키타가 보통 하는 일은 난로에 불을 때고 그녀가 공부를 하다 잠시 주의를 돌려 그에게 말을 걸 때를 기다리는 것이었다. 니키타는 매번 목공소 식당에서 류바가 먹을 저녁을 가져왔다. 그녀는 과학원에서 점심 식사를 했지만, 거기서 주는 음식은 양이 너무 적었다. 류바는 많은 생각을 하며 공부를 하고 있고, 게다가 아직도 성장중이라 과학원에서 주는 걸로는 영양이 부족했다. 첫 월급을 받았을 때, 니키타는 가까운 시골에 가 암소 다리를 샀다. 그리고 족편을 만들기 위해 밤새 난로에서 그것을 고았다. 류바는 밤늦게까지 책과 씨름하다 잠자리에 들었다. 새벽에는 옷을 수선하고 양말을 꿰맸다. 그리고 마룻바닥을 닦아내고, 물통에 받아놓은 빗물로 사람들이 일어나기 전에 목욕을 했다.

니키타의 아버지는 저녁 내내 혼자 지내는 것이 심심했다. 그러나 니키타는 어디에 가는지 말해주지 않았다. '걔도 이젠 어엿한 성인이야. 전쟁터에서 죽거나 다칠 수도 있었는데 이렇게 살아 돌아왔으니 돌아다니게 둬야지!' 아버지는 그렇게 생각했다.

어느 날 노인은 아들이 어디선가 흰빵 두 개를 가지고 들어오는 걸 보았다. 그런데 아들은 노인에게 주지 않고 빵을 하나씩 종이에

쌌다. 그리고는 평소처럼 챙 달린 모자를 눌러쓰고 밤늦게나 돌아올 요량으로 나갈 채비를 했다. 빵 두 개도 손에 들고 있었다.

"니키타, 어디 가는지 나도 좀 데려가렴!" 아버지가 부탁했다. "내 아무 말 안 하고 그냥 보고만 있을게. 거긴 뭔가 특별하고 재미있는 곳이겠지!"

"다음에요, 아버지." 니키타는 수줍어하며 말했다. "이제 주무실 시간이잖아요. 내일 일도 하러 가서야 하고."

그날 저녁 니키타는 류바를 만날 수 없었다. 그녀는 집에 없었다. 그는 문 옆 벤치에 앉아 집주인을 기다렸다. 흰빵은 류바가 올 때까지 식지 않게 하기 위해 가슴에 품고 있었다. 그는 늦은 밤까지 진득하게 자리에 앉아 하늘에 떠 있는 별과 아이들이 있는 집으로 서둘러 돌아가는 행인들을 바라보았다. 시계탑의 종소리, 마당에서 개 짖는 소리, 그리고 낮에는 존재하지 않는 이런저런 작고 알 수 없는 소리들을 듣고 있었다. 그는 여기서 이렇게 누군가를 기다리며 죽을 때까지 앉아 있을 수 있을 것 같았다.

류바는 어둠 속에서 소리도 없이 나타났다. 그가 벤치에서 일어서자 그녀는 "오늘은 그냥 돌아가시는 게 좋겠어요"라고 말하고 울음을 터뜨렸다. 그러곤 집안으로 들어가버렸다. 니키타는 어찌할지 몰라 그 자리에 잠시 서 있다가 그녀를 따라 들어갔다.

"제냐가 죽었어요." 류바가 그에게 말했다. "이제 난 어떻게 하죠?"

니키타는 말이 없었다. 그는 아직도 따끈한 빵을 품에 안고 있었지만 꺼낼 수가 없었다. 그렇다고 빵이 필요 없어진 것도 아니었다. 류바는 옷을 입은 채 침대 위에 누워 벽쪽으로 몸을 돌리고 소리 없이 울었다.

니키타는 타인의 슬픔을 방해하지는 않을까 걱정스러워하며 어두운 방안에 오랫동안 서 있었다. 류바는 그가 있든 말든 상관하지 않았다. 원래 슬픔은 타인의 고통에 무관심하게 만드는 법이다. 니키타는 류바의 발 언저리에 걸터앉아 어디든 놓아둘 작정으로 품에서 빵을 꺼냈지만 마땅한 데를 찾을 수 없었다.

"이제는 내가 당신과 함께 있을게요." 니키타가 말했다.

"그럼, 당신은 뭘 할 거죠?" 류바는 여전히 울면서 말했다.

니키타는 실수를 하는 건 아닌지, 아니면 본의 아니게 류바에게 상처를 주는 건 아닌지 걱정스러워하며 잠시 생각에 잠겼다.

"뭘 하긴요." 니키타가 대답했다. "그냥 당신이 고통받지 않도록 하기 위해 사는 거죠."

"그건 나중에 생각해요. 서두를 필요 없잖아요." 신중하고 정확한 말투로 류바가 말했다. "지금은 제냐의 장례를 어떻게 치러야 할지 생각해봐야 해요. 그 집에선 아직 관도 구하지 못했어요."

"관은 내일 내가 가져올게요." 니키타는 이렇게 약속하고 빵을 침대 위에 내려놓았다.

다음날 니키타는 작업반장의 허락을 얻어 관을 만들기 시작했다. 목공소에서는 관을 만드는 일을 특별히 규제하지 않았고, 거기에 들어가는 재료비도 공제하지 않았다. 니키타는 경험이 없어 관을 짜는 데 많은 시간이 걸렸다. 하지만 죽은 처녀가 눕게 될 바닥을 공들여 말끔히 다듬었다. 죽은 제냐 생각에 니키타는 마음이 심란해져 눈물 몇 방울을 대팻밥 위에 떨구었다. 마당을 지나던 아버지가 다가와 그의 상심한 표정을 보았다.

"왜 울고 있니? 여자 친구가 죽기라도 한 거니?" 아버지가 물었다.

"아니에요. 그녀의 여자 친구가……." 니키타가 대답했다.

"여자 친구가?" 아버지가 말했다. "이런, 전염병에 걸린 게로구나! 비켜봐라, 좀 다듬어주마. 옆이 제대로 안 됐잖니. 고르지가 못해!"

일이 끝나자 니키타는 관을 가지고 류바에게 갔다. 그녀의 죽은 친구가 어디에 사는지 몰랐기 때문이다.

그해 가을은 따뜻한 날씨가 지속돼 모두들 흡족해했다. "흉작은 면했고, 장작도 아낄 수 있겠어!" 실리적인 사람들은 이렇게 말했다. 니키타는 추워지기 전에 류바에게 주려고 자신의 군용 외투를 여성 외투로 수선해놓았는데 따뜻한 날씨 탓에 아직은 필요가 없었다. 니키타는 예전처럼 류바를 도와주기 위해 그녀의 집을 찾았고, 그 보답으로 마음의 행복을 얻고 돌아왔다.

한번은 니키타가 그들이 앞으로 어떻게 살지, 함께 살지 아니면 따로 살지 그녀에게 물어보았다. 그녀는 봄까지는 행복을 느낄 여력이 없다고 말했다. 지금으로선 가능한 한 빨리 과학원의 의학 공부를 마쳐야 하고 그 다음은 그때 가봐야 알게 될 거라고 했다. 니키타는 이 말을 묵묵히 듣고 있었고 류바 때문에 지금 그가 느끼는 행복 이상을 바라지 않았다. 사실 이보다 더 큰 행복이 존재하는지에 대해서도 그는 확신이 없었다. 그러나 오랜 기다림과 가난하고 배운 것도 없고 제대한 군인이 류바에게 정작 필요한 존재인가에 대한 불확실함 때문에 그의 가슴은 떨렸다. 류바는 이따금 환히 웃으며 맑은 눈빛으로 니키타를 바라보았다. 그녀의 검고 커다란 눈동자는 묘한 빛을 띠었고 얼굴에는 선한 기운이 가득했다.

　어느 날, 집으로 돌아가기에 앞서 류바에게 잘 자라고 이불을 덮어주던 니키타가 갑자기 울음을 터뜨렸다. 류바는 그의 머리만 쓰다듬으며 "곧 나아질 거예요. 너무 괴로워하지 마세요. 내가 아직 이렇게 살아 있잖아요"라고 말했다.

　니키타는 서둘러 집으로 돌아갔다. 그는 집에 틀어박혀 마음을 가다듬고 이제 류바의 집에 가지 않겠다고 다짐했다. '책도 읽고, 이젠 좀 의미 있게 살아야지. 류바는 잊어버릴 거야. 다시는 기억하거나 알려고 하지 않을 거야. 류바가 뭐가 특별해? 이 세상엔 수백만 명의 위대한 사람들이 살고 있고, 류바보다 나은 사람도 많지. 게다가 예쁘지도 않은데!'

　다음날 아침, 마룻바닥에 깔아둔 요에서 잠을 자던 니키타가 자리에서 일어나지 않았다. 출근을 하려던 아버지는 그의 이마를 만져보며 말했다.

　"열이 있네. 침대에 올라가 누워라! 좀 아프다가 나을 거야. 전쟁터에서 어디 다친 데는 없었니?"

　"없어요." 니키타가 대답했다.

　저녁 무렵 그는 의식을 잃었다. 처음에는 천장과 거기에 붙어 있는 파리 두 마리가 그의 눈에 계속 보였다. 늦게까지 살아남은 이 파리들은 생명을 더 연장하기 위해 몸을 데울 수 있는 안식처를 찾아 날아들어온 것이다. 그런데 얼마 후 이것들은 그의 마음에 우울함과 혐오감을 불러일으키기 시작했다. 천장과 파리가 그의 뇌 속으로 파고 들어와 다시 내쫓을 수도, 생각을 멈출 수도 없었다. 이 생각이 머리뼈를 먹어치우며 점점 더 커져만 갔기 때문이다. 니키타는 두 눈을 감았다. 그러나 파리는 그의 머릿속에서 윙윙거렸다. 그는 천장에서 파리를 쫓아버리려고 침대에서 일어나다가 다시 베개 위로 쓰러졌다. 베개에서는 어머니의 숨결이 느껴지는 것 같았다. 어머니는 이 침대 위에서 아버지와 함께 나란히 잠을 잤었다. 니키타의 머릿속에는 어머니의 모습이 떠올랐다가 이내 사라졌다.

그로부터 나흘 후 류바는 수소문 끝에 니키타 피르소프의 집을 찾아내 그를 찾아왔다. 한낮이라 노동자들이 살고 있는 동네에는 사람들이 없었다. 여자들은 식료품을 구하기 위해 나갔고, 아직 학교를 다니지 않는 아이들은 마당과 들판을 돌아다니고 있었다. 류바는 침대에 누워 있는 니키타의 옆에 앉아 이마를 쓰다듬고 손수건 끝으로 눈을 닦아주며 물었다.

"어디가 아파요?"

"아프지 않아요, 아무 데도." 니키타가 말했다.

니키타는 고열에 의식이 혼미해져 가까운 물체도, 사람도 가물거렸다. 그는 힘겹게 류바를 바라보며 그녀가 냉정한 이성의 암흑 속으로 사라져버리지는 않을까 두려워하며 애써 그녀를 기억하고 있었다. 그는 군용 외투로 만든 그녀의 외투 주머니를 물에 빠진 사람처럼 꼭 붙잡고 있었다. 그는 깎아지른 듯한 해안 절벽 아래 바다에서 허우적거리다 힘이 다 빠진 사람 같았다. 병마는 그를 눈부시게 빛나는 수평선이 펼쳐진 넓은 바다로 끌고 가고 있었다. 마치 천천히 출렁이는 파도 위에서라면 편히 쉴 수 있다는 듯이.

"감기에 걸린 것 같은데, 내가 치료해줄게요." 류바가 말했다. "어쩌면 티푸스일지도 몰라요. 하지만 그래도 괜찮아요, 별거 아니니까!"

그녀는 니키타의 어깨를 일으켜세워 벽에 등을 기대고 앉게 했다. 류바는 외투를 벗어 니키타에게 입히고, 아버지의 목도리를 찾아 환자의 머리에 동여맸다. 겨울이 올 때까지 나뒹굴고 있는 장화도 찾아 그의 발에 신겼다. 그런 다음 니키타를 부축해 밖으로 데리고 나왔다. 문 앞에는 마부가 서 있었다. 류바는 환자를 마차에 태워 자기 집으로 출발했다.

"사람들이 약하긴 해도 다 죽어나가는 건 아니지!" 마부는 말들이 속력을 내도록 채찍으로 계속 때리며 소리를 질렀다.

자기 방에 들어온 류바는 니키타의 옷을 벗기고 침대에 눕힌 다음 이불, 테이블 보, 어머니가 걸치던 숄 등 몸을 따뜻하게 할 수 있는 것은 모두 가져다 니키타를 덮어주었다.

"왜 집에 혼자 누워 있었어요?" 류바는 니키타의 뜨거운 몸 아래로 이불을 밀어넣으며 다행스럽다는 듯 말했다. "왜 그랬어요! 아버지는 일하러 가시고 하루 종일 혼자 누워 있어도 간호해줄 사람도 없어 내 생각이 났을 텐데."

니키타는 류바에게 마차를 부를 돈이 어디서 났을까 알아내려 한참을 생각했다. 그녀의 오스트리아제 구두나 교과서를 팔았거나—만일 그렇다면, 팔기 전에 더 이상은 필요 없도록 모두 암기했을 것이다—한 달치 장학금을 몽땅 마부에게 지불했을 것이다.

밤 사이 니키타는 의식이 혼미한 상태로 누워 있었다. 그는 이따금 자기가 지금 어디에 있는가 확인하기도 하고 난롯불을 지펴 음식을 만들고 있는 류바의 모습을 보기도 했다. 그러다 잠이 들어 이상한 꿈을 꾸기도 했다.

그의 오한은 점점 더 심해졌다. 때때로 류바는 니키타의 이마를 손바닥으로 짚어보고, 손목을 짚고 맥박을 재보았다. 늦은 밤에는 그에게 따뜻한 물을 먹이고 웃옷을 벗고 이불 아래로 들어가 환자 옆에 함께 누웠다. 니키타가 오한으로 떨고 있어 그의 몸을 따뜻하게 해주어야 했기 때문이다. 류바는 니키타를 바짝 껴안았다. 그는 추위에 몸을 잔뜩 웅크리고 얼굴을 그녀의 가슴에 파묻었다. 그는 고통받고 있는 자신을 잊어버리고 타인의 더 높고 나은 삶을 느껴보고 싶었다. 니키타는 자신을 위해서가 아니라 류바, 즉 다른 생명과 몸을 맞대고 싶어서라도 지금 죽는다는 것이 아쉬웠다. 그래서 그는 자신이 건강을 회복할 수 있는지, 아니면 죽게 될지 류바에게 귓속말로 물어보았다. 그녀는 의학 공부를 했기 때문에 당연히 알고 있을 것이라 생각했다.

류바는 니키타의 머리를 두 손으로 감싸쥐고 그에게 대답했다.

"곧 나을 거예요. 사람들이 죽는 건 혼자서 아프기 때문이죠. 누구의 사랑도 받지 못하고. 하지만 지금 당신 곁에는 내가 있잖아요."

니키타는 몸이 따뜻해져 잠이 들었다.

4

3주 후 니키타는 병에서 회복됐다. 마당에는 눈이 내렸고, 갑자기 주변은 조용해졌다. 니키타는 겨울을 나기 위해 아버지에게로 갔다. 류바가 과학원을 졸업할 때까지는 그녀를 방해하고 싶지 않았다. 아들이 집으로 돌아오자 아버지는 기뻐했다. 비록 이틀 걸러 한

번씩 류바의 집을 방문했고 매번 아들을 위해 먹을것을 가져갔지만 어쨌든 류바에게 그는 손님이었다.

니키타는 목공소에서 다시 일을 시작했고, 저녁이면 류바의 집에 찾아가 조용히 겨울을 보냈다. 그는 오는 봄이면 그녀가 자신의 아내가 될 것이고 그때부터 행복한 삶이 시작될 거라고 생각했다. 가끔씩 류바는 그를 툭 건드리고 도망가는 장난을 쳤다. 그러고 나면 니키타는 그녀의 뺨에 살짝 입을 맞췄다. 평소에 그녀는 쓸데없이 그녀의 몸에 접촉하는 것을 허락하지 않았다.

"당신은 내게 금방 싫증이 날 거예요. 아직도 함께 살아야 할 시간이 많은데." 그녀가 말했다. "나는 그렇게 매력적인 여자가 아니잖아요. 당신도 그렇게 생각하죠!"

쉬는 날이면 류바와 니키타는 도시 근교의 겨울 길을 따라 산책을 하러 가거나 얼어붙은 포투단강 위를 따라 팔짱을 낀 채 멀리 하류까지 걸어갔다. 니키타는 배를 깔고 바닥에 엎드려 얼음 밑으로 조용히 흘러가는 강물을 바라보았다. 류바도 그 옆에 바짝 자리를 잡고 엎드려 함께 천천히 흘러가는 물을 관찰했다. 그리고 바다로 흘러가는 포투단강은 얼마나 행복할까 하고 생각했다. 얼음 아래 이 강물은 지금 꽃이 피고 새가 노래하는 멀리 떨어진 다른 나라의 해안을 따라 흘러갈 수 있으니 말이다. 잠시 이런 생각에 빠져 있던 류바는 당장 얼음판에서 일어나라고 니키타에게 말했다. 그는 요즘 아버지가 입던 낡은 솜 점퍼를 입고 다니는데 길이가 짧아 감기에 걸릴 수도 있기 때문이었다.

이들은 다가올 미래의 행복에 대한 예감을 가슴에 간직한 채 긴 겨울을 인내하며 서로 조금씩 가까워졌다. 포투단강도 겨울 내내 얼음 밑에 숨어 있었고, 가을에 파종한 밀알도 눈 밑에 잠들어 있었다. 이러한 자연 현상을 지켜보면서 니키타 피르소프는 마음이 안정되고 위안을 받기까지 했다. 그의 마음만 봄을 기다리며 땅속에 묻혀 있는 것은 아니었다. 2월의 어느 날 아침, 잠에서 깬 그는 파리들이 벌써 날아다니는지 귀를 기울였다. 마당에 나가 하늘을 쳐다보고 이웃집 마당에 서 있는 나무들을 바라보았다. 혹시 새들이 멀리 다른 나라에서 벌써 날아온 건 아닌지 궁금했다. 그러나 나무와 풀, 그리고 파리 알들은 아직도 긴 겨울잠에 빠져 있었다.

2월 중순 류바는 그달 20일경 졸업시험이 시작될 거라고 니키타에게 말했다. 의사는 부족하고 사람들은 의료진의 손길을 애타게 기다리고 있기 때문이었다. 3월에는 시험이 모두 끝난다. 그렇게 되면 7월까지 눈이 녹지 않고 강물이 풀리지 않는들 어떠리! 자연의 온기보다 그들의 행복이 먼저 찾아올 것이다.

3월까지 니키타는 도시를 떠나 있기로 결심했다. 그래야 류바와의 공동의 삶을 시작하기까지 남아 있는 기간을 더 잘 참아낼 수 있을 거라 생각했다. 그리고 니키타는 목공소에서 농촌 소비에트와 시골 학교들을 방문해 가구를 고쳐주는 일을 지원했다. 그는 목수들로 구성된 작업반에 편성됐다.

아버지는 그 사이 3월에 맞춰 젊은 부부에게 선물로 줄 큰 장롱을 짰다. 공을 들여 완성한 이 장롱은 류바의 어머니가 니키타 아버지의 신부가 될 수도 있었을 무렵 류바의 방에 있던 것과 비슷한 것이었다. 늙은 목수의 눈에 삶은 두 번째 또는 세 번째 원을 그리며 순환하고 있었다. 이것을 이해하는 것은 가능하지만 바꾸는 것은 불가능할 것이라 생각한 그는 한숨을 내쉬었다. 그리고 장롱을 썰매에 싣고 아들의 약혼녀 집으로 갔다. 눈은 햇빛을 받아 녹고 있었지만 노인은 아직 힘이 세서 땅이 검게 드러난 부분에서도 썰매를 힘차게 끌어당겼다. 그는 속으로 이런 생각도 했다. 그가 수줍은 마음에 류바의 엄마와의 결혼에 실패했고, 아직도 집안에 응석을 받아주고 가슴에 안아볼 수 있는 그런 젊은 처자도 하나 없다면, 이 류바라는 처녀에게 자기가 직접 장가를 들 자격이 있는 건 아닌지 말이다. 니키타의 아버지는 삶이란 결코 정상적으로 돌아가는 것은 아니라고 생각했다. 아들도 전쟁터에서 돌아오자마자 집을 떠나려고 하더니 이제는 아주 영원히 떠나려 하고 있다. 그러니 노인은 하다 못해 거리에서 구걸하는 여자라도 집안으로 데려와야 할 판이었다. 꼭 가정을 꾸리기 위해서가 아니라 집안에는 고슴도치나 집토끼 같은 애완동물처럼 다른 생명이 존재해야 하기 때문이다. 이 다른 생명이 생활을 방해하기도 하고 집안을 더럽히기도 하겠지만 이것이 없다면 인간으로 살 수 없을 것이다.

류바에게 장롱을 넘겨준 니키타의 아버지는 결혼식을 언제 할 건지 그녀에게 물었다.

"니키타가 돌아오면요. 전 준비가 다 됐어요!" 류바가 말했다.

밤에 아버지는 20베르스타 떨어진 시골 마을을 향해 길을 떠났다. 거기서 니키타는 학교 책상을 만드는 일을 하고 있었다. 아버지가 도착했을 때, 니키타는 텅 빈 교실의 마룻바닥에 누워 자고 있었다. 아버지는 아들을 깨워 이제 결혼할 수 있으니 집으로 돌아가라고 말했다.

"넌 빨리 떠나거라. 책상은 내가 마저 만드마!" 아버지가 말했다.

니키타는 날이 밝기를 기다리지 않고 모자를 쓴 다음 곧바로 집을 향해 출발했다. 늦은 밤 니키타는 텅 빈 길을 홀로 걷고 있었다. 들바람이 그의 주위를 맴돌았다. 바람은 얼굴을 스치기도 하고, 등 뒤를 떠밀기도 하고, 가끔은 정적에 쌓인 길 옆 골짜기 속으로 날아가 버리기도 했다. 어둠 속에 누워 있는 언덕길과 고지의 경작지에서 눈이 휘날리며 내려오고, 신선한 물기를 머금은 바람을 타고 가을을 지나 시들어버린 풀 냄새가 풍겼다. 오래 전에 가을이 머물고 간 대지는 이제 황량하고 적막했다. 대지는 또다시 모든 것을, 지금껏 한 번도 살아본 적이 없는 그런 존재들을 탄생시킬 것이다. 니키타는 류바에게 가는 발길을 서두르지 않았다. 한밤의 어스름한 불빛 속, 그 위에서 죽어버린 모든 것을 잊어버리고 다가올 여름의 온기 속에서 또 무엇을 탄생시켜야 할지 모른 채 깊이 잠들어 있는 이 대지 위를 걷고 있는 것이 그는 좋았다.

새벽녘에 니키타는 류바의 집에 다다랐다. 낯익은 지붕과 벽돌 초석(礎石)에 살짝 서리가 내려 있었다. 지금 류바는 따뜻한 침대 위에서 단잠을 자고 있을 것이다. 니키타는 약혼녀를 깨우지 않고 그녀의 집을 지나갔다. 자기의 필요에 의해 그녀를 깨우고 싶지 않았다.

그날 저녁 니키타 피르소프와 류보프 쿠즈네초바(류바의 본명이며 류바는 류보프의 애칭)는 군(郡) 소비에트에서 혼인신고를 했다. 그리고 앞으로 함께 살 류바의 집으로 갔다. 집에 도착한 그들은 무엇을 해야 할지 몰랐다. 니키타는 자신이 바라던 행복이 완전히 실현됐고, 그가 세상에서 가장 필요로 하는 사람과 단둘이 삶을 함께할 수 있다는 사실이 이제는 왠지 부끄러워졌다. 그는 마치 대단하고 값진 물건을 남몰래 숨겨두고 있는 느낌이었다. 니키타는 류바의 손을 꼭 쥐고 있었다. 손에서 따뜻한 기운이 느껴졌다. 손바닥을 통해 전해지는, 자신을 사랑하는 사람의 심장 고동을 느끼며 니키타는 한 가지 알 수 없는 사실에 대해 생각했다. 류바는 왜 자기에게 웃음을 보내고 어떤 이유로 자기를 사랑하는 걸까? 그는 류바가 자신에게 왜 소중한지 정확히 알고 있었다.

"먼저, 뭘 좀 먹죠!" 이렇게 말하며 류바는 니키타가 잡고 있던 손을 뺐다.

그녀는 오늘 특별히 음식을 준비해두었다. 과학원을 졸업하면서 꽤 많은 생활비를 식품과 돈으로 받았기 때문이다.

니키타는 자기 아내가 준비한 여러 가지 맛있는 음식을 수줍게 먹기 시작했다. 그는 누군가에게 공짜로 대접을 받으리라고는 생각해본 적이 없었다. 자신의 만족을 위해 남의 집을 방문하거나 배불리 먹어본 적도 없었다.

식사를 마친 다음 류바가 먼저 식탁에서 일어났다. 그녀는 포옹을 하기 위해 니키타를 향해 팔을 벌리며 말했다.

"자!"

니키타는 자리에서 일어나, 이 특별하고 사랑스러운 류바의 몸이 행여 다치지는 않을까 걱정스러워하며 살며시 그녀를 껴안았다. 그러자 류바는 부족하다는 듯 그의 가슴을 힘껏 끌어안았다. "잠깐만 기다려요. 가슴이 아파서······." 니키타가 이렇게 부탁하자 류바는 껴안고 있던 팔을 풀었다.

밖이 어두워지기 시작했다. 니키타가 불을 밝히기 위해 난로에 불을 지피려 하자 류바가 말했다. "그럴 필요 없어요. 공부도 끝났는걸요. 그리고 오늘은 우리 결혼식 날이잖아요." 니키타는 잠자리를 정돈했고 그 사이 류바는 부끄러워하지도 않고 그가 보는 앞에서 옷을 갈아입었다. 그러나 니키타는 아버지가 만들어준 장롱 뒤에서 서둘러 옷을 벗고는 류바의 곁에 누웠다.

니키타는 아침 일찍 잠자리에서 일어났다. 그는 방을 쓸고 주전자에 물을 끓이기 위해 난로에 불을 지피고 세숫물을 양동이에 담아왔다. 니키타가 일을 다 끝냈는데도 류바는 여전히 잠을 자고 있었다. 그는 우울한 표정으로 의자에 앉았다. 류바가 일어나면 아마도 아버지 집으로 영원히 돌아가라고 명령할 것이다. 기쁨도 누릴 줄 알아야 하는데 니키타는 자신의 행복 때문에 류바를 힘들게 하지 못하는 것이었다. 그의 심장 속에서 고동치던 전신의 에너지가 머물 곳을 찾지 못하고 목구멍으로 치밀어올라왔다.

류바가 잠에서 깨 남편을 바라보았다.

"너무 슬퍼하지 말아요. 그럴 필요 없어요." 그녀가 웃으며 말했다. "모든 게 다 잘될 테니까요!"

"마룻바닥을 좀 닦아야겠지?" 니키타가 물었다. "좀 지저분한걸."

"그래요, 그렇게 해요." 류바가 말했다.

'저이는 지금 나에 대한 사랑으로 너무 여리고 약해져 있어. 그래도 내게는 이렇게 사랑스럽고 소중한데, 나야 영원히 처녀로 남아있으면 어때! 난 참아낼 수 있어. 언젠가 날 지금보다 덜 사랑하게 되면 그땐 강한 남자가 되겠지!' 류바는 침대에 누워 생각했다.

니키타는 마룻바닥에 묻은 때를 짐짓 꾸물거리며 물걸레로 닦아냈다. 류바는 침대에서 니키타를 내려다보며 소리내어 웃었다.

"아, 이제 난 결혼한 여자야!" 그녀는 혼자 기뻐하며 잠옷 차림으로 이불 밖으로 기어나왔다.

방바닥 청소를 마친 니키타는 이어서 모든 가구에 물걸레질을 했다. 그런 다음 양동이에 받아온 찬물에 뜨거운 물을 부었다. 그리고 류바가 세수를 할 수 있도록 침대 아래서 대야를 꺼내주었다.

차를 마신 후 류바는 남편의 이마에 키스를 한 다음 병원으로 일을 하러 갔다. 그녀는 세 시간 후에 돌아올 거라고 말했다. 니키타는 아내가 키스해준 이마를 만져보았다. 그는 오늘 일을 하러 가지 않았다. 왜 그런지 자신도 이유를 알 수 없었다. 그는 이제 사는 것이 창피하거나 아니면 아예 필요 없다는 생각이 들었다. 그렇다면 빵을 위해 돈을 벌 필요도 없지 않은가? 그런 생각이 이어졌다. 그는 이런 수치심과 외로움으로 몸이 쇠약해지기 전에 어떻게든 남은 생을 끝마쳐야 한다는 생각이 들었다.

니키타는 집안에 있는 가족 공동의 물품들을 일일이 확인했다. 그리고 식료품을 찾아내 점심으로 쇠고기 국을 끓였다. 식사 준비를 끝낸 후 니키타는 침대에 얼굴을 파묻고 누웠다. 그리고 포투단 강의 얼음이 녹아 빠져 죽을 수 있게 되려면 얼마나 기다려야 하는지 계산을 하기 시작했다.

"얼음이 녹기 시작할 때까지 기다리자. 얼마 남지 않았어!" 그는 마음을 안정시키기 위해 일부러 소리내 말을 하고 곧 잠에 떨어졌다.

류바는 직장에서 겨울 꽃을 심은 화분 두 개를 선물로 받아왔다. 마음씨 착한 의사와 간호사들이 결혼 선물로 그녀에게 준 것이었다. 그녀는 이 화분을 진짜 결혼한 부인처럼 애지중지 취급했다. 처녀 간호사와 간호 보조사들은 그녀를 부러워했는데 병원 약국에 근무하는 한 진지한 처녀는 사랑은 마법과 같은 것이고 사랑하는 사람과의 결혼은 말할 수 없이 황홀한 행복이라는데 그것이 사실인지 아닌지 류바에게 물어보기도 했다. 류바는 이 말들이 전부 사실이며 그래서 사람들이 살아가는 거라고 대답했다.

저녁에 부부는 여러 가지 이야기를 나누었다. 류바는 그들 사이에 곧 아이가 태어날 수도 있으니 미리 준비를 해야 한다고 말했다. 니키타는 작업장에서 틈틈이 책상, 의자, 요람 등 아기용 가구를 만들어오겠다고 약속했다.

"이제 혁명은 우리와 영원히 함께할 테니 아이들을 낳아도 되겠지." 니키타가 말했다. "이제 아이들이 불행해지는 일은 없을 거야!"

"당신은 말만 하면 끝이지만 난 애기를 낳아야 하잖아요!" 류바가 화를 냈다.

"아플까?" 니키타가 물었다. "그럼 낳지 않는 편이 낫겠어. 아프면 안 되니까."

"아니에요, 참을 수 있을 거예요!" 류바는 결국 동의했다.

날이 어두워지자 류바는 잠자리를 준비했다. 좀 넓게 잘 수 있도록 류바는 발을 받칠 수 있는 의자 두 개를 침대에 붙인 다음, 가로로 누워서 자자고 했다. 니키타는 류바가 지정해준 자리에 누워 곧 잠이 들었고 늦은 밤 꿈속에서 눈물을 흘렸다. 류바는 오랫동안 잠을 자지 않고 그의 울음소리를 들었다. 그녀는 니키타의 얼굴을 시트 끝자락으로 조심스럽게 닦아주었다. 아침에 잠에서 깬 니키타는 어젯밤 그가 울었다는 사실을 기억하지 못했다.

그 후로 그들은 각자 자기의 일을 하며 함께 살았다. 류바는 병원에서 사람들을 치료했고, 니키타는 가구를 만들었다. 시간이 나거나 일요일이면 그는 류바가 시키지 않았는데도 집안일을 찾아서 했다. 그녀는 이제 이 집이 누구의 것인지 정확히 알 수 없었다. 예전에 이 집은 그녀 어머니의 소유였다. 그 다음에는 국가가 자기 소유로 가져갔지만 곧 이 집에 대해 잊어버렸다. 아무도 이 집이 온전히 있는지 조사하러 온 적이 없고, 돈을 걷어간 적도 없다. 그러나 니키타에겐 상관없는 일이었다. 봄 기운이 완연해지자 그는 아버지의 친구들에게서 초록색 페인트를 구해 지붕과 덧창을 새롭게 단장했다. 그는 늘 한결같은 열성으로 마당에 있는 낡은 헛간을 수리하고 문과 담을 손보고 무너진 움 대신 새 움을 팠다.

포투단강의 얼음이 풀리기 시작했다. 니키타는 두 번 강가에 나가 흐르는 강물을 바라보았다. 그리고 류바가 자신을 참고 기다릴 때까지는 죽지 않기로 결심했다. 만일 그녀가 더 이상 참지 못하면, 그때는 죽을 수 있을 것이다. 강물도 당분간은 얼어붙지 않을 거라 생각했다. 니키타는 마당에서 가능한 한 천천히 일을 했다. 류바를 괜히 싫증나지 않게 하기 위해서 방안에 앉아 있는 시간을 줄였다. 일이 완전히 끝나면, 무너진 움에서 진흙을 긁어 모아 옷자락에 담아 방안으로 가지고 들어왔다. 그는 마룻바닥에 앉아 가져온 진흙으로 사람이나, 모양도 용도도 없는 물건들의 모형을 만들었다. 예를 들면, 동물의 머리가 달린 산(山)이나 나무 뿌리 같은 아무런 의미가 없는 것들이었다. 그런데 이 나무 뿌리는 평범한 것 같지만, 뿌리의 잔가지들이 이리저리 엉키고 설켜 서로를 잡아뜯고 싸우고 있는 것 같아, 이 뿌리를 한참 바라보고 있으면 스르르 잠이 왔다. 니키타는 진흙놀이를 하면서 이따금 행복하게 웃었다. 류바는 그의 옆에 앉아 속옷을 꿰매면서 언젠가 들었던 노래를 흥얼거렸다. 또 일을 하는 사이사이 한 손으로 니키타의 머리를 쓰다듬거나 겨드랑이를 간질이기도 했다. 이럴 때면 니키타의 작아진 심장은 힘없이 뛰는 것 같았고, 뭔가 더 높고 강력한 것이 그에게 필요한 것인지 아니면 삶은 실제로 지금 그가 살고 있는 것처럼 그리 위대한 것이 아닌지 도무지 알 수가 없었다. 류바는 선한 빛이 가득하지만 몹시 피곤해 보이는 눈으로 니키타를 바라보았다. 그녀에게는 선과 행복이 마치 힘든 노동처럼 느껴졌다. 니키타는 장난감을 짓이겨 다시 진흙으로 만들어버리고 찻물을 데우기 위해 난로를 피울 건지 어디 갔다올 일은 없는지 아내에게 물었다.

"아뇨, 필요 없어요." 류바가 웃으며 말했다. "내가 알아서 할게요."

니키타는 삶이란 위대한 것이며, 그래서 아마도 그가 감당하기 어려울 것이며, 그런 삶이 자신의 고동치는 심장에만 집중되어 있는 것은 아니라는 사실을 깨달았다. 삶은 그가 접근할 수 없는 다른 사람에게는 더욱 흥미롭고 강렬하고 소중한 것이다. 그는 양동이를 들고 시내에 있는 우물로 물을 길러 갔다. 그곳의 물이 길 옆 저수지보다 더 깨끗했다. 니키타는 자신의 고통을 그 무엇으로도 잊을 수 없어 마치 어린아이처럼 밤이 두려워졌다. 니키타는 물이 가득 찬 양동이를 들고 아버지 집에 들렀다.

"그런데 결혼식은 왜 안 하는 거냐?" 아버지가 물었다. "아님, 소비에트 식으로 몰래 해치운 게냐?"

"곧 할 거예요." 아들이 약속했다. "아버지, 아기 식탁하고 요람을 만들어야 하는데 좀 도와주세요. 내일 작업반장한테 목재를 달라고 해보세요. 아이가 곧 생길 것 같거든요."

"그거야 가능하지." 아버지가 동의했다. "그렇지만, 금방 태어나겠어? 아직 때가 이른데……."

일주일 후 니키타는 아이에게 필요한 가구를 모두 만들었다. 그는 매일 저녁 작업장에 남아 일했다. 아버지는 가구를 하나하나 깔끔하게 마감을 하고 도색을 해주었다.

류바는 유아용 살림살이를 방안 한쪽 구석에 잘 세워두었다. 미래의 아이가 쓸 책상에는 화분 두 개를 올려놓고, 의자 등받이에는 새로 뜬 수건을 걸어놓았다. 자신과 아직 태어나지 않은 아이들에 대한 감사의 표시로, 류바는 니키타를 꼭 끌어안았다. 그녀는 그의 목에 키스를 하고 가슴에 기대, 사랑하는 사람의 체온을 느끼며 한참 동안 서 있었다. 그러나 그 외에는 더 이상 아무것도 할 수 없다는 것을 그녀는 알고 있었다. 니키타는 두 손을 아래로 떨군 채 자신의 심정을 억누르며 말없이 그녀 앞에 서 있었다. 힘도 없으면서 강하게 보이고 싶지 않았기 때문이었다.

그날 밤 니키타는 잠에서 깼다. 12시를 조금 넘긴 시간이었다. 12시 반, 1시, 1시 반, 니키타는 매번 세 차례씩 울리는 시내의 종소리를 들으며 누워 있었다. 창문 너머 어둠은 조금씩 흐려지고 있었고, 밤 사이 지쳐 피곤한 듯한 방안의 물건들과 아이의 가구들도 점차 눈에 들어오기 시작했다. 류바가 이불 아래서 몸을 뒤척이더니 한숨을 내쉬었다. 그녀 역시 잠을 자지 않고 있는지 모른다. 만일을 대비해 니키타는 숨을 죽이고 귀를 기울였다. 그러나 류바는 더 이상 몸을 움직이지 않았고 숨도 다시 고르게 쉬기 시작했다. 니키타는 그의 영혼에 꼭 필요한 존재인 류바가 곁에 누워 있는 것이 좋았다.

그녀는 지금 꿈속에서 그녀의 남편인 자신이 세상에 존재하고 있다는 사실을 기억하지 못하고 있을 것이다. 그녀가 무사하고 행복하기만 하다면, 그것만으로도 니키타가 살아갈 충분한 이유가 되는 것이다. 사랑스러운 사람이 옆에서 자고 있다는 생각에 편안해진 니키타는 잠시 잠이 들었다가 이내 다시 눈을 떴다.

류바는 조심스럽게 거의 들리지 않을 정도의 낮은 소리로 울고 있었다. 그녀는 이불을 머리에 뒤집어쓴 채 고통을 억누르며 괴로워하고 있었다. 니키타는 고개를 돌려 이불 아래 불쌍하게 몸을 웅크린 채 가쁘게 숨을 몰아쉬고 있는 류바의 모습을 바라보았다. 니키타는 침묵을 지켰다. 슬픔이 다 진정될 수 있는 것은 아니다. 슬픔 가운데는 심장이 쇠약해질 대로 쇠약해지고 난 뒤 긴 망각의 시간을 보내거나 일상의 생활고에 마음이 산만해져야 잊혀지는 그런 슬픔이 있는 것이다.

새벽이 되어서야 류바는 울음을 그쳤다. 니키타는 잠시 기다렸다가 이불 끝자락을 들어올려 아내의 얼굴을 보았다. 눈가에 말라버린 눈물 자국이 보였다. 그녀는 이제 편안히 잠들어 있었다.

니키타는 침대에서 일어나 조용히 옷을 챙겨 입고 밖으로 나왔다. 서서히 아침이 시작되고 있었다. 한 걸인이 속이 꽉 찬 주머니를 들고 길 한가운데를 걸어가고 있었다. 어디로든 갈 곳이 필요했던 니키타는 걸인의 뒤를 따라갔다. 걸인은 도시를 빠져나와 인근 도시인 칸테미로프카로 향했다. 칸테미로프카 시에는 아주 오래 전부터 커다란 시장이 있었고 사람들도 꽤 풍족하게 살았다. 사실 이곳에서는 거지들에게 동냥을 잘 하지 않았고, 그래서 먹을 것을 얻기 위해서는 차라리 멀리 가난한 시골 마을을 돌아다니는 편이 나았다. 그 대신에 칸테미로프카는 늘 축제 분위기에 흥이 넘쳤고, 시장에 들러 사람들을 보는 것만으로도 잠시나마 기분 전환이 될 수 있었다.

12시경 걸인과 니키타는 칸테미로프카에 도착했다. 마을 어귀에서 걸인은 도랑에 자리를 잡고 앉아 가방에 있던 음식을 꺼내 니키타에게 나누어주었다. 마을에 들어서자 그들은 헤어져 각기 다른 방향으로 갔다. 걸인에게는 목적지가 있었지만 니키타에게는 갈 곳이 없었기 때문이었다. 시장을 찾아간 니키타는 상인들이 가판대로 쓰는 커다란 궤짝 아래 그늘에 앉아 류바에 대해서도, 삶의 근심거리에 대해서도, 그리고 자기 자신에 대해서도 잊어버린 채 잠에 빠져들었다.

5

시장의 수위는 이곳 시장에서 이미 25년째 한 뚱뚱한 노파와 함께 살고 있었다. 자식이 없었던 그들은 늘 배불리 먹었다. 시장이나 가게의 상인들은 팔기에는 적절치 않은 자투리 고기를 그들에게 거저 주었다. 또 실이나 비누 같은 생활용품들도 원가에 넘겨주었다. 게다가 그는 오래 전부터 불량 포대자루를 조금씩 거래해왔고 거기서 번 돈을 은행에 모아두고 있었다. 하지만 그가 원래 해야 하는 일은 시장바닥의 쓰레기를 청소하고, 육류 판매대에 묻어 있는 고기피도 닦아내고, 공중화장실을 청소하는 것이었다. 또 밤에는 시장의 집기들을 잃어버리지 않도록 경비를 서야 했다. 그러나 그는 두

툼한 양가죽 외투를 걸치고 시장을 어슬렁거릴 뿐 지저분하고 힘든 일들은 모두 시장에서 노숙하는 거지나 부랑자들에게 맡겨버렸다. 그의 아내는 먹고 남은 고깃국을 항상 설거지통에 그냥 버리는 습관이 있었는데 이것으로도 화장실 청소부 한 명 정도는 먹여 살릴 수 있었다.

수위의 아내는 이제는 그런 힘든 일은 하지 말라고 늘 그에게 성화였다. 그녀의 말인즉 턱수염이 희끗희끗해진 그는 이제 수위가 아니라 감독관이라는 것이었다.

그런데 사실 부랑자나 거지들을 한 자리에 잡아두고 계속해서 일을 시킨다는 것이 가능한 일인가? 이들은 한번 일을 하면 먹을 걸 받아먹고는 어디론가 사라져버릴 것이다.

최근 들어 수위는 벌써 며칠째 계속해서 똑같은 사람을 시장에서 쫓아내고 있었다. 수위가 자고 있는 사람을 건드려 깨우면, 이 자는 일어나 말없이 사라져버렸다. 그러나 얼마 후에는 다시 나타나 멀리 가판 궤짝 뒤편에 앉아 있거나 누워 있는 것이었다. 어느 날 수위는 밤새도록 이 부랑자를 잡으려고 애를 썼다. 심지어 그의 몸에서는 이 낯선 존재를 괴롭히고 승리하고 말겠다는 열정으로 피가 끓어올랐다. 두 번인가는 막대기를 집어던져 그의 머리를 맞춘 일도 있었다. 그리고 그 자가 어디론가 사라져버려, 이젠 시장바닥에서 완전히 사라졌거니 생각했다. 그런데 아침에 수위는 화장실 뒤 오수(汚水) 구덩이를 덮은 뚜껑 위에서 자고 있는 그를 발견했다. 수위가 소리를 지르면 그는 눈을 뜨고 아무런 말도 없이 수위를 한번 쳐다보곤 다시 잠을 자는 것이었다. 수위는 이 사람이 벙어리라고 생각했다. 그는 지팡이 끝으로 졸고 있는 사람의 배를 쿡 찌른 다음 손짓으로 자기를 따라오라고 말했다.

수위는 부랑자를 집으로 데려갔다. 국가 소유인 그의 집은 깨끗이 정돈되어 있었다. 그는 비계가 들어간 식은 국 한 사발을 벙어리에게 주었다. 그가 식사를 마치자 수위는 현관에 있는 빗자루, 삽, 갈퀴, 석회 가루가 담긴 양동이를 가져다 화장실을 깨끗이 청소하라고 했다. 벙어리는 게슴츠레한 눈으로 수위를 쳐다보았다. 그는 귀까지 먹은 모양이었다. 그러나 그렇지는 않았다. 벙어리는 수위가 지시한 대로 현관에서 필요한 도구와 재료들을 챙겼다. 이는 그가 듣기는 한다는 것이다.

니키타는 꼼꼼히 일을 했다. 잠시 후 일이 어떻게 됐나 살펴보러 수위가 나타났다. 처음 한 일치고는 참을 만했다. 니키타를 어느 정도 신임한 수위는 이번에는 말을 매어두는 말뚝으로 데려가 말똥을 손수레에 담아 치우라고 했다.

집에 돌아온 수위는 아내에게 이제부터는 저녁이나 점심을 먹고 남은 음식물을 설거지통에 그냥 버리지 말라고 했다. 벙어리가 먹을 수 있도록 따로 그릇에 담아놓으라는 주문이었다.

"그럼, 잠은 문간방에서 자라고 할 작정이에요?" 안주인이 물었다.

"어림없는 소리!" 주인이 말했다. "잠은 바깥에서 자게 할 거요. 귀머거리는 아니니 도둑이 드는 소린 들을 수 있을 테니까. 그럼 내게 달려와 알려줄 거 아니오. 자리에 깔고 잘 수 있게 포대자루나 하나 찾아보구려."

니키타는 시장에서 제법 오래 살았다. 말하는 것을 잊어버리고 나자 그는 점차 덜 생각하고 덜 기억하고 덜 괴로워했다. 가끔씩은 가슴이 옥죄어오는 경우도 있었지만, 그는 특별한 생각 없이 참아냈고, 고통스러운 감정도 점차 사그라들었다. 그는 이미 시장에서 사는 데 익숙해져 사람들의 북적거림과 일상의 자질구레한 일들이 자기 자신은 물론 먹을 것, 휴식, 아버지를 보고 싶은 마음과 같은 욕구마저도 쉽게 잊게 해주었다. 니키타는 계속해서 일을 했다. 심지어 한밤중에 그가 잠잠해진 시장 한가운데 있는 텅 빈 궤짝 위에 누워 잠을 자려고 할 때도 수위가 다가와 일을 시키고 갔다. 죽은 사람처럼 곯아떨어지지 말고 귀를 세우고 자라는 것이었다. "요사이 별일이 다 있지. 좀도둑들이 노점에서 판자를 뜯어가고, 꿀 한 통을 먹어치웠어!" 니키타는 새벽부터 일을 시작했다. 사람들이 오기 전에 청소를 하려고 서둘렀다. 낮에도 식사할 시간조차 없었다. 말똥을 수레에 실어 치워야 했고 오수 구덩이를 새로 파기도 하고 수위가 상인들에게 공짜로 얻은 상자를 분리하는 작업도 했다. 수위는 나중에 여기서 나온 판자를 시골에다 팔았다. 그 밖에도 일은 끊임없이 생겼다.

한여름에 니키타는 농촌소비조합의 한 분점에서 발생한 약품 절도 사건의 용의자로 몰려 유치장에 수감됐다. 그러나 조사가 끝날 무렵에 그의 무죄가 입증되었다. 몸이 심하게 쇠약해진 이 벙어리는 자신에 대한 처벌에 별 관심을 보이지 않았다. 또한 예심판사는 니키타의 성격과, 수위의 조수로서 그가 시장에서 하고 있는 일에서 삶에 대한 애착이나 자신의 만족과 쾌락을 추구하는 그 어떤 징후도 발견할 수 없었다. 그는 유치장에서 주는 음식도 다 먹지 않았다. 예심판사는 니키타가 사적인 것과 공적인 것의 가치도 구별하지 못한다고 생각했고 더구나 증거조차도 없었다. '이런 인간을 감옥에 처박아둘 필요는 없지!' 예심판사는 이렇게 결론을 내렸다.

니키타는 유치장에서 닷새를 보내고 다시 시장으로 갔다. 니키타가 없는 동안 일이 너무도 힘들었던 수위는 그가 다시 나타나자 반색을 하며 맞이했다. 그는 니키타를 집에 초대해 막 끓인 따뜻한 국을 대접했다. 그것은 그의 절약 규칙을 깨는 것이었다. '한 번쯤 이렇게 먹인다고 해서 망하는 건 아니지.' 그는 스스로를 위로했다. '다음부터는 다시 먹다 남은 걸 줘야지!'

"자, 이제 나가 식품 진열대에 있는 쓰레기를 주워 모으게." 수위는 니키타가 국을 다 먹자 일을 시켰다.

니키타는 하던 일을 다시 시작했다. 그는 이제 자기 자신조차 잘 느끼지 못했고, 머릿속에 우연히 떠오르는 것들만을 조금씩 생각했다. 가을이 올 무렵이면 그는 자기 자신이 누구인지도 전혀 기억하지 못하게 될 것이고 주변에서 세상이 돌아가는 것을 보면서도 그 움직임에 대해 어떠한 관념도 갖지 못할 것이다. 사람들은 그가 이 세상에 살고 있다고 생각할지 모르나 사실 이곳에서 그는 지(知)의 결핍 속에 아무런 기억도, 아무런 느낌도 없이 존재할 뿐이었다. 하지만 그는 여기서 고향의 온기를 느꼈고 죽음과도 같은 슬픔을 피할 수 있었다.

그가 유치장에서 나온 뒤 하지가 지나자 밤이 점점 길어지기 시작했다. 어느 날 저녁 니키타가 규정대로 화장실 문을 잠그려고 할 때 거기서 누군가의 목소리가 들려왔다.

"젊은이, 잠깐만 기다리게! 여기서 뭐 훔쳐갈 거라도 있단 말인가?"

니키타는 그 사람이 나오길 기다렸다. 그런데 다름 아닌 아버지가 빈 보따리를 겨드랑이 밑에 끼고 나오는 것이었다.

"잘 있었냐, 니키타?" 이렇게 인사부터 건넨 아버지는 갑자기 슬프게 울기 시작했다. 그는 눈물을 부끄러워했고 흐르는 것은 눈물이 아니라는 듯이 닦을 생각조차 하지 않았다. "우리는 네가 이미 오래 전에 죽었을 거라고 생각했다. 그런데 괜찮은 거냐?"

니키타는 야위고 허리가 휜 아버지를 꼭 껴안았다. 이제 그의 무디어진 심장이 뛰기 시작했다.

그들은 텅 빈 시장 안으로 들어가 두 식품 진열대 사이로 난 통로에 자리를 잡았다.

"난 여기 곡물을 좀 사려고 왔어. 여기가 더 싸거든." 아버지가 말했다. "그런데 너무 늦게 도착해 시장은 이미 파했더구나. 오늘은 여기서 밤을 보내고, 내일 물건을 사서 떠나야겠다. 그런데 넌 여기서 뭘 하는 거니?"

니키타는 아버지에게 대답을 하려고 했으나 목이 바싹 말라버린 데다 어떻게 말을 하는지조차 기억나지 않았다. 그는 세게 기침을 하고는 속삭이듯 말했다.

"저는 괜찮아요. 류바는 어떤가요? 살아 있죠?"

"강물에 빠졌어." 아버지가 말했다. "그런데 어부들이 물에서 건져내 가까스로 정신을 차리게 했단다. 한동안 병원에 입원해 있다가 퇴원을 했지."

"아직 살아 있는 거죠?" 니키타가 낮은 소리로 물었다.

"그래 아직 죽진 않았단다." 아버지가 말했다. "그런데 자주 피를 토한다. 아마도 물에 빠졌을 때 감기가 심하게 걸린 것 같아. 시기를 잘못 택한 거야. 날씨가 정말로 엉망이었거든. 물이 얼음장 같았어……."

아버지는 주머니에서 빵을 꺼내어 아들에게 반을 떼어주었다. 그들은 그것으로 저녁을 때웠다. 니키타는 아무 말이 없었고, 아버지는 땅바닥에 보따리를 펴서 잠자리를 마련했다.

"그런데, 넌 잘 곳은 있니?" 아버지가 물었다. "없으면 여기 누워라. 난 맨바닥에 잘 테니. 난 늙어서 감기에 잘 안 걸린단다."

"류바가 어째서 물에 빠진 거죠?" 니키타가 작은 소리로 물었다.

"너 목이 아픈 거니?" 아버지가 물었다. "곧 괜찮아질 거다! 류바는 네가 그리워 큰 실의에 빠졌었다. 그래서 그런 짓을 한 거란다. 한 달 내내 포투단 강변을 헤매고 다녔지. 족히 100베르스타는 걸었을 게다. 네가 물에 빠졌다가 다시 떠오를 거라고 생각한 거야. 널 너무도 보고 싶어했거든. 그런데 네가 이렇게 버젓이 살아 있다니. 너란 애도 참……."

니키타는 류바를 생각했다. 그러자 그의 가슴이 슬픔과 힘으로 다시 벅차 올랐다.

"아버지는 여기서 주무세요." 니키타가 말했다. "저는 류바를 보러 바로 떠나겠어요."

"그래, 어서 가거라." 아버지가 말했다. "지금은 걷기에 좋구나. 시원하니 말야. 나는 내일 가마. 가서 이야기하자."

니키타는 마을을 빠져나와 인적이 드문 큰길을 힘껏 달리기 시작했다. 그는 뛰다가 지치면 걸었고 이내 또 어두운 들판을 가로질러 가볍고 자유로운 공기 속을 내달았다.

한밤중에 니키타는 류바의 방에 난 창문과 그가 언젠가 녹색 페인트칠을 한 적이 있는 덧창을 두드렸다. 덧창은 어둠 속에 푸른빛을 띠고 있었다. 그는 창유리에 얼굴을 바짝 대고 방안을 들여다보았다. 방안은 침대에서 흘러내린 하얀색 시트에 반사된 빛으로 희미하게 빛나고 있었다. 자신이 아버지와 함께 만든 유아용 가구도 보였다. 그 가구들은 예전 그대로였다. 이윽고 니키타는 창틀을 세게 두드렸다. 그러나 안에서는 반응이 없었다. 그녀는 그가 누군지 알아보기 위해 창문 쪽으로 다가오지 않았다.

니키타는 담을 타넘고 들어가 현관을 거쳐 방안으로 들어갔다. 문은 열려 있었다. 여기 사는 사람은 도둑한테서 재산을 지켜야겠다는 생각을 하지 않는 듯했다.

류바는 이불을 머리에 덮어쓰고 침대에 누워 있었다.

"류바!" 니키타가 그녀를 조용히 불렀다.

"누구세요?" 류바가 담요를 쓴 채 말했다.

그녀는 깨어 있었다. 병을 앓고 있던 그녀는 두려움 속에 가만히 누워 있었거나, 창문을 두드리는 소리와 니키타의 음성을 꿈이라고 생각한 것 같았다.

니키타는 침대에 걸터앉았다.

"류바, 내가 왔어!" 니키타가 말했다.

류바는 담요를 제쳤다.

"어서 이리 와요!" 그녀가 예전의 부드러운 목소리로 말하며 니키타를 향해 팔을 벌렸다.

류바는 이 모든 것이 금방 사라져버리지나 않을까 두려웠다. 그녀는 니키타를 감싸안고 힘껏 끌어당겼다.

니키타도 사랑하는 사람을 자신의 애타는 영혼 속으로 집어넣으려는 듯 류바를 힘껏 끌어안았다. 하지만 그는 이내 정신을 차렸다. 부끄러운 마음이 들었던 것이다.

"내가 아프게 한 거 아냐?" 니키타가 물었다.

"아뇨! 그렇지 않아요." 류바가 대답했다.

류바는 니키타에게 페치카에 불을 지펴달라고 부탁했다. 아직 날이 밝으려면 한참을 더 기다려야 했지만 그녀는 더 잘 생각이 없었다. 그렇게 날이 밝기를 기다리며 니키타의 얼굴을 바라보고 싶었다.

현관에는 장작이 이제 하나도 남아 있지 않았다. 그래서 니키타는 마당의 창고에서 판자를 뜯어내 그것을 잘게 쪼갠 다음 난로를 지폈다. 난로가 달아오르자 니키타는 불빛이 밖으로 새어 나오도록 난로 문을 열었다. 류바는 침대에서 내려와 그를 마주 보고 바닥에 앉았다. 그곳은 환했다.

"이제 괜찮아요? 나와 사는 게 힘들지 않겠어요?" 류바가 물었다.

"아니, 난 괜찮아." 니키타가 대답했다. "난 이제 당신과 함께 행복해지는 데 익숙해졌어."

"페치카의 불을 더 세게 지펴줘요. 몸이 떨려요." 류바가 말했다.

그녀는 낡은 잠옷만을 달랑 걸치고 있었다. 늦은 밤 싸늘한 어둠 속에서 그녀의 야윈 몸이 떨고 있었다.

(1937년)

안갯빛 청춘

1

그녀의 부모는 내전이 한창이던 어느 날 밤에 장티푸스로 세상을 떠났다. 아버지가 열차 조립공으로 일했던 기차역이 있는 조그만 마을에서 열네 살의 올가는 아무에게도 도움을 받을 수 없는 홀몸으로 남게 되었다. 이웃과 친지들의 도움으로 부모님의 장례를 치른 뒤 올가는 텅 빈 집에서 며칠을 더 지냈다. 부엌과 방바닥을 닦아내고 집안을 정리한 다음 올가는 의자에 앉아 생각에 잠겼다. 그러나 이제 무엇을 해야 할지, 어떻게 살아야 할지 몰랐다. 이웃집 할머니는 고아가 된 소녀가 가여워 죽 한 사발을 가져왔다. 올가는 남김없이 먹었다. 사실 올가는 마르고 나보다 키가 작았다. 할머니가 나가자 올야(올가의 애칭)는 어머니의 셔츠와 아버지의 속바지를 빨기 시작했다. 옷에 남겨진 부모님의 체취까지도. 저녁에 올가는 부모님이 살아 계실 때 늘 함께 잠을 자던 침대에 누웠다. 아침에 잠자리에서 일어난 그녀는 세수를 하고 침대 시트를 정리했다. 방을 청소하고 나서 그녀는 "어떻게든 살아야지!"라고 중얼거렸다. 어머니도 자주 이렇게 말했었다. 그리고 부엌으로 가 일을 하기 시작했다. 그녀는 돌아가신 어머니가 하던 것처럼 음식을 만들었다. 사실 재료가 아무것도 없었기 때문에 요리를 할 수도 없었지만, 그래도 올가는 벽난로에 빈 냄비를 올려놓고, 긴 부삽을 짚고 서서 어머니가 그랬던 것처럼 한숨을 한번 몰아쉬곤 걱정하는 표정을 지었다. 그리고는 식기를 모두 씻어 서랍 속에 집어넣은 다음, 시계를 바라보며 생각했다. '아버지가 제때 오시려나, 아님 늦으시나? 운행 일정을 짜게 되면 늦으시겠지.' 올가의 어머니도 자기의 남편을 아버지라고 부르며 이렇게 생각했었다. 이제 고아 소녀도 어머니처럼 생각하고 행동했는데, 이렇게 하니 혼자 사는 게 조금은 수월해졌다. 어머니를 대신해 집안일을 하고 어머니의 말투를 따라하고 어머니처럼 부엌에서는 먹고사는 일로 한숨을 내쉬며 걱정스러워 할 때면, 소녀는 어머니가 아직 그녀와 함께 있는 것처럼 느껴졌다.

저녁이 되자 올가는 언젠가 아버지가 채워 넣은 등유가 아직 남아 있는 등불을 밝혀 창문턱에 올려놓았다. 그녀의 어머니도 날이 어두워져 아버지를 기다릴 때면 그렇게 했었다. 집으로 돌아올 때 아버지는 꽤 멀리서부터 기침 소리를 내거나 코를 풀어 아내와 딸이 자신이 오는 것을 알 수 있게 했다. 그러나 지금 밖에는 정적만이 계속됐다. 사람들은 각자 일터로 흩어졌거나 혹은 몸이 허약해졌거나 병이 나서, 아니면 몇몇 집에서는 아예 죽은 채 집안에 누워 있었다. 그래도 올가는 아주 어두워질 때까지 아버지를 기다렸다. 그녀는 아버지가 아니어도 누구든 자기를 찾아오길 바랐지만 아무도 고아를 기억하고 찾아오지 않았다. 그들에겐 자신들만의 고통과 걱정거리가 있기 때문이다. 그녀는 부모님의 침대에 누워 잠이 들었다.

소녀는 집에서 이틀을 더 지낸 뒤 기차역으로 갔다. 멀리 볼가 강유역의 한 지방 도시에 그녀의 친척 아줌마가 살고 있다. 그녀가 2년 전 집으로 어머니를 찾아왔을 때, 올가의 기억에 그녀는 부자에다가 마음씨도 좋았던 것 같았다. 이 아줌마는 어머니의 누이였고, 얼굴도 자기와 닮았기 때문에 소녀는 빨리 그녀에게 가고 싶었다. 이모 곁에 살면서 어머니에 대한 그리움을 잊어볼 작정이었다. 어머니도 아파 누워 있을 때 , 자기가 죽거든 이모에게 가서 살라고 올가에게 이야기한 적이 있었다. 어머니의 동생이 밥도 먹여주고 옷도 꿰매주고 공부도 시켜줄 거라고 했다. 올가는 어머니의 말을 떠올리고 그 말에 따르기로 했다.

역은 텅 비어 있었다. 전선은 남쪽으로 물러간 상태였다. 플랫폼 맞은편 철도 위에는 기관차 뒤로 두 대의 텅 빈 화물칸이 딸린 작고 낡은 기차 한 대가 서 있었다. 조정실에 앉아 있던 보조 기관사가 소녀를 바라보았다. 그녀의 아버지와 어머니가 사망했다는 사실이 떠오른 그는 고아 소녀를 자기 쪽으로 불렀다. 소녀는 발판을 딛고 운전실로 들어갔다. 기관사는 빨간 보자기를 풀어 구운 감자 네 개를 꺼냈다. 그리고 나서 솥에다 감자를 데워 소금을 뿌린 다음 올가에게 두 개를 주고 두 개는 자기가 먹었다. 올가는 기관사가 자기를 집으로 데려갔으면 하고 바랐다. 그의 집에 살면서 그에게 익숙해질 수도 있다고 생각했다. 그러나 기관사는 소녀에게 아무런 선의의 말도 하지 않았고, 빨간 보자기만 다시 챙겼다. 이미 자식이 많은 그는 한 사람을 더 먹여 살리는 일을 결정하기가 쉽지 않았다.

올가는 저녁 어스름이 질 때까지 기관차에 앉아 있었다. 곧 간이 난로를 설치한, 화물칸이 길게 딸린 기차 한 대가 역으로 들어왔다. 거기에는 적군(赤軍) 병사들이 타고 있었다.

"이제 전 그만 가볼게요. 이모에게 가야 하거든요." 올가는 기관 사에게 말했다. "어머니가 살아 계실 때 그렇게 하라고 말씀하셨어요."

"가야 한다면 그렇게 하렴." 기관사가 그녀에게 말했다.

올가는 기관차에서 내려와 적군 병사들이 타고 있는 기차로 갔다. 화물칸의 문은 죄다 활짝 열려 있었고, 병사들은 모두 밖으로 나와 있었다. 몇몇 병사들은 플랫폼을 따라 걸어다니며, 주변에 있는 급수탑이며 역 주변의 건물들, 그리고 멀리 펼쳐진 들판을 바라보았다. 네 명의 병사가 역의 취사실에서 양철 양동이에 수프를 담아 날라오고 있었다. 올가는 수프가 담긴 양동이에 가까이 다가가 안을 들여다보았다. 맛있는 고기와 회향풀 냄새가 났다. 그러나 그것은 병사들을 위한 것이었다. 전투를 하러 가는 군인들은 강하고 튼튼해야 하기 때문에 올가가 먹을 수 있는 수프는 없었다.

한 화물칸 옆에 군인 한 명이 생각에 잠긴 채 서 있었다. 그는 식사하러 가는 걸 잠시 미룬 채 긴 여정과 전투에서 잠시 한숨 돌리고 있는 중이었다.

"아저씨, 저도 아저씨랑 같이 가면 안 돼요?" 올가가 부탁조로 말했다. "이모 집에 가야 하는데……."

"이모가 어디 사시는데? 여기서 머니?" 군인이 물었다.

올가가 도시 이름을 대자, 군인은 실제로 거기는 걸어서는 갈 수 없다며 기차를 타야 내일 아침쯤이면 도착할 수 있다고 말했다.

이때 수프 양동이를 든 두 명의 적군 병사가 화물칸으로 다가왔고, 그 뒤로는 또 몇 명의 병사들이 빵, 담배, 냄비에 담은 죽, 비누, 성냥 등 배급품을 손에 들고 왔다.

"이 아이가 이모 집에 가야 한다는데, 데려가도 될까?" 그 군인이 다가온 동료들에게 물었다.

"안 될 이유는 없지. 데려가지 뭐!" 빵 두 개를 겨드랑이에 끼고 있던 군인이 말했다. "아직 결혼할 나이는 안 된 것 같고, 여동생 삼으면 되겠네."

병사들은 올가를 화물칸에 태운 다음, 수저와 큰 빵 덩어리 하나를 주었다. 그녀는 적군 병사들 틈에 자리를 잡고 앉아 함께 양철 양동이에 담긴 수프를 먹었다. 그녀가 바닥에 앉아 먹는 것을 불편해한다는 것을 눈치 챈 한 병사가 그녀더러 무릎을 꿇고 몸을 세워보라고 했다. 그러면 양동이 바닥에서부터 더 진한 국을 뜰 수도 있고, 기름이 어디에 떠 있는지, 고깃덩어리가 어디에 있는지 쉽게 볼 수 있기 때문이었다.

저녁 식사를 마친 후 기차가 출발했다. 병사들은 올가에게 따뜻하고 조용한 자리를 만들어주고 밤과 새벽녘의 한기에 대비해 두 벌의 군용 외투를 덮어주었다.

2

적군 병사들은 아침 늦게서야 올가를 깨웠다. 기차는 큰 역에 정차해 있었다. 처음 보는 기관차들이 멀리서 낯선 기적소리를 울리고 있었고, 태양도 올가가 살던 시골과는 다른 쪽에서 햇살을 비추고 있었다. 병사들은 올가에게 빵 반쪽과 소금에 절인 돼지 비계 한 덩어리를 선물로 주고 손을 잡아 화물칸에서 땅으로 내려주었다.

"여기가 네 이모가 산다는 곳이다." 병사들은 말했다. "자, 이제 이모를 찾아가렴. 공부 잘하고, 빨리 커야지. 너희 때는 잘살게 될 테니."

"그런데 전 이모 집이 어딘지 몰라요." 아래에서 올가가 말했다. 맨발에 초라한 치마를 걸친 그녀는 이제 빵 한쪽을 든 채 혼자 서 있었다.

"찾을 수 있어. 사람들이 알려줄 거야." 올가와 처음 이야기를 나누었던 친절한 병사가 대답했다.

그러나 올가는 가지 않았다. 그녀는 병사들과 함께 남고 싶었다. 기차를 타고 그들이 가는 곳으로 함께 가고 싶었다. 이제 병사들도 조금은 친숙해졌고, 매일 쇠고기가 들어간 수프도 먹고 싶었다.

"걱정 말고 어서 가봐!" 화물칸에서 병사들이 그녀를 재촉했다.

"그런데 우리 때는 살기 좋아질 거라고 하셨는데, 그게 언제죠?" 그녀는 어디에 있는지도 모르는 이모에게 곧장 가기가 두려워 이렇게 물어보았다.

"조금만 참아라." 그녀에게 친절을 베풀었던 그 병사가 대답했다. "우리가 지금은 할 일이 좀 많아서. 먼저 백군들을 빨리 무찔러야 하거든."

"알았어요, 좀 기다릴게요. 그럼 이제 안녕히 계세요. 전 이모에게 가볼게요." 올가는 작별 인사를 했다.

그녀는 저녁이 다 돼서야 이모를 찾을 수 있었다. 그녀는 길에서 친절해 보이는 사람이면 누구에게나 물어보았지만, 타치야나 바실리예브나 블라기흐라는 사람이 어디에 사는지 아는 사람은 없었다. 빵은 지나가던 어떤 사람에게 빼앗기고 말았다. 그는 빵을 한 입만 먹어보자고 하더니 갑자기 빵을 가지고 투기를 하는 것은 금지되어 있다며, 몽땅 가져가버렸다. 그래서 올가는 병사들이 준 비곗덩어리를 아무에게도 빼앗기지 않으려고 얼른 먹어치웠다. 그러고는 마실 것을 부탁하려고 어느 집에 들어갔다. 중년 여자가 물 한 컵을 내오며 더 이상 줄 게 없다고 말했다.

"전 구걸하러 온 게 아니고 이모를 찾으러 왔어요." 올가가 말했다.

"네 이모가 누군데?" 의심스러운 투로 여자가 물었다.

올가가 이모의 이름을 정확히 대자, 여자는 원인 모를 한숨을 내쉬고는 길을 알려주었다. 모퉁이에서 오른쪽으로 돌아 왼쪽에서 세 번째, 칠을 하지 않은 덧창이 있는 집에 블라기흐 씨 부부가 살고 있으며 그들에게 자식은 없다는 것이다.

"아이들이 없다고요?" 올가가 다시 물어보았다.

"그래, 없단다." 여자는 다시 확인해주었다. "그들은 아이들을 원치 않았지."

올가는 덧창에 칠을 하지 않은 작은 목조 가옥을 찾아서 풀이 무성히 자란 마당으로 들어갔다. 잠긴 현관문을 두드리자 안에서 불만스러운 작은 목소리가 들리더니, 이어 발소리가 따라 들리고 문이 열렸다. 문은 한밤중인 양 빗장과 걸쇠로 잠겨 있었다. 맨발에 헝클어진 머리로 나온 이모 타치야나 바실리예브나는 올가를 이리저리 살펴보았다. 올가는 자기 앞에 이모가 서 있는 걸 보았다. 올가는 이모가 어릴 적 기억처럼 상냥하고 착한 여자일 거라고 생각했는데, 이모는 지금 혼자 남은 조카를 전혀 반기지 않았다.

"니가 여긴 왜 왔냐?" 이모가 물었다.

"어머니가 가라고 했어요." 올가가 말했다. "어머니와 아버지는 모두 돌아가시고 저 혼자 남았어요. 이모, 이제 두 분 다 안 계세요."

타치야나 바실리예브나는 앞치마 끝으로 눈물을 훔치며 말했다.

"우리 핏줄들은 왜 다들 명들이 짧은지. 나도 겉보기야 멀쩡해도 산 목숨이 아니지."

올가는 놀란 표정을 지으며 이모를 바라보았다. 죽은 누이의 죽음을 슬퍼하고 자신의 신세를 한탄하는 이모를 보니 이제 그녀가 좋은 사람처럼 생각됐다.

"그래도 애야, 너는 살아야지, 암 그래야지. 눈물만 흘리고 있을 순 없지." 타치야나 바실리예브나는 한숨을 몰아쉬었다. "너 잠깐 밖에 좀 나가 있을래?" 그녀는 조카에게 말했다. "내가 마룻바닥을 닦고 방 청소를 좀 하느라고 발 들여놓을 곳이 없어서 말이야."

"그럼 전 마당에서 놀고 있을게요, 여기 풀도 많네요."

그러자 타치야나 바실리예브나는 버럭 화를 냈다.

"애야, 마당은 안 된다! 닭들이 돌아다니는 거 안 보이니? 니가 거기 있으면 닭들이 놀래잖아. 풀은 잘라서 토끼먹이로 줘야 하니, 밟고 다니면 안 되고. 그러니 어디 밖에 나가서 좀 돌아다니렴!"

올가는 밖으로 나왔다. 길 가운데는 오래된 녹슨 철길이 놓여 있었다. 이미 무수히 풀이 자라나고, 또 시들었던 철로 사이 땅 위에 다시 풀이 자라 있었다. 올가는 이모가 살고 있는 집의 창문 바로 맞은편 철로 위에 앉았다. 청소가 끝나면 이모가 자기를 불러들여 뭔가 먹을것을 줄 거라고 기대하면서.

이제 행인들도 다 지나가고, 짐수레를 타고 집으로 돌아가는 농부들도, 역에서 포대에 담긴 기장쌀을 나르던 마차꾼들도 더는 보이지 않았다. 저녁이 찾아와 주위는 어두워졌다. 올가는 얼어붙은 두 발을 몸 가까이 바짝 붙이고 차가워진 철로 위에 앉아 몸을 떨고 있었다. 그러다 그녀는 눈을 들어 보았다. 이모 집 창문에는 불이 밝혀져 있었으나, 주위는 형체를 알아볼 수 없는 희미한 물체들로 가득 찬, 어린 시절의 그 무섭고 고요한 밤으로 뒤덮여 있었다. 사람들은 모두 집으로 숨어 들어가 문을 쇠고리로 걸어 잠가버렸다. 올가는 재빨리 이모 집으로 달려갔다. 그러나 울타리 문은 잠겨 있었다. 그래서 그녀는 불이 밝혀진 창문을 두드렸다. 창문 안쪽에서 커튼이 열리더니 짙은 검은색 구레나룻을 덥수룩하게 기른 중년 남자의 커다란 얼굴이 나타났다. 그는 누가 음식을 빼앗으러 왔다는 듯 놀라서 입 안에 든 것을 재빨리 삼키고는 마치 짐승들의 눈처럼 유순해보이는 작은 눈으로 어둠 속을 유심히 바라보았다. 이 사람의 뒤로는 저녁 식탁이 보이고, 타치야나 바실리예브나는 식탁에서 빵과 식기를 서둘러 치우고 있었다.

올가는 창문에서 물러섰다. 곧 울타리 문이 열리더니 이모가 얼굴을 내밀었다.

"왜 문은 두드리고 그래?" 그녀가 말했다. "우린 네가 오래 전에 간 줄 알았지……."

"난 이모가 부를 때까지 참고 기다리고 있었죠." 올가가 말했다. "그런데 길거리에서 혼자 있기가 무서워서……."

"들어와라, 그럼." 이모는 올가를 집으로 불러들었다.

이모 집의 부엌과 방은 마치 부잣집처럼 모든 것이 깨끗하고 차분하게 정돈돼 있었고 좋은 냄새가 났다. 올가는 '여기서는 살지 않을 거야. 못 살 것 같아. 내가 모든 걸 더럽힌다고 매일 꾸중하실 테니'라고 생각했다. 창문 너머로 올가를 쳐다봤던 타치야나 바실리예브나의 남편은 다시 식탁에 앉아 저녁을 먹고 있었다.

"하느님도 무심하시지, 내 애들은 태어날 생각도 안 하는데, 친척들이라곤 제 자식들을 이리 떠넘기기나 하니." 타치야나 바실리예브나는 한숨을 쉬었다. "아르카샤(올가 이모의 남편 아르카지이 미하일로비치의 애칭), 애가 내 조카딸인데 천애의 고아가 됐지 뭐유. 당신이 이제 먹이고, 입히고 해야 할 판이유!"

"경사가 났군!" 타치야나 바실리예브나의 남편은 혼잣말하듯 냉담하게 말했다. "아무튼, 뭘 좀 먹이고 오늘은 자고 가게 놔둬. 안 그러면 개에 대한 책임의 소지가 생길 수도 있으니."

"잠자리는 또 어떻게 마련하란 말이에요!" 이모가 소리를 질렀다. "침대 시트도, 이불도, 빨아놓은 베갯잇도 없는데!"

"저는 그냥 아무 데서나 잘게요. 이불 대신 옷을 덮으면 되고요." 올가가 조심스레 말했다.

"자고 가게 놔둬!" 아르카지이 미하일로비치는 다시 한번 아내에게 명령조로 말했다. "그리고 당신은 그렇게 모질게 굴지 좀 마. 그러다 인민위원회에 끌려가 된통 당하게 된단 말이야!"

타치야나 바실리예브나는 처음에는 좀 어안이 벙벙했다가 이내 화가 치밀었다.

"인민위원회가 날 어떻게 한다고요? 국가는 우리 인민들이 뭐 천

사라도 되는 줄 아나. 애들을 데려다 먹여 살리느라고 자기는 죽으라고. 그럼 소비에트 권력인가 뭔가가 알아서 먹여 살리라지!"

"국가야 마다 않지. 먹여 살리고 말고!" 이모부는 버터를 넣은 죽을 한 수저 퍼서 삼키며 확신에 찬 어조로 말했다.

"먹여 살려!" 자기 남편의 말투를 흉내내며 타치야나 바실리예브나가 말했다. "아니, 누가 그 애들을 다 먹여 살린다는 거예요. 애들은 하루에도 셀 수도 없이 태어나는데 국가에서도 어찌할 도리가 있나. 나랏일이 걱정된다니까요!"

"전 먹을 건 필요 없어요. 그냥 잠만 자면 돼요." 올가가 말했다. 반닫이 위에 앉아 있던 그녀는 집주인 앞 식탁 위에 놓인 죽 그릇에서 고개를 돌렸다.

이모의 남편은 먹던 숟가락을 닦아서 죽 그릇 옆에 놓고 고아 소녀에게 말했다.

"이리 앉아 남은 거 좀 먹어라!"

올가는 식탁에 앉아 그릇을 손바닥 위에 올려놓고 밀죽을 조금씩 먹기 시작했다.

"이런! 그러면 그렇지! 먹을 건 필요 없고 잠만 자면 된다더니……." 이렇게 말한 이모는 서둘러 베갯잇도 없는 베개를 반닫이 위로 가져다 놓았다.

"조금만 먹을게요." 올가는 대답했다. 그리고 한 번 더 죽을 반 수저 정도 퍼서 먹고는 숟가락을 깨끗이 핥아서 조심스럽게 식탁 위에 놓았다. "이제 그만 먹을게요." 그녀가 말했다.

"벌써 배가 부르니?" 타치야나 바실리예브나가 다정한 목소리로 물어보았다.

"아니오, 그냥 입맛이 없어졌어요." 올가가 말했다.

"그래! 그럼 이제 자야지." 이모는 그녀를 반닫이 쪽으로 데려가 더니 말했다. "불은 금방 끌 거다. 등유를 낭비할 순 없잖니!"

올가는 반닫이 위에 누운 다음, 온기를 더 느끼기 위해 몸을 살며 시 웅크렸다. 그리고 딱딱한 나무가 마치 부드러운 침대라도 되는 양 깊이 잠들었다. 이제는 세상 어디에도 그녀가 있을 곳이 없었다.

3

이모와 이모부는 아침 일찍 잠자리에서 일어났다. 기관사로 일하 는 이모부는 정기적으로 운행하는 화물 열차를 운전했다. 타치야나 바실리예브나는 남편이 운행 중에 먹을 비계 한 덩이, 빵, 수프 대용 으로 기장쌀 가루 한 컵, 삶은 달걀 네 개를 챙겨주었고, 기관사는 바람으로부터 머리를 보호하기 위해 털모자를 쓰고 따뜻한 점퍼도 챙겨 입었다.

"이제 어떻게 살아야 하죠?" 타치야나 바실리예브나가 남편에게 낮은 목소리로 물었다.

"뭘, 어떻게?" 아르카지이 미하일로비치가 말했다.

"얘 때문에요." 이모는 올가를 가리켰다. "복덩어리가 하나 굴러 들어와 누워 있잖아요!"

"얘는 당신 조카니까, 당신이 알아서 하구려. 제발 집안이 부산스 럽지 않았으면 좋겠어."

남편이 떠나자 이모는 자고 있는 조카딸의 맞은편에 앉았다. 한 손으로 뺨을 괸 채 근심스러운 표정을 짓던 그녀가 낮은 소리로 중얼거렸다.

"제 집인 양 뻗고 누웠구먼. 이모 집이 부자니, 먹여주고 입혀주고 지참금 챙겨 시집도 보내줄 거라 믿는 모양이지! 맨발에다 치마한 벌, 배고프고 지저분한 불쌍한 고아의 몸이니, 선물인 양 받아들이라고! 이모와 이모부야 살 날이 며칠 남지 않은 몸, 우리가 죽고 나면 자기가 이 집의 주인이 돼 우리가 뼈빠지게 모은 재산을 날름 해치워버릴 작정이지! 젠장, 어디 귀신이라도 있으면 데려가지 않고! 내 물건을 털끝 하나 건드리게 놔둘 줄 알고! 밥은 목구멍으로 제대로 넘어가나 보자! 그 양반은 찬바람 맞아가며 추위 속에 하루 종일 일하느라 바쁘고, 난 아침부터 밤까지 자리에 한번 앉지도 못하고 이러 저리 뛰어다니는데 너란 애는 이렇게 모든 것이 갖춰진 곳에 몸만 달랑 와서, 자길 좀 사랑해주고 키워달라고? 올가! 지금이 몇신데 아직도 자고 있니!" 타치야나 바실리예브나가 갑자기 큰 소리로 올가를 불렀다. "힘들어 죽기라도 할 것 같냐? 빨리 일어나지 못해! 너 때문에 내가 아무것도 못 하겠어!"

올가는 얼굴을 벽쪽으로 돌린 채 꼼짝 않고 누워 있었다. 그녀는 조그만 몸을 웅크리고 있었다. 무릎을 거의 턱에다 갖다 붙이고, 두 손으로 배를 감싸고 고개를 숙인 채 얼굴을 바로 가슴 위에 대고 숨을 쉬며 자기 숨으로 간신히 몸을 데우고 있었다. 그녀가 입고 있는 낡아빠진 회색 원피스는 이미 몸에 맞지 않았다. 옷의 길이보다 그녀는 훨씬 더 자라 있었다. 그나마 지금 옷이 몸을 다 가릴 수 있는 것은 그녀가 몸을 웅크리고 누워 있기 때문이었다. 그러나 낮에는 비쩍 마른 다리가 거의 무릎까지 보였고, 소매 끝동이 팔꿈치까지 올라가 팔이 반쯤 드러났다.

"누워서 하루 종일 뒹굴기로 작정했냐!" 이모가 그녀에게 소리를 질렀다.

"자는 거 아니에요." 올가가 말했다

"그럼 왜 그렇게 누워 있어! 방 청소해야지!"

"이모가 하는 말 듣고 있었어요." 올가가 대답했다.

"이런 돼먹지 못한 음흉한 년!"

올가는 자리에서 일어나 옷매무새를 다듬었다. 타치야나 바실리 예브나는 잠시 침묵을 지키다가 말했다.

"빨리 가서 씻어라. 찻물 올려놓을 테니. 배고플 거 아니야!"

올가는 아무런 대답도 하지 않았다. 이제 어떻게 해야 할지 아무 생각도 나지 않았다.

이모는 올가에게 차와 밀 건빵 조금, 그리고 삶은 달걀 반쪽을 주고 나머지 반쪽은 자기가 먹었다. 이모가 준 음식을 다 먹은 올가는 식탁보 위에 떨어진 건빵 부스러기를 쓸어 모은 다음 입에다 털어 넣었다.

"아직도 배가 덜 찼냐?" 이모가 물어보았다. "먹여 살리기 힘들 군! 이제 집 밖으로 나가거라. 아니면 빵 부스러기 모은다고 찬장이 란 찬장은 죄다 뒤질 테고, 그러면 그릇인들 하나 제대로 남아나겠 어. 게다가 마침 장을 보러 나가야 하는데, 내가 널 어떻게 혼자 이 집에 놔두겠니?"

"아니요, 이제 나갈게요. 더 있을 거 아니에요." 올가가 대답했다.

이모는 만족스러운 미소를 지었다.

"그래! 그럼, 가려무나. 어디 갈 데가 있나 보지. 그리고 혹시 생각나거든, 그때 놀러오렴. 그래, 그렇게 하는 게 낫겠다."

"알았어요. 나중에 생각나거든, 그때 다시 올게요." 그렇게 약속하고 올가는 이모 집을 나왔다.

밖에는 따뜻한 아침 햇살이 비치고 있었다. 이제 곧 가을이 오려는지 나무 잎새들은 시들어 있었다. 올가는 크고 낯선 도시의 집들을 지나치며 걸었다. 그녀는 낯선 장소와 사물들을 무감각하게 바라보았다. 이모 집에서 느꼈던 괴로움이 분노나 모욕감이 아니라 무관심으로 변했기 때문이다. 그래서 그녀에게는 이제 어떤 것도 새롭거나 흥미롭지 않았고, 그녀 앞에 있는 모든 생명체는 갑자기 생명을 잃은 듯했다. 그녀는 지나는 행인들과 함께 앞으로 걸어갔고 눈에 들어온 것은 즉시 잊어버렸다. 한 누런 벽돌집 건물에 광고 벽보가 붙어 있었다. 사람들이 서서 그 벽보를 읽고 있는 것을 보고 올가도 거기에 무엇이 씌어 있는지 읽어보았다. 그것은 직급별로 노동자를 채용한다는 공고였고, 한 대학에서 장학금과 기숙사를 제공하는 조건으로 청강생을 모집한다는 내용도 있었다. 그녀는 기숙사에 살면서 공부를 하고 싶었다. 그래서 올가는 그 대학을 찾아갔다. 그녀는 부모님과 함께 살 때 초등학교를 4학년까지 다닌 적이 있었다.

올가가 대학 사무실을 찾아갔을 때 마침 직원들은 모두 식당에 가고 없고, 늙은 경비원이 혼자 앉아 있었다. 그는 빵 조각을 양철 그릇 속에 담긴 국에다 찍어 먹고 있었다. 그는 올가에게 그녀가 나이와 학력이 모자라 학교에서 받아주지 않을 것이라고 말했다.

"기숙사에서 살고 싶어서 그래요." 올가가 말했다.

"기숙사에 뭐 좋은 게 있다고!" 노인이 대답했다. "어린애는 부모 곁에 있는 게 낫지."

"할아버지, 그 국 제가 좀 먹으면 안 돼요?" 올가가 부탁했다. "조금밖에 안 남았는데, 그걸로는 어차피 배부르게 드실 순 없잖아요. 빵은 이미 다 건져 드셨고."

할아버지는 국이 든 그릇을 고아에게 넘겨주었다.

"그럼 좀 먹어봐라. 넌 아직 조그만하니까 이걸로도 충분하겠다. 그런데 넌 뉘 집 애냐?"

"전 누구 집 애도 아니에요. 저는 그냥 저예요."

"뭐야! 너는 그냥 너라고! 그럼 국은 왜 내 걸 먹고 있냐? 먹을 것도 그냥 네 것이나 먹고 살 것이지!"

올가는 그릇을 다시 노인에게 돌려주었다.

"할아버지가 마저 다 드세요, 아직 조금 남았어요. 사람들이 모두 날 따돌리는군!"

4

사무실 직원들은 식당에서 돌아와 올가를 면접했다. 과장이라는 사람이 올가가 철도요원 교육 과정에 입학할 수 있도록 관련 서류를 작성해줬다. 올가를 위해 학업은 물론 생활에 필요한 제반 사항에 대한 도움을 요청하는 것도 잊지 않았다. 저녁에 늙은 경비원은 서류에 적힌 주소로 올가를 데려갔다. 교과 운영 책임자는 먼저 기숙사에 올가가 묵을 자리를 마련해주었다. 하얀 칠이 된 조그만 방에 옷장과 긴이 침대 하나를 더 밀어넣었다. 복도에는 대학생들이 생활하는 방이 연이어 있었다. 교과운영 책임자는 올가에게 입학원서를 작성해야 하니 다음날 아침 교무 담당자가 출근할 시간에 학교에 나오라고 지시했다.

올가는 기숙사 친구들과의 새로운 생활에 점차 적응했고 만족감을 느꼈다. 아침저녁으로 예비 과정 수업이 있었고 한낮에는 점심 시간이 있었다. 올가가 돈이 없어 식사를 못 하는 것을 안 학교에서는 반 달이나 앞당겨서 장학금을 주었고, 구두, 속옷, 실, 양말 두 켤레, 점퍼, 그리고 기타 규정에 정해진 물품을 지급해줬다.

부모님의 죽음과 이모의 냉대, 그리고 모두가 그녀를 피하기만 할 뿐 아무도 자신을 필요로 하지 않는다는 생각 때문에 느꼈던 슬픔과 괴로움은 이제 올가의 마음에서 사라졌다. 올가는 그들이 자기에게 옷, 돈, 먹을것을 주는 걸 보면, 자신이 이 세상에 필요한 존재이며 남들에게 사랑받고 있다고 생각했다. 마치 부모님이 다시 살아난 것 같은 느낌이었다. 그러니까 모든 사람이, 혹은 소비에트 체제 전체가 그녀를 필요로 하고 있고, 자신이 없어지면 그들에게도 좋을 것이 없다는 생각이 들었다.

올가는 마음의 평온과 행복감을 느끼며 열심히 공부했다. 그러나 아버지와 어머니에 대한 생각이 떠오를 때면 마음이 아팠다. 그러나 이제는 지금 자기를 먹여주고 가르쳐주지만 정확히 알 수 없는 '모든' 사람이 아닌, 아버지나 어머니처럼 특정한 사람이 자신을 사랑해주길 바랐다.

간혹 밤에 잠에서 깰 때면 올가는 자신이 기숙사에 누워 있다는 사실을 잊곤 했다. 어둠 속 낡은 침대 위에는 어머니와 아버지가 자고 있고, 역에서는 기관차의 기적 소리가 들려오고, 마당 축사에 쌓아놓은 주인의 물건을 지키려는 개 짖는 소리도 멀리서 들려오는 듯했다. 그러나 조금씩 어둠에 적응한 소녀의 눈에는 옆 침대에서 자고 있는 열다섯 살 난 리자의 모습이 들어왔다. 리자는 항상 얌전하게 잠을 잤다. 아마도 그녀는 미래의 행복한 삶을 그리며 달콤한 꿈을 꾸고 있을 것이다. 건물의 두꺼운 벽을 통해서 야간 작업을 하는 사람들의 소리와 도시의 소음이 사라졌다 다시 들려오기를 반복했다.

수업 시간에 올가는 리자 옆에 앉았다. 그녀도 고아나 다름없었다. 아버지는 내전 중에 사망했고, 아직 젊은 편이었던 어머니는 식당 지배인에게 다시 시집을 간 후에는 요란하고 윤택한 생활과 사회 활동에 빠져 더 이상 딸을 돌보지 않았다. 그러나 리자는 어머니를 잃고 나서 학교 친구들을 알게 되었고, 혁명이 무엇인지 레닌이 누구인지도 알게 되었다. 그러나 얼마 전까지만 해도 그녀의 마음은 가난과 외로움으로 늘 어둡고 괴로웠다. 사람들이 이따금 가져다 주는 나무로 불을 지펴 기장쌀로 끼니를 때우는 생활은 배고픔과 힘겨움 그 자체였다. 어머니와 둘이서만 있는 집안은 항상 우울했다. 그러다 어머니는 새로 시집을 갔고 딸에게 먹을것을 가져오는 것도 잊어버렸다.

친구들, 기숙사, 학업, 자율활동, 식당의 준비된 식사 이런 것들이 갖춰진 학교 생활은 어린 영혼을 지치게 만들었던 먹을것에 대한 끊임없는 걱정과도, 집안의 침울한 분위기와도 다른 것이었다.

처음에 올가는 모든 걸 이해할 수 없었다. 왜 자기에게 먹을것을 주고 깨끗하고 따뜻한 방에서 살게 해주는지. 수업 외에는 일도 시키지 않고 자신은 그저 공부만 하면 되는 건지. 저녁이면 클럽에서 연주하는 음악을 듣고, 인생에 대해 씌어진 책만 읽으면 되는지. 학교와 기숙사에서 자기를 쫓아내지나 않을지 걱정이 되었다. 자기를 보호하고 부양해야 할, 그리고 국가의 재산을 안심하고 자기에게 투자해야 할 아무런 이유도 없었기 때문이다. 물론 그녀가 다시 배고픔에 시달리고 불편한 곳에서 잠자게 되는 것이 두려워서 그런 것은 아니었다. 그러나 기숙사에서의 행복하고 즐거운 생활, 수업 시간과 책에서 얻을 수 있었던 자유의 감정과 삶의 의미에 대한 확신 같은 것들은 잃고 싶지 않았다. 더 이상 예전처럼 연약하게 마음을 웅크린 채 살고 싶지는 않았다. 이제 그녀는 예전에는 몰랐던 모든 것을 느끼며 살고 싶었다.

10월 혁명을 기념하는 저녁 파티에서 올가는 태어나 처음으로 오랫동안 피아노 연주를 들을 수 있었다. 피아노는 노동 클럽에서 특별히 옮겨온 것이었다. 올가는 음악을 듣는 이 순간이 너무 좋았다. 그리고 산다는 것이 그렇게 무료하지도 진부하지도 않다고 생각했다. 삶이란 마치 어린아이나 젊은이의 가슴속에 존재하는 미래에 대한 순수한 기대감처럼 어떤 환상적인 것이라는 생각에 눈물을 흘렸다.

올가는 옆에 앉아 있던 리자에게 물어보았다.

"리자, 혹시 우리를 다시 집으로 돌려보내는 건 아니겠지? 난 갈 곳이 없는데! 그런데 우리에게 이걸 누가 다 해주는 거지?"

"레닌 동지께서 해주시는 거야." 리자가 말했다. "그분은 우릴 그냥 내버려두지 않으시거든."

"왜? 왜 그냥 내버려두지 않아?"

"왜냐고? 왜냐하면, 그분이 우리들을 사랑하시니까. 그리고 우리는 공산주의의 미래를 짊어질 사람들이니까. 우리도 다른 모든 사람들에게 필요한 사람들이잖아."

올가는 잠시 생각에 잠겼지만 리자의 말을 이해할 수 없었다.

"그럼, 공산주의는 어떻게 해야 되는 거지? 빨리 되도록 노력해야지!"

"레닌 동지께서 다 알고 계셔." 리자는 가볍게 대답했다.

올가는 레닌의 초상화를 바라보았다. '우리 아버지처럼 벌써 많이 늙으셨네!' 그녀는 생각했다. '우리는 빵도 많이 먹고, 옷도 금방 닳아 해지는데, 그리고 어제는 교실에 땔감을 다섯 번이나 실어왔는데 일을 하려면 빨리 커야지, 공부도 얼른 마치고.' 그녀는 자신이 아직은 키도 작고 힘도 모자라다는 걸 알고 있었다. '아, 건강도 조심해야지.' 그녀는 다시 걱정했다. '얼마 전에 장티푸스와 독감이 유행했었지. 레닌 동지께서는 우리를 위해 마지막까지 애쓰시는데 우리가 아무것도 못하고 갑자기 죽기라도 하면……. 그분의 얼굴도 보지 못하고 말이야.'

밤에 올가는 이불을 뒤집어쓴 채 자신의 삶과 공동의 삶에 대해 생각하기 시작했다. 그녀는 자기처럼 가난하지만 착한 모든 사람의 아버지인 레닌의 모습을 떠올렸다. 이 생각을 하자 그녀의 마음은 밝고 진실한 행복으로 가득 찼고, 어두웠던 세상이 환히 빛나며 깨끗해지는 기분이었다. 살 곳과 먹을것을 잃어버릴 수도 있다는 애처로움과 두려움도 사라져버렸다. 레닌 동지는 절대 자기를 아무런 희망도, 혈육도 없이 세상에 홀로 내버려두지는 않을 것이라고 확신했기 때문이었다. 올가는 확실한 것을 좋아했다. 그렇게 확실하게 조직된 세상이라면 더욱 행복하게 살 수 있을 것 같았다.

5

몸이 약하거나 마른 학생들은 원하면 국이나 죽을 한 접시 더 먹을 수 있었다. 처음에 올가는 배불리 먹고 싶은 마음으로 음식을 더 가져와서 먹었다. 그러나 이제 올가는 음식을 더 달라고 하지 않을 뿐더러 항상 음식을 두 접시씩 가져오는 리자를 불만스러운 표정으로 바라보았다. 올가는 소비에트 공화국 전체를 생각하기 시작했다. 그녀는 자기보다는 국가에게 더 필요한 존재인 군인이나 노동자에게 음식이 더 많이 가야 한다고 생각했다.

몇 달이 지나 봄이 될 무렵에 식당에 식품 공급이 중단되었다. 학생들의 장학금 지급도 지연되었다. 이 일은 훗날 지역 물자위원회와 재무 부서에 근무하던 몇몇 백군 장교들과 그들에게 직무를 맡긴 사람들의 잘못으로 드러났다.

이틀 동안 아무것도 먹지 못한 리자는 사흘째 되던 날 울음을 터뜨렸지만, 올가는 울지 않았다. 기숙사 건물 3층에는 일반 주민들이 살고 있었는데, 올가는 아침부터 이곳에서 일거리를 찾아보았다. 그래서 이 날은 수업도 듣지 못했다. 그런데 주부들은 경제적 사정 때문에 집안일을 남에게 맡기지 않고 모든 것을 손수 했다. 그러나 유일하게 폴리나 에두아르도브나라는 뚱뚱한 여자가 올가에게 마룻바닥을 청소해달라고 부탁했다. 그녀는 지나치게 비대한 몸 때문에 움직이는 것이 불편했다. 일을 해주고 올가는 빵 한 덩어리와 설탕 두 조각, 그리고 약간의 돈을 받았다.

기숙사로 돌아온 올가는 오전 수업을 마치고 돌아온 리자와 빵과 설탕을 반반 나눠 가졌다. 리자는 자기 몫을 다 먹고도 배가 부르지 않자 다시 침울한 표정을 지었다.

"오늘은 무슨 수업이 있었어?" 올가가 그녀에게 물었다.

"오늘 수업은 재미없었어!" 리자가 대답했다.

올가의 표정이 우울해졌다.

"장학금이 안 나오는 동안은 네가 내 몫까지 공부해!" 그녀가 말했다. "대신 난 먹을 걸 벌어올게. 노트는 네것을 베끼고, 저녁에 공부하고."

리자가 물어보았다.

"무슨 일을 할 건데?"

"마룻바닥 청소나 아이들 봐주는 거, 할 일은 어디나 많아." 올가는 슬픈 목소리로 말했다. "넌 공부나 해. 먹을 건 내가 알아서 해결할게."

"나 배고파!" 리자가 말했다. "니가 가져온 빵하고 설탕이 너무 작아서."

"그럼, 빵을 좀더 구해볼게." 올가는 이렇게 약속하고 방을 나왔다.

방을 나와 그녀가 향한 곳은 바로 이모 집이었다. 그러나 그녀는 들어가지 못하고 집 맞은편 길 위에 놓여 있는 철로 위에 앉았다. 녹슨 철길은 그대로였고, 올가는 낯익은 철로를 손으로 쓰다듬었다. 그녀가 한참을 앉아 있는 동안 이모는 두어 번 창문으로 그녀를 쳐다보았다. 올가의 몸은 이미 오래 전에 겨울 추위 속에서 얼어붙었다. 그래도 그녀는 선뜻 이모 집으로 들어갈 용기가 나지 않았다.

저녁에 타치야나 바실리예브나는 문 밖으로 나와 올가를 불렀다.

"왜 그러고 앉아 있어! 들어와라, 뭐 좀 먹을 걸 줄 테니."

올가는 집으로 들어가 이모가 내온 국을 한 그릇 먹었다. 이모부 아르카지이 미하일로비치는 집에 없었다. 타치야나 바실리예브나는 나가봐야 한다며 올가에게 빨리 먹으라고 재촉했다. 그녀가 서두르는 바람에 올가는 정작 빵을 달라고 얘기하는 것도 잊고 있었다.

조카에게 빵도 없이 국만 먹인 타치야나 바실리예브나가 갑자기 말했다.

"애야, 아직 시간이 있으니, 좀더 있다 가거라." 올가는 이모가 눈물이 없는 사람이라고, 아니 있다고 해도 아주 적은 사람이라고 생각했었다. 그런데 갑자기 그녀가 앞치마를 잡고 눈물을 훔쳤다.

그러고는 지금 당장 역 구내식당에 가봐야 하는 이유를 올가에게 설명하기 시작했다. 그녀의 남편인 아르카지이 미하일로비치가 요사이 며칠 동안 집에도 들어오지 않고 기차와 역에서 숙식을 해결하고 있는데, 그가 그 나이에 역에서 일하는 여자 배차원과 바람이 났다는 소문이 있어, 이를 확인하기 위해서라고 했다.

"이모, 빵 조금만 주세요." 올가가 부탁하자 이모는 말없이 조카를 바라보며 잠시 생각에 잠겼다.

"그래, 가져가라, 가져가!" 이모는 모든 것이 풍비박산이라도 난 사람처럼 화를 내며 말했다. "내가 혼자 편안하게 살 팔자는 아닌가 보다. 어이구, 다 내가 못난 탓이지!"

타치야나 바실리예브나는 처음에는 자신의 신세를, 다음에는 자신의 남편과 집안의 운수를 원망하며 눈물을 흘렸다. 올가는 직접 찬장을 열고 구운 빵 한 덩어리를 꺼냈다. 이모는 아무 말 없이 그녀를 바라보다가, 올가가 빵을 반으로 잘라 반 덩어리를 집어들자, 소리를 지르며 더 큰 소리로 울기 시작했다.

"내 인생도 이젠 다 끝났어!" 그녀는 조용히 말했다. "집안 꼴이 이게 뭐야? 기다릴 사람도, 음식을 해 먹일 사람도 없고."

올가는 조만간 다시 들르겠다고 이모에게 약속하고 작별 인사를 했다. 그녀는 기숙사로 서둘러 돌아가야 했다.

"얘야, 너라도 자주 들르거라!" 타치야나 바실리예브나는 조카에게 부탁했다. "내 몰골 좀 봐라, 어디 이게 사람 꼴인지."

기숙사에 도착해 올가는 리자를 찾았다. 그녀는 저녁 수업을 마치고 이미 돌아와 있었다. 마지막 수업 한 시간은 듣지 않았다. 올가는 그녀에게 빵을 주고 나서, 오늘 있었던 과목의 수업 내용을 확인하고 남들에게 뒤처지지 않기 위해 공부했다. 리자는 빵을 씹으며 오늘 수업 시간에 배운 내용을 친구에게 이야기해주었으나, 자기도 수업을 제대로 이해하지 못해 오늘 배웠던 주기수(週期數)에 대해서는 아무것도 설명하지 못했다.

"도대체 공부를 어떻게 하는 거야!" 올가가 그녀에게 말했다. "수업은 왜 끝까지 안 듣는 거니? 그리고 수업을 들을 때는 또 뭐 하고 있었던 거야? 너도 참 걱정되는 애구나."

"니가 상관할 바 아니야!" 리자가 화를 냈다. "내일은 또 어디서 먹을 걸 구하지?"

"내일은 또 내가 알아서 구해볼게." 올가가 대답했다. "우리가 공산주의를 이끌어갈 미래의 사람들이라고? 넌 그런 말 할 자격도 없어. 자기 목숨만 그렇게 애지중지하고 주기수가 뭔지도 모르고. 예전의 부르주아지들이나 그렇게 한탄만 하고 엄살 부리며 마흔, 쉰 살까지 살았지."

리자는 먹던 것을 멈추고 말했다.

"이제 그만 먹을게. 이제 그럼 공부하자. 속이 좀 쓰려서, 뭘 먹어야 했거든."

"너는 어떻게 매일 먹을 생각만 하고 있니! 너도 뭔가에 의식이라는 게 있을 거 아니야!"

두 친구는 공동 책상에 앉아 공부를 시작했다. 전구의 불빛은 고개 숙인 그들의 머리 위를 한참 동안 비추고 있었다. 지금 그들의 머릿속에는 이성이 작용하고 있었다. 그러나 그들은 이내 졸기 시작했고, 잠시 후에 잠깐 정신이 들자 서로 쳐다보며 빙긋 웃고는 침대로 가서 어린아이처럼 단꿈을 꾸며 잠에 떨어졌다.

아침이 되자 올가는 자신과 리자가 먹을 음식을 장만하기 위해 다시 일거리를 찾으러 갔고, 리자는 두 사람을 위한 공부를 해야만 했다.

올가는 일찍 아내를 잃은 한 남자의 아이를 돌보는 일을 맡게 됐다. 다른 일자리는 구할 수가 없었다. 아이의 나이는 겨우 한 살 반이었고, 이름은 유슈카였다. 올가는 유슈카의 아버지가 저녁 무렵 공장에서 돌아오는 9시나 10시까지 아이를 돌봐야 했다. 이 일로 올가는 주인에게 음식과 식료품 공장 노동자의 급여에 해당하는 수고비를 받기로 했다.

올가는 유슈카가 사랑스러웠다. 큰 머리에 진한 갈색 머리칼을 가진 이 사내아이는 맑은 회색 눈망울을 굴리며 방안의 이것저것들을 호기심 가득한 눈초리로 쳐다보았다. 아이는 잘 울지도 않았고, 불편해도 화를 내지 않고 잘 참았다. 올가는 아이에게서 특이한 점 하나를 발견했다. 아이는 그녀가 뭔가를 주면 받았다가 다시 돌려준다. 게다가 침대나 자기가 기어다니며 놀던 마룻바닥에서 손에 잡히는 물건을 더 주는 것이다. 한번은 올가가 좀 오래된 딸랑이 장난감을 선물한 적이 있었다. 그러자 아이는 그때까지 가지고 놀던 나무통을 답례로 주더니, 고무 젖꼭지나 매일 가지고 놀던 물건 가운데 뭔가를 또 주려는 것이었다. 올가가 먹을 것을 줄 때도 유슈카는 혼자서는 먹으려 하지 않았다. 유모인 올가가 죽 한 수저를 먼저 먹으면 그제야 자기도 한 수저를 받아먹었다. 엄마와 하던 습관이 아직 남아 있는 것으로 보아 아이는 올가를 오랜만에 다시 돌아온 엄마라고 생각했던 모양이다. 유슈카는 올가의 가슴께를 손으로 더듬으며 그녀를 애처롭게 쳐다보았다. 올가는 아이의 손을 떼내며 그 버릇을 고치려 했지만, 유슈카는 말을 듣지 않았다. 아이는 아마도 충분히 먹지 못했을 엄마의 젖을 찾아 더듬거렸다. 그러던 어느 날 올가는 유슈카의 요구를 참다 못해 한쪽 가슴에 아이의 입을 대줘보았다. 그러나 이것도 쉽지 않았다. 올가의 가슴은 이제 갓 생겨나기 시작해서 아직은 작았다. 가슴에서는 먹을 것이라고는 아무것도 나오지 않았는데도 유슈카는 게걸스레 입맛을 다시고는 마치 정말로 배가 부른 양 만족스러운 표정을 지었다. 그리고 올가의 한쪽 팔을 잡은 채, 한참 잊고 있다 오랜만에 맛본 행복에 겨워 이내 잠이들었다. 아이는 아직 자기에게 행복을 선사한 사람에게 아무런 보상도 할 수 없기 때문이다.

올가가 유모 일을 시작한 지 한 달이 흘렀다. 그동안 매일 저녁 올가는 자기 몫으로 받은 음식의 일부를 리자에게 가져다 주었다. 그리고 올가는 더 이상 유모 일을 하지 않아도 되었다. 학생들에게 그 사이 밀렸던 장학금이 모두 지급되었고, 식당에도 식료품이 운반되기 시작했다. 그러나 올가는 유슈카를 혼자 내버려둘 수 없었다. 그녀는 거의 매일, 낮에 휴식 시간이나 수업이 끝나면 저녁에 유슈카를 찾아갔다.

유슈카에게는 이미 다른 늙은 유모가 있었다. 하지만 아이는 노파보다는 올가를 더 좋아했고 그녀에게 자꾸 안기려 하고 젖을 찾았다. 올가는 노파가 다른 일을 하느라 유슈카를 돌보지 못할 때면 유슈카에게 자신의 납작한 젖을 물렸다.

서른 살의 디젤 기관차 기관사인 유슈카의 아버지는 올가가 아이를 품에 안고 달래는 모습을 바라보며 중얼거렸다. "아깝군! 아까워!" 그는 올가가 유슈카의 계모가 될 수 없다는 것이 안타까웠다. 아들과 올가에게서 몸을 돌리고 창 밖을 보는데 눈 앞이 뿌옇게 흐려졌다. 눈물이 억제할 수 없이 솟아나 그의 눈을 가렸기 때문이다.

올가는 유슈카의 새 유모가 미덥지가 않았다. 아무에게나 유슈카를 믿고 맡길 수가 없었다. 올가는 유슈카를 탁아소에 맡기는 것이 좋겠다고 그의 아버지를 설득했다. 유슈카의 아버지는 올가의 말을 부정적으로 생각했다. 그는 국영기관의 유모들과 협동조합 조합원들은 어머니 역할을 할 수 없다고 생각했다. 올가는 자기도 국가에 소속된 '소비에트 유모'였고, 그 때문에 월급을 받았지 않았느냐고 반박했다. 결국 유슈카의 아버지는 그녀의 설득을 받아들이고 아이를 탁아소에 맡기기로 결정했다.

6

3년 후, 교육 과정을 모두 마친 올가와 리자는 철도 현장실습을 나가게 되었다. 올가는 유슈카와 작별을 하며 눈물을 흘렸다. 금세 아이로 자란 유슈카는 오래 전부터 올가를 엄마라고 부르고 있었다. 유슈카는 헤어질 때까지 그녀를 꼭 껴안고 놓아주려 하지 않았다.

당시 올가는 열일곱 살이었고, 리자는 열여덟 살이었다. 친구 사이인 그들은 무료하지 않고, 그래서 일을 더 잘할 수 있도록 함께 배속되었다. 실습 장소는 그들이 공부했던 도시에서 가까운 편인 세리가라는 작은 역이었다. 여기서 그들은 역무와 화물 적재 관련 업무뿐 아니라 역사에서 당직을 서고 심지어 선로 전환용 기관차를 운전하는 법까지도 배워야 했다.

때는 한여름이었다. 역 근처에는 민가가 없었던 터라 역장은 역의 한쪽 모퉁이에 옮겨놓은 화차 한 칸을 실습생들의 숙소로 쓰도록 했다. 화물 열차는 군인들의 이송을 위해 개조된 것이었다.

역장도 이에 동의했지만 올가와 리자는 우선 기관차 운전 실습을 하고 싶었다. 그들은 여름 내내 낡은 기관차에 붙어살았다. 중년의 기관사는 휴가를 간 상태여서 부기관사인, 서른이 조금 넘고 말수가 적은 청년 이반 포드메트코가 그 자리를 대신하고 있었다. 바로 그가 올가와 리자의 선생 역할을 하게 될 사람이었다. 포드메트코는 자기 방식대로 처녀들에게 기관차에서 해서는 안 될 일을 가르쳤다.

"자, 보는 것처럼 기관차가 제자리에서 꿈쩍도 않고 있죠. 증기 밸브를 열어줘도……. 포드메트코는 이렇게 말하면서 증기 밸브를 열었지만, 기관차는 움직이지 않았다.

올가와 리자는 왜 그런 상황이 생겼는지 이유를 설명해야 했다.

"차단 장치가 제대로 작동하지 않는 것 같은데, 기어를 넣어야죠!" 올가가 답을 제시했다.

"오, 맞았어요!" 포드메트코가 히죽 웃었다. "그럼, 기관차를 앞으로 몰고 가다가 증기 밸브는 최대한 열어놓은 상태에서 기어를 갑자기 뒤로 빼면 기차가 어떻게 되죠?" 포드메트코가 문제를 냈다.

"이때 배기 밸브를 열지 않으면 실린더 덮개가 날아간다든가, 피스톤 봉이 휘거나 상할 수 있어요." 올가가 대답했다.

"그래요, 이 정도는 삼척동자도 아는 거니까……. 포드메트코가 올가의 대답을 인정했다. "그럼 보일러는 땔 줄 아나요? 아, 물론 가르쳐주겠지만, 나중에 하죠. 우선 기관차 청소를 하는데, 윤이 날 정도로 깨끗하게 해야 합니다. 그리고 본인들도 좀 씻어요! 더께가 낀 것처럼 지저분해서야! 때나 먼지는 불필요한 덧니 같은 거라고. 날 보면 드는 생각이 없어요!"

기관차에서 석 달에 걸친 실습을 마친 다음 리자는 역장의 사무실에서 열차 운행표 짜는 일을 배우기 시작했고, 올가는 화물 적재 관리원 조수로 배치돼 창고에서 일하게 되었다. 올가는 역무 가운데 중요한 일의 하나인 화물 업무에 대해서도 자세히 알고 싶었다.

늦은 가을 두 학생의 현장 실습은 끝이 났다. 그들은 이제 다시 학교로 돌아가 시험을 치르고 고정 근무지를 배정받게 될 것이다. 둘이 같은 직장에 배치될 리가 없기에 아마도 그들은 헤어지게 될 것이다. 저녁이면 그들은 숙소인 화차에 걸터앉아 미래에 대해 이야기했다. 눈앞에는 밤 기운 속에서 싸늘해져가는 초원이 희미하게 펼쳐져 있었다. 초원은 이들의 청춘을 기다리고 있는 미래의 시간처럼, 불안한 적막감에 싸여 있었지만 희망과 알 수 없는 매력을 불러일으켰다. 그들은 이런 예감과 상상 때문에 심장이 멎을 듯했고, 믿고 의지할 수 있는 서로를 꼭 껴안았다.

세리가 역을 떠날 날이 며칠 남지 않은 어느 날, 올가는 새벽에 잠을 깼다. 리자는 침대 칸에서 가져온 회색 모포를 머리까지 뒤집어 쓴 채 깊은 잠에 빠져 있었다. 화물칸은 여전히 따뜻하고 조용했다. 이 덕에 두 친구는 긴 여름을 날 수 있었다. 이때 정적이 감돌던 어두한 방으로 멀리서 회오리바람에 찢기는 듯한 긴박한 기적소리가 들려왔다. 그제야 올가는 잠에서 깬 이유를 알 것 같았다. 기관차는 그녀가 깨기 전부터 굉음을 울리고 있었던 것이다. 올가는 자리를 박차고 일어나 리자를 깨웠다.

"리자, 일어나! 기차 제동기에 문제가 생겼나봐!"

올가는 의자에 올려놓은 옷을 주워 입었다. 기관차는 멀리서 다가오며 다시 한번 기적을 울렸다. 올가는 기차 소리에 귀를 기울였다.

'아니야, 이건 기관차에서 화차가 떨어져나갔다는 건데.' 올가는 잠시 생각에 잠겼다.

그녀는 문을 열어젖히고 화차에서 뛰어내려 역으로 달려갔다. 더 이상 리자가 일어나길 기다릴 수는 없었다. 이불이나 차지 말고 잘 자길 바랄 뿐이었다.

역사 맞은편 세 번째 선로에는 기관차 한 대만 덩그러니 서 있었고, 그 주위에는 아무것도 없었다. 역사를 제외하면 주변도 텅 비어 있었다. 기관차에서는 두 사람이, 중년의 기관사와 그의 조수인 이반 포드메트코가 기차가 다가오는 방향을 바라보고 있었다. 그들은 열차가 노선에서 이탈했을 때 어떤 일이 생길지 지켜보고 있었다. 규정대로라면 우편 열차를 제외한 모든 열차는 세리가 역을 정차하지 않고 지나갔다.

지난 밤에는 역장이 당직을 서고 있었다. 그는 지금 제모를 벗은 채 플랫폼에 서서 긴 내리막길을 따라 역 쪽으로 다가오고 있는 기차의 신호음에 귀를 기울이고 있다.

올가가 그에게로 다가갔다.

"들리세요? 화차가 떨어져나갔어요!"

"듣고 있소." 불만스럽게 대답한 역장은 피곤에 지친 어느 중년처럼 서러워하며 벌컥 화를 냈다. "왜 하필 이런 일들은 꼭 내가 당직을 설 때만 일어나는 거지?"

올가는 대답 대신 사고가 몰려오는 쪽을 바라보았다. 역장 역시 안절부절못하며 그쪽을 쳐다보았다. 저 멀리 가파른 언덕 길이 보였고, 그 긴 내리막길을 따라 기관차 한 대가 머리를 앞으로 한 채 자욱한 연기를 내뿜으며 달려오고 있었다.

그 기관차는 수시로 기적을 울려대며 사고를 경고하고 무사 통과를 요구했다.

역장은 주의 깊게 올가를 쳐다보았다.

"아니 이건 군용 열차에 문제가 생겼다는 말인데, 뭔가 빨리 조치를 취해야 해!"

올가가 다그쳤다. "어서 지시를 내리세요!"

"잠깐만!" 불안과 초조한 마음에 역장이 말했다. "잠깐만, 어떻게 해야지?"

"시간이 없어요!" 올가가 투덜거렸다. "생각할 필요 없어요. 어떻게 해야 할지 내가 아니까……."

플랫폼에서 뛰어내린 그녀는 기관차가 있는 곳으로 철로를 건너 뛰어갔다. 기관차 운전실로 올라가는 승강기 손잡이를 부여잡은 올가는 역장에게 고개를 돌려 소리쳤다.

"빨리 다음 역에 알려주세요, 기차가 무정차 통과할 수 있게!" 그리고 올가는 재빨리 기관차에 올라탔다.

출구 쪽 완목 신호기는 내려져 있었다. 올가를 보고 있던 역장도 플랫폼에서 사라졌다.

"사이펀! 사이펀이 어딨죠?" 운전실로 들어가자마자 올가가 소리쳤다. "아니, 왜 이렇게 앉아만 계시는 거죠?"

이반 포드메트코는 말없이 사이펀 밸브를 돌린 다음, 화실(火室) 문을 열고 삽으로 석탄을 퍼 넣기 시작했다.

"같이 가시겠어요?" 올가는 말없이 서 있던, 이 기차의 책임자인 중년의 기관사에게 물어봤다.

기관사는 즉시 대답하지 못했다. 그는 짙은 턱수염을 매만지며 생각에 잠겼다가 대답했다.

"경사가 너무 급해서 크게 다칠지도 몰라 경사가 볼가 강까지 이어지는데, 우리 역엔 겨우 조그만 광장 하나밖에 없으니 우리 가족은 식구도 너무 많고……."

역장은 출구 신호기의 완목을 올렸다. 군용 열차의 기관차는 아주 가까운 곳에서 기적을 울렸다. 올가가 기관사에게 말했다.

"그럼, 우리는 가야 하니까, 아저씨는 내려드릴게요. 가서 식구들이나 돌보시죠!"

포드메트코는 여전히 화실에 석탄을 퍼넣고 있었다.

"당신은 어떻게 하실래요?" 올가가 그에게 물어보았다.

"나야 갈 수 있지." 포드메트코가 대답했다. "난 아직 애들이 없으니까, 같이 가자고!"

플랫폼에 역장이 나왔다. 그는 노란 깃발을 들고 팔을 쭉 뻗고 있었다. 이것은 재량에 따라 조심스럽게 운전하라는 뜻이었다. 육중한 기차는 멀지 않은 곳에서 쇠바퀴 소리를 내고 있었고, 기관차는 다시 한번 긴 기적 소리를 울리며 경고하고 있었다.

기관차에서 내린 기관사는 기차 정비에 관련된 일이 있기라도 한 듯 선로를 따라 천천히 걸어갔다.

역장은 열차가 역으로 질주해 들어온 후 자취를 감췄다. 처음에는 기관차가 쏜살처럼 지나가더니, 뒤이어 덜컹거리며 몇 량의 화차가 문을 활짝 열어젖힌 채 지나갔다. '그런데 리자는 어디 있지?' 올가는 생각했다. '이 소동이 났는데, 아직 자고 있는 건 아니겠지?' 화차의 열린 문으로 잠시 적군 병사들이 보였다. 그들은 열차의 속도와 흔들림에 놀라 이리저리 날뛰는 말들을 진정시키려 애쓰고 있었다. 화차의 나무 벽 몇 곳은 말의 발굽에 채여 날아가버리는 바람에 목재가 드러나 보였다.

기관차가 지나간 뒤 플랫폼에는 기관사가 던지고 간 전언봉(傳言棒)만 덩그러니 놓여 있었다. 역장은 그 속에 들어 있던 쪽지를 꺼내 읽었다. "화차가 기관차로부터 분리됐음. 2, 30량이 떨어져나간 상태임. 다음 역으로 내용을 전달 바람. 기관사 A. 블라기흐."

역장은 플랫폼에서 뛰어내려 선로를 건너 올가에게 쪽지를 전달

했다.

올가는 쪽지를 받아 읽고는 기관차가 열차의 머리 부분만 달고 질주해왔던 쪽을 쳐다보았다.

지평선을 넘어 기관차도 없는 화차들이 질주해오고 있었다. 밋밋한 벽을 이루고 있는 화차의 앞부분이 점점 더 크게 보였다.

올가는 역장이 준 쪽지를 몸 어디에 넣어두어야 할지 몰라 망설이다 입에 물고는, 기어의 핸들을 몇 차례 앞으로 밀어 고정시킨 후 증기 밸브를 열었다. 그러자 기관차가 움직이기 시작했다. 올가가 손잡이를 몇 차례 밀었다 당겼다하면서 밸브를 최대한 열자, 기관차는 땅을 박차며 앞으로 달려나갔다.

올가가 탄 기관차는 이미 역을 빠져나갔지만, 역장은 만일을 대비해 정지 신호를 의미하는 빨간 원판을 들어올리고, 다른 손으로도 기차에 계속 정지 신호를 보냈다. 그의 앞으로 화차 2, 30대가 빠른 속도로 바람을 가르며 달려오고 있었다. 화차는 대부분 지붕이 없는 무개차였다. 화차의 갑판 위에는 개인 화기들과 세간 살림을 비롯해 방수포에 쌓인 여러 가지 군수물자들이 놓여 있었다. 적군 병사들은 자리에 앉아 한가롭게 노래를 부르고 있었다. 그들의 지휘관만이 완급차(緩急車, 제동기를 장치한 객차 또는 화차)에서 말없이 앞을 내다보고 있었는데, 이 화차의 아랫부분에 설치된 제동기는 우연히 역장이 발견한 것처럼, 이미 짓눌려 망가져 있었다. 화차 한 대로 비탈길을 질주하는 열차를 제동하기는 불가능한 일이었다.

역장은 위급한 상황을 열차 운행국에 알리기 위해 당직실로 뛰어갔다.

올가가 운전하던 기관차는 속도를 견디지 못하고 심하게 흔들렸지만, 그녀는 증기 밸브를 열어둔 채 차의 속도를 줄이지 않았다. 그녀는 이따금 수량계와 기압계를 확인하고, 고개를 돌려 기관차를 따라오고 있는 화차를 바라보았다. 열차는 비탈길을 지나면서 훨씬 속도가 붙어 있었다. 이반 포드메트코는 쉬지 않고 화실에 석탄을 채워 넣었다. 그래야 보일러의 압력이 제대로 유지돼 기관차가 잘 달릴 수 있었다. 그런데도 그가 뒤를 돌아보았을 때는 뒤쫓아오고 있는 화차와 기관차의 간격이 더 좁아져 있었다.

"기차를 세울 수 없을 것 같아. 충돌하고 말 거야. 그럼 어떻게 되는지 알지?"

"그럼, 당신은 뛰어내리세요!" 올가가 그에게 조언했다.

"그럼, 당신은?" 포드메트코가 물었다.

"난 혼자라도 남겠어요." 올가가 대답했다.

포드메트코는 화실 문을 열어젖히고 다시 석탄을 퍼붓기 시작했다.

"그렇다면, 혼자 내릴 순 없지. 어떻게든 해보지 뭐."

올가의 기관차는 이제 차바퀴의 빔도 거의 보이지 않을 정도로 최고 속력으로 달리고 있었다. 그러나 장님 같은 화차의 속도는 기관차보다도 더 빨라 이제 거의 기관차에 닿을 듯 바짝 쫓아오고 있었다.

"이반!" 그녀가 소리쳤다. "석탄에 불길이 덮였잖아요! 지금 뭐 하는 거예요!"

포드메트코는 쇠 부지깽이로 석탄을 뒤적였다. 그러나 기관차와 화차의 간격은 점점 줄어들었다. '아니 이러다가…….' 올가는 생각했다. '내가 여기서 죽는 거 아니야? 그럴 순 없어!'

이때 갑자기 미친 듯 달려오고 있는 화차의 갑판에서 군인들의 노랫소리가 들려왔다. '이대로 죽을 순 없지!' 그녀는 운전석 밖으로 몸을 쭉 빼고 뒤를 돌아보았다. 이대로 가면 뒤따라오는 육중한 화차에 부딪혀 기관차가 날아갈 것 같았다.

그녀는 이반 포드메트코에게 고개를 돌려 소리쳤다.

"뛰어내려요. 빨리! 곧 충돌할 것 같아요!"

이반은 잠깐 생각에 잠겼다. '물을 빼내야, 더 빨리 달릴 텐데.' 그는 실린더의 통풍 밸브를 틀어막은 다음, 승강기 손잡이를 잡고 아래로 내려갔다. 그는 몸을 보호하기 위해 모래 도상(道床)으로 뛰어내렸다.

포드메트코가 사라진 것을 확인한 올가는 자신도 모르게, 언젠가 고인이 된 어머니가 그랬던 것처럼 "아이고! 하느님!" 하고 중얼거렸다. 그리고 더 이상은 아무런 생각을 할 수 없었다. 화차가 기관차에 부딪히는 충격을 느끼는 순간, 올가가 타고 있던 기관차는 마치 살아 있는 생명체처럼 앞으로 펄쩍 뛰쳐나갔다. 일이 어떻게 되었나 확인하기 위해 창문 밖으로 뒤를 살펴보는 순간 그녀는 큰 소리와 함께 두 번째 묵직한 충격을 느꼈다. "아이고, 내 신세야!" 깜짝 놀란 그녀가 자신을 향해 소리쳤다…….

올가는 기관차 속에 짓눌려져 있었다. 그녀는 숨이 막혀왔다. 무언가가 그녀가 입고 있던 옷은 물론, 몸 전체를 뜨거운 보일러 몸체 쪽으로 누르고 있었다. 언젠가 유슈카에게 젖을 물렸던 가슴은 터질 듯 아팠다.

올가의 기관차는 선로조차 이탈하지 않았다. 탄수차가 기관차 보일러 쪽으로 밀고 들어왔지만, 그 대신 열차는 아무런 이상이 없었다. 기관차와 부딪쳤던 맨 앞 화차의 연결 장치가 부서진 것이 전부였다. 이제 열차는 아침 햇살이 내리쬐는 벌판 한가운데 높은 언덕 위에서 말없이 정차해 있었다. 적군 병사들과 지휘관은 기차에서 내리자 기관차 쪽으로 다가갔다. 기관차 안에는 잠을 자는지 죽었는지 알 수 없는 낯선 여자 한 명이 누워 있었다. 지휘관과 조수는 기관차 운전실 천장을 벗겨낸 다음 여자를 끄집어내 부하들 손에 넘겨주었다.

그리고 옆으로 물러나온 지휘관이 큰 소리로 명령했다.

"네 사람은 여기서 서 있고, 나머지 사람들은 역 쪽으로 전부 뛰어간다! 처음 네 사람이 다음 네 사람에게 환자를 넘겨주면, 그 사람들은 또 다음 사람들에게 넘겨준다! 알겠는가!"

30분 후 올가는 적군 병사들의 손에 안겨 다시 세리가 역으로 이송됐다. 부대장도 그녀와 함께 도착했다. 지휘관은 지역 사령부에 전보 연락을 취해 사고 경위에 대해 보고했다. 한 기능공이 머리와 가슴에 부상을 입었지만, 군인들은 모두 무사하고 재산 피해도 없다는 내용이었다. 기관차와 분리된 열차가 그렇게 자유롭게 계속 질주해갔을 경우 볼가 강 다리 앞 커브 길이나 다리 바로 위에서 선로를 이탈했거나 아니면 강 건너편, 다리 너머에 있는 역에서 전복되었을 거라는 소견도 덧붙였다. 군사령부에서는 두 명의 의사와 제반 의료 장비를 갖춘 구급차를 보내겠다고 회신을 보냈다. 차가 직선 도로로 가게 되면 비상 열차보다도 빨리 역에 도착할 수 있다는 것이었다.

지휘관은 통신실 소파에 누워 있는 올가에게 고개를 숙여 물어보

있다.

　"보고 싶은 사람이 누구죠? 우리가 도와드리죠. 가족이나 친구들을 부를까요?"

　"유슈카가 보고 싶어요." 올가가 말했다. "다른 사람은 필요 없어요."

　"그렇게 하죠." 지휘관은 전신 기사에게 전달할 준비를 하라는 표시를 했다. "그런데 유슈카가 누구죠?"

　"아이에요." 올가가 말했다.

　지휘관은 아이의 엄마가 너무 어리다는 사실에 놀랐지만 아무런 말을 하지 않았다.

　올가는 그후 오랫동안 병석에 누워 있었지만 결국 건강을 회복했고, 지금까지 잘 살고 있다.

(1938년)

기관사 말체프

1

톨루베예프 기관차 차고에서 최고의 열차 기관사로 손꼽히는 사람은 알렉산드르 바실리예비치 말체프였다.

당시 서른 살밖에 안 되었지만, 이미 일급 기관사 자격증을 소지한 그는 오래 전부터 고속 열차를 운전하고 있었다. 우리 차고에 처음으로 IS형 특급 열차가 배당되었을 때, 말체프가 이 열차의 기관사로 임명되었는데, 이는 지극히 합리적이고 올바른 결정이었다. 말체프의 조수로는 기관차고에서 수리공으로 일했던 중년의 표도르 페트로비치 드라바노프가 일하게 되었다. 그러나 그는 곧 기관사 시험을 통과해 다른 열차에서 일하게 되었고, 내가 그를 대신해 말체프의 조수로 임명되었다. 그 전까지 나는 마력수가 낮은 낡은 열차의 부기관사로 일하고 있었다.

나는 내게 맡겨진 임무에 만족했다. IS형 열차는 당시 우리 차고에서는 유일한 것이어서, 그 모습 하나만으로도 나를 흥분시켰다. 열차를 바라보고 있노라면 내 마음속에는 특별한 감동과 기쁨이 솟구쳤는데, 이는 어릴 적 푸슈킨의 시를 처음 읽었을 때 느꼈던 것만큼이나 멋진 것이었다. 그 외에도 고속 열차의 운행 기술을 배우고 싶었던 나에게 일급 기관사와 함께 일할 수 있다는 것은 좋은 기회였다.

알렉산드르 바실리예비치는 내가 자신과 한 조가 된 것을 덤덤하게 받아들였다. 아마도 그는 누가 조수로 일하든 개의치 않는 듯했다.

열차가 출발하기 전, 나는 평소대로 열차의 모든 연결 부위를 확인하고, 보조 기계장치들도 일일이 점검하고 나서야 마음을 놓을 수 있었다. 이제 열차 운행 준비가 완료된 것이다. 그런데 알렉산드르 바실리예비치는 내가 일하는 모습을 계속 지켜보았으면서도, 다시 한번 자기 손으로 기계의 상태를 점검하는 것이었다. 그는 나를 믿지 못하는 것 같았다.

그 후로도 이런 일이 매번 되풀이되었고, 나는 알렉산드르 바실리예비치가 내 일에 간섭하는 데 어느새 익숙해져버렸다. 물론 말은 하지 않았지만 내 마음은 편치 않았다. 그러나 열차 운행이 시작되면, 나는 곧 까맣게 잊어버렸다.

운행 중인 기관차의 상태를 표시하는 이런저런 계측기나 전방 선로의 상황을 지켜보다 나는 이따금 말체프를 쳐다보았다. 그는 자신감에 가득 찬 대가의 표정으로 열차를 몰고 있었다. 그의 얼굴에서는 모든 외부 세계를 자신의 내적 체험으로 끌어들여 그것을 장악하는, 영감에 휩싸인 예술가의 집중력이 엿보였다. 알렉산드르 바실리예비치가 앞쪽을 멍하니 바라보는 것 같아도 앞쪽 선로들의 상황과 우리 쪽으로 다가오는 자연의 모습 모두를 주시하고 있다는 것을 나는 알고 있었다. 기차가 질주하면서 일어나는 바람 때문에 도상에서 참새가 날아올랐다. 그는 잠시 고개를 돌려 날아가는 참새를 바라보았다. 우리가 지나간 뒤 참새가 어떻게 됐는지, 참새가 어디로 날아가는지 그렇게 확인하는 것이다.

우리 잘못으로 열차가 연착한 적은 한 번도 없었다. 그와는 반대로, 우리는 종종 우리가 지나가야 하는 간이역에서 정차해 있어야 했다. 우리가 예정된 시간보다 먼저 도착하면 우리의 열차를 지체시키는 방식으로 열차시간을 맞췄기 때문이다.

우리는 일할 때 좀처럼 말을 하지 않았다. 단지 이따금씩 알렉산드르 바실리예비치는 내 쪽으로는 몸도 돌리지도 않은 채 열쇠로 보일러를 툭툭 치곤 했다. 이는 열차에 뭔가 이상이 생겼으니 주의를 하라거나, 열차 운행 방식을 갑자기 바꿀 때 준비를 하라는 뜻이었다. 나보다 나이가 많았던 그의 이런 말없는 지시를 나는 매번 정확히 이해했고, 지시를 성심껏 수행했다. 하지만 말체프는 여전히 나를 화부나 대하듯 무관심하게 대했다. 또 열차가 정류장에 정차할 때면 윤활유 분사장치와 연결 경로의 볼트 조임 상태를 살펴보고, 구동축의 베어링 박스를 점검하는 것이었다. 내가 기계의 마찰 부위를 점검하고 윤활유를 바르고 나면, 말체프는 곧바로 그 부분을 다시 점검하고 윤활유를 치는 것이었다. 내가 한 일은 제대로 된 것이 아니라는 듯 말이다.

"알렉산드르 바실리예비치, 그 크로스 헤드는 제가 이미 점검했는데요." 하루는 그가 내가 점검한 부품을 다시 점검하려 할 때 내가 말했다.

"그래도 내가 직접 하고 싶어." 말체프는 씩 웃으며 대답했는데, 그 미소 속에는 왠지 모를 슬픔이 담겨 있는 것 같아 나는 내심 깜짝 놀랐다.

나중에야 나는 이 슬픔의 의미와 그가 우리들에게 늘 무심한 이유를 알게 되었다. 그는 기관차를 이해하는 데 자신이 누구보다도 탁월하다고 생각했고, 이러한 자신의 재능을 누군가가 배울 수 있다고는 믿지 않았다. 운행 중 참새와 전방의 통과 신호를 한눈에 알아보고, 선로의 상태와 열차의 중량, 기관차의 출력을 동시에 느낄 수 있는 자신의 이런 재능을 말이다. 말체프는, 물론 우리가 열심히 노력하면 자신의 이러한 능력을 따라잡을 수도 있다고 인정했지만, 우리가 자기보다 더 기관차를 사랑하고, 자기보다 운전을 더 잘할 수 있다고는 믿지 않았다. 그런 까닭인지 말체프는 우리와 함께 있으면 늘 우울해했다. 그는 자신의 재능 때문에 쓸쓸해했고, 이를 어떻게 표현해야 우리가 이해할 수 있는지도 알지 못했다.

사실 우리는 그의 능력을 이해할 수 없었다. 어느 날 나는 혼자 열차를 몰게 해달라고 그에게 부탁한 적이 있다. 알렉산드르 바실리예비치는 그럼 한 40킬로미터쯤 가보라고 허락하고는 조수석에 앉았다. 내가 열차를 몰아 20킬로미터가 지났을 때 이미 4분이 지연됐고, 긴 언덕길을 빠져나갈 때는 열차의 속력이 시간당 30킬로미터를 채 넘지 못했다. 내 뒤를 이어 말체프가 기관차를 몰았다. 그는 비탈길을 시속 50킬로미터로 달렸고, 굽은 길에서도 열차의 속도를 줄이지 않아 결국 내가 지연시킨 시간을 단축했다.

2

말체프의 조수로 일한 작년 8월부터 근 1년이 되던 7월 5일, 말체프는 특급 열차 기관사로서 마지막 운행을 했다.

우리에게 40량의 객차가 달린 열차가 배정되었는데, 이 열차는 우리에게 인계될 때 이미 네 시간 정도 연착한 상태였다. 기관차로 다가온 배차원은 열차의 지연된 시간을 가능한 한, 한 시간만이라도 줄여달라고 알렉산드르 바실리예비치에게 특별히 부탁했다. 그렇지 않으면 자기가 공차(空車, 차내에 여객 및 화물을 적재하지 않은 객화차)를 옆 레일로 보내기 힘들 거라고 말했다. 말체프는 지연된 시간을 단축시켜주겠다고 약속했고, 우리는 열차를 출발시켰다.

시간은 오후 8시였지만 태양은 아침처럼 여전히 넘치는 힘으로 빛나고 여름날은 오후 늦도록 계속되었다. 알렉산드르 바실리예비치는 보일러의 증기압을 한계치보다 2분의 1 정도 낮은 수준으로 계속 유지시키라고 내게 지시했다.

30분 후 우리는 경사가 밋밋한 한적한 평원을 달리고 있었다. 말체프는 열차 속도를 시속 90킬로미터로 높였고, 평지나 내리막길에서는 오히려 시속 백 킬로미터까지 속도를 올렸다. 오르막길에 이르면 나는 화실(火室)을 최대한 가동시켰고, 열차의 증기가 줄어들지 않도록 급탄기(給炭機)를 써서라도 연료를 채워 넣으라고 화부를 다그쳤다.

말체프는 기어를 최고로 올린 채 열차를 몰았다. 이때 지평선 너머에서 짙은 먹구름 떼가 몰려왔다. 햇살이 비치는 구름을 뚫고 성난 번개가 맹렬하게 작열하고 있었다. 번개의 예리한 창끝이 말없이 누워 있는 땅 위로 내리꽂히자, 우리는 멀리 있는 그 땅을 보호하려는 듯 그곳으로 미친 듯 질주해 갔다. 알렉산드르 바실리예비치는 아마도 이 광경에 감탄한 것 같았다. 그는 창 밖으로 몸을 쑥 내밀어 앞을 쳐다보았고, 연기와 불과 탁 트인 공간에 익숙해져 있던 그의 눈은 이제 영감에 사로잡혀 환히 빛나고 있었다. 그는 우리 열차의 힘과 능력을 뇌우에 견줄 수도 있겠다고 생각하고, 매우 뿌듯해하는 듯했다.

잠시 후 먼지에 휩싸인 회오리바람이 평원을 가로질러 우리 쪽으로 밀려왔다. 폭풍우가 먹구름을 우리 쪽으로 몰고 왔던 것이다. 마른 흙과 초원의 모래가 휘파람 소리를 내며 기관차의 몸체를 두드렸다. 주변도 어두워졌다. 전방의 시야가 흐려져, 나는 터빈을 돌려 기관차 앞머리에 달린 탐조등을 밝혔다. 열차에 정면으로 부딪치며 훨씬 더 세차게 밀려드는 뜨거운 모래 바람과, 화실에서 나온 가스와, 우리를 에워싼 때 이른 땅거미 탓에 우리는 숨쉬기조차 힘들었다. 기관차는 세찬 바람소리를 내며 후텁지근한 열기가 배어 있는 어둠 속을 탐조등 불빛을 따라 달리고 있었다. 열차의 속력은 시속 60킬로미터까지 떨어졌다. 우리는 전방을 주시하며 꿈을 꾸듯 열차를 몰아갔다.

갑자기 커다란 물방울 하나가 바람막이 창에 부딪혔지만, 뜨거운 바람에 이내 말라버렸다. 이때 갑자기 내 눈 앞에서 푸른 불빛이 번쩍이더니, 흥분해 떨고 있던 가슴 안쪽까지 파고들었다. 나는 얼른 탐조등 밸브를 붙잡았다. 그러나 가슴의 통증은 금방 사라졌고, 나는 얼른 말체프 쪽을 쳐다보았다. 그는 앞을 응시한 채, 아무런 표정 변화 없이 열차를 몰고 있었다.

나는 화부에게 물었다. "방금 그게 뭐였죠?"

"번개였어요." 그는 대답했다. "번개가 우리를 때리려다 약간 빗나갔죠."

말체프는 우리 이야기를 듣지 못했다.

"어떤 번개 말이요?" 그는 큰 소리로 물었다.

"방금 그 번개 말입니다." 화부가 말했다.

"나는 못 봤는데." 말체프는 이렇게 말하며 바깥으로 고개를 돌렸다.

"못 봤다고요!" 화부는 깜짝 놀랐다. "난 보일러가 터져 불꽃이 튀었나 생각했는데, 못 봤다고요."

나도 그것이 번개였는지 미심쩍었다.

"그럼, 천둥소리는 왜 안 들리지?" 내가 물었다.

"천둥은 우리가 지나왔죠. 천둥은 항상 번개 뒤에 치잖아요. 천둥이 치고, 대기가 이리 저리 뒤흔들리고, 그 사이에 우린 천둥을 멀찌감치 지나쳐버린 셈이죠. 승객들은 뒤에 있으니까, 어쩌면 소리를 들었을지도 모르죠."

열차는 다시 장대비를 만났지만, 곧 이를 빠져나와 어둠에 싸인 한적한 평원을 달려갔다. 평원 위로는 이제는 지친 듯한 먹구름들이 힘없이 걸려 있었다.

주위는 온통 캄캄해졌고 고요한 밤이 찾아왔다. 우리는 축축한 땅 냄새와 비바람에 싱그러워진 풀과 밀 향기를 맡으며, 지체된 시간을 줄이기 위해 열차를 몰았다.

나는 말체프가 기관차를 모는 게 예전 같지 않다는 것을 눈치챘다. 굽은 길에서도 속도를 줄이지 않아 몸이 쏠리거나, 열차 속도가 시속 백 킬로미터가 됐다가 40킬로미터까지 떨어지곤 했다. 나는 알렉산드르 바실리예비치가 몹시 지쳤다고 생각했다. 기관사가 그렇게 운전하면 화실과 보일러를 최상의 상태로 유지하기가 어려웠다. 하지만, 그에게는 아무 말도 하지 않았다. 30분 뒤 우리는 급수를 위해 열차를 세워야 했고 정류장에서 알렉산드르 바실리예비치는 간단히 요기를 하고 쉴 수 있었다. 우리는 이미 40분을 단축시켰고, 최종 목적지까지 한 시간 이상은 족히 줄일 수 있었다.

여하튼 말체프가 피곤해하는 것이 마음에 걸린 나는 전방 선로와 통과 신호를 더욱 주의 깊게 살피기 시작했다. 내 쪽에서 왼쪽 위로 전등 하나가 매달려, 흔들거리는 구동축 장치를 비추고 있었다. 그래서 왼쪽 구동축이 제대로 작동하는 모습을 확인할 수 있었는데, 그 위에 있던 전등이 갑자기 어두워지더니 마치 양초처럼 희미해졌다. 나는 운전실로 고개를 돌렸다. 거기에 있는 전등들도 평소 밝기의 4분의 1 정도로 어두워져 계기들을 희미하게 비추고 있었다. 그런데 이상한 것은 이때 알렉산드르 바실리예비치가 열쇠를 두드려 이런 비정상적인 상태를 내게 알려주지 않는다는 것이었다. 터빈이 정격 회전에 못 미처 전압이 떨어진 게 분명했다. 나는 증기관을 통해 터빈을 조절해보려 했지만, 한참을 매달려 있어도 전압은 올라가지 않았다.

이때 붉게 물든 안개구름이 계기판과 운전실 천장을 스쳐 지나갔다. 나는 밖을 쳐다보았다.

열차의 전방, 칠흑 같은 어둠 속에서 먼지 가까운지 분간조차 할 수 없었다. 하지만, 웬 띠처럼 보이는 붉은 불빛이 우리 선로를 가로질러 흔들거리고 있었다. 나는 이것이 뭔지는 몰랐지만, 무슨 일을 해야 하는지는 알았다.

"알렉산드르 바실리예비치!" 나는 소리를 지르며 세 차례 정지 신호 기적을 울렸다.

열차 바퀴 아래에서 신호 뇌관의 폭발음이 들렸다. 나는 말체프에게 뛰어갔다. 그는 얼굴을 돌리고, 날 무심한 눈길로 바라보았다. 계기판 속도계의 바늘이 60킬로미터를 가리키고 있었다.

"말체프 씨!" 나는 소리를 질렀다. "신호 뇌관이 눌리고 있잖아요!" 그리고 나는 운전대로 손을 뻗었다.

"저리 비켜!" 말체프는 화를 내며 소리를 질렀다. 그때 그의 눈에는 속도계 위에 있던 흐릿한 전구의 불빛이 비쳐 반짝거렸다.

그는 재빨리 비상 제동기를 작동시키고, 역전 핸들(동력차의 전, 후진을 결정해주는 역전 장치의 조작 핸들)를 뒤로 잡아당겼다.

그 바람에 나는 보일러 쪽으로 몸이 쏠렸고, 열차 바퀴가 레일과 심하게 마찰되는 소리가 찢어질 듯 들려왔다.

"말체프 씨!" 나는 소리쳤다. "실린더 밸브를 여세요. 안 그러면 열차가 망가지겠어요."

"그럴 필요 없어! 괜찮아!" 말체프가 대답했다.

우리는 결국 멈춰 섰다. 나는 분사기를 이용해 보일러에 물을 퍼올린 다음, 밖을 처다봤다. 우리 앞쪽으로 약 10미터가량 떨어진 곳에 기관차 한 대가 탄수차(炭水車)를 우리 쪽을 향한 채 서 있었다. 탄수차에는 한 사람이 타고 있었는데, 그는 끝이 시뻘겋게 달아오른 긴 쇠부지깽이를 들고 있었다. 그는 이 부지깽이를 흔들어 기차를 세우려 했던 것이다. 이 기관차는 역 사이에 멈춰 선 화물 열차를 밀고 있던 참이었다.

이것은 내가 터빈을 수리하느라 전방을 보지 못하고 있는 동안, 우리 열차가 황색 신호등을, 그 다음에는 적색 신호등을, 그리고 아마도 선로 순시원들의 경고 신호도 무시하고 지나쳐버렸다는 뜻인데, 그러면 말체프는 왜 이 신호를 보지 못했지?

"코스차!" 알렉산드르 바실리예비치가 나를 불렀다.

나는 그에게 다가갔다.

"코스차! 우리 앞에 지금 뭐가 서 있지?"

나는 그에게 설명해주었다.

"코스차, 이제 자네가 기관차를 몰아야겠네. 내가 실명을 했어."

이튿날 나는 기차를 몰고 역으로 돌아와 기관차를 차고에 맡겼다. 두 군데에서 바퀴 테가 조금 밀려났기 때문이다. 기관차 차고 책임자에게 사고 경위를 보고하고 난 다음, 나는 말체프를 부축해 그가 사는 곳까지 바래다주었다. 말체프는 비탄에 빠져 있던 차고 책임자에게는 가지 않았다.

우리는 풀들이 무성히 자란 길을 따라 걸었다. 말체프는 갑자기 걸음을 멈추고, 집에 도착하지도 않았는데 이젠 자기 혼자 가겠다며 나를 돌려 세웠다.

"안 됩니다." 나는 대답했다. "알렉산드르 바실리예비치, 당신은 실명했어요."

그는 뭔가 생각하는 듯한 반짝이는 눈초리로 나를 쳐다보았다.

"이젠 볼 수 있다네. 그러니 걱정 말고 집으로 돌아가게. 다 보인다고. 저기 아내가 마중을 나와 있지 않은가."

말체프가 사는 집 대문 앞에는 정말로 그의 아내가 남편을 기다리며 서 있었다. 모자를 쓰지 않은 그녀의 검은 머리칼이 햇빛에 반짝이고 있었다.

"그럼, 부인이 머리에 뭘 쓰고 있나요, 아니면 안 쓰고 있나요?" 나는 의심스러워 말체프에게 물어보았다.

"안 쓰고 있지." 말체프는 대답했다. "누가 진짜로 눈이 먼 건지 모르겠군."

"이제 잘 보인다니, 그럼 살펴가세요." 나는 말체프와 헤어졌다.

3

말체프는 재판을 받게 되었고 심리가 시작되었다. 예심판사는 나를 호출해 그날 있었던 사고에 대해서 의견을 물어보았다. 나는 말체프에게는 잘못이 없다고 말했다.

"그는 번갯불, 그러니까 바로 눈앞에서 일어난 방전 현상 때문에 실명하게 된 거죠." 나는 예심판사에게 말했다. "순간적인 충격에 의해 시신경에 손상을 입은 건데……. 저도 어떻게 설명해야 할지 잘 모르겠군요."

"아니요, 당신의 말은 이해가 됩니다." 예심판사가 말했다. "그런데, 물론 이것이 가능한 일이긴 하지만, 그 말을 그대로 믿기에는 왠지……. 그런데 말체프 씨는 번개를 보지 못했다고 하던데요."

"저는 번개를 보았습니다. 화부도 보았고요."

"그 말은 번개가, 말체프 씨보다 당신 쪽에 더 가깝게 쳤다는 말이 되는군요." 예심판사는 이렇게 추론했다. "그럼, 어째서 당신과 화부는 눈이 멀지 않았는데, 말체프 씨만 시신경에 손상을 입고 실명을 하게 됐죠? 이건 어떻게 생각하십니까?"

나는 할 말을 잃고, 잠시 생각에 잠겼다.

"말체프 씨는 번개를 볼 수 없었습니다." 내가 말했다.

예심판사는 놀라는 표정으로 내 말에 귀를 기울였다.

"그는 번개를 볼 수 없었습니다. 그는 번개보다 빠른 전자파의 충격 때문에 순간적으로 실명하게 된 겁니다. 번개는 방전 현상의 결과이지 번개의 원인이 아니거든요. 번개가 쳤을 때 그는 이미 실명한 뒤였고, 그래서 번개를 볼 수 없었던 거지요."

"재미있는 이론이군요." 예심판사가 미소를 지었다. "그런데 문제는 그가 지금도 실명한 상태라면 저 역시 말체프 씨에 대한 수사를 종결지었을 겁니다. 그런데 당신도 아시다시피 지금 그의 눈은, 우리처럼 멀쩡하지 않습니까?"

"그건 그렇습니다." 나는 동의했다.

"화물 열차를 향해 급행 열차를 엄청난 속도로 몰고 갈 당시, 그가 실명한 상태였나요?" 예심판사는 계속해서 물어보았다.

"네, 그렇습니다." 나는 확신에 찬 목소리로 대답했다.

예심판사는 나를 빤히 쳐다보았다.

"그럼, 어째서 그 사람은 당신에게 대신 운전을 시키거나, 아니면 열차를 세우라고 명령하지 않았죠?"

"그건 저도 잘 모르겠습니다." 나는 말했다.

"이것 보세요!" 예심판사가 말했다. "정신이 멀쩡한 사람이 특급 열차의 기관차를 운전하다가 수백 명의 목숨을 잃게 할 뻔했어요. 다행히 참변은 피했다고 해도, 그때 그 사람이 실명했었다는 이유로 이 사건이 무마된다면, 이게 말이나 되는 소린가요?"

"그렇지만 그 사람도 죽을 뻔하지 않았습니까?" 나는 말했다.

"그럴 수도 있었겠죠. 하지만 나한테는 한 사람의 목숨보다 수백명의 목숨이 더 중요하거든요. 아니면 그 사람에겐 죽고 싶었던 이유가 있었을지도 모르잖아요."

"그럴 만한 이유는 없었습니다." 나는 말했다.

예심판사는 냉담해졌다. 바보와 대화를 하는 것처럼 나와의 이야기가 슬슬 지겨워진 것이다.

"당신은 다 알고 계신데, 정작 중요한 건 모르고 계시군요." 그는 뭔가 생각하며 느릿느릿 말했다. "그럼, 이제 그만 가봐도 좋습니다."

나는 예심판사의 방을 나와 말체프의 집으로 향했다.

"알렉산드르 바실리예비치, 당신이 실명했을 때 왜 내게 도움을 청하지 않았죠?"

"나도 잘 보이는데, 무엇 때문에 자네 도움이 필요했겠나?" 그는 대답했다.

"뭐가 보였단 말입니까?"

"다 보였지. 철로며, 신호며, 밀밭이며, 기관차 오른쪽의 기계 상태까지 다 보였단 말일세."

나는 당혹스러웠다.

"그럼, 어떻게 그런 일이 일어났죠? 경고 신호를 모두 무시하고 달리다가 다른 열차의 후미로 곧장 열차를 몰고 갔잖아요?"

일급 기관사였던 말체프는 우울한 표정으로 생각에 잠겨 있다가 혼잣말을 하듯 나지막한 목소리로 대답했다.

"나는 내 눈으로 보고 있다고 생각했지. 그렇게 익숙해져 있었으니까. 그런데 그게 머릿속으로 상상을 하고 있었던 거야. 실제로는 실명한 상태였지만, 난 그 사실을 몰랐던 거지. 신호 뇌관 소리도 믿지 않았지. 소리를 듣긴 했지만, 내가 잘못 들었을 거라고 생각했네. 자네가 정지 경적을 울리고, 내게 소리를 질렀을 때도, 내 눈 앞에는 녹색 신호등이 보였거든. 그래서 상황을 이해하지 못했지."

그제야 나는 말체프를 이해할 수 있었고, 이 이야기를, 그러니까 그가 실명을 한 다음에도 한참 동안 머릿속으로는 세상을 보고 있었고, 그것을 사실로 믿고 있었다는 이야기를 예심판사에게 하지 않은 것을 후회했다. 그래서 이 점에 대해 알렉산드르 바실리예비치에게 직접 물어보았다.

"그 사람에게도 그렇게 말했네." 말체프는 대답했다.

"그 사람이 뭐라고 하던가요?"

"그 사람은 '당신이 그렇게 상상했다면, 그럴 수 있죠. 그리고 지금도 당신이 무슨 상상을 하고 있는지는 나는 알 수 없고 내가 확인해야 하는 것은 실제로 있었던 사실이지 당신의 상상이나 추측이 아닙니다. 당신의 상상을, 그게 실제로 있었든 없었든 간에, 그걸 믿을 수는 없는 일이죠. 상상이야 당신 머릿속에서 있었을 뿐이고, 당신의 말이지만, 자칫하면 벌어질 뻔했던 열차 사고는 실제로 일어난 사건이죠' 라고 하더군"

"말이야 맞죠." 나는 말했다.

"그 사람 말이 맞지. 그건 나도 아네." 기관사는 동의했다. "그리고 내 말도 맞지. 내가 잘못한 것도 없고. 그럼 난 앞으로 어떻게 될까?"

"구속되겠죠." 나는 사실대로 이야기했다.

4

말체프는 형무소에 수감되었다. 나는 예전처럼 일을 나갔지만 다른 기관사의 조수로 일하게 되었다. 내가 함께 일하게 된 기관사는 무척 신중한 노인이었다. 그는 황색 신호등이 보이면 1킬로미터 전부터 제동을 걸기 시작해 열차가 신호등에 다가갈 즈음이면 신호는 이미 녹색 등으로 바뀌어 있었다. 그러면 다시 열차를 질질 끌듯이 몰고 나갔다. 이건 운전이라고 할 수도 없었다. 나는 말체프가 그리워졌다.

겨울에 나는 한 지방 도시에 갈 일이 있었다. 마침 그곳에서 동생이 대학을 다니고 있었고 나는 기숙사로 동생을 찾아갔다. 동생과 대화를 나누던 중, 나는 이 학교 물리실험실에 인공 번개를 발생시키는 테슬라 변압기가 있다는 사실을 알게 되었다. 이 말은 아직은 구체적이지도 않고 스스로도 확신할 수는 없지만, 어떤 생각 하나를 떠오르게 했다.

나는 집으로 돌아와 테슬라 변압기에 대해 오랫동안 고민했고, 결국 내 생각이 맞을 것이라는 결론에 이르렀다. 나는 당시 말체프 사건을 조사했던 예심판사에게 편지를 썼다. 수감 중인 말체프가 전기 방전에 취약하다는 사실을 입증할 수 있는 시험을 해보자고 부탁했다. 만일 말체프의 심리 상태나 그의 시각 기관이 근접한 거리의 방전에 취약하다는 사실이 입증된다면, 말체프 사건은 재검토되어야 할 것이다. 나는 테슬라 변압기가 어디에 있고, 인체 실험은 어떤 방식으로 이루어지는지 예심판사에게 알려주었다.

예심판사는 한참 동안 연락이 없었다. 그리고 얼마 후 그에게서 연락이 왔다. 내가 제안한 정밀검사를 그 대학 실험실에서 실시하는 데 동의한다는 지방 검사의 허락이 떨어졌다는 것이다.

며칠이 지나 예심판사에게서 출두 명령서가 도착했다. 나는 말체프의 일이 잘 해결됐을 거라는 확신에 차 들뜬 기분으로 그를 찾아갔다.

예심판사는 나와 인사를 나눈 다음, 한참을 말없이 앉아 있다가 슬픈 시선으로 서류 한 장을 천천히 읽어내려갔다. 나는 순간 낙심하고 말았다.

"당신은 친구 분을 곤경에 빠뜨렸군요." 예심판사가 말했다.

"그게 무슨 말이죠? 판결엔 변함이 없나 보죠?"

"아니오. 우리는 말체프 씨를 석방하기로 결정했습니다. 명령서도 발부됐으니, 아마 말체프 씨는 벌써 집에 도착하셨겠군요."

"고맙습니다." 나는 자리에서 일어났다.

"하지만 우리는 당신께 고맙다고 할 수는 없네요. 당신의 제안은 좋지 않았습니다. 말체프 씨가 다시 실명했습니다."

나는 맥이 풀려 자리에 주저앉았다. 가슴이 타들어가는 듯 몹시 목이 말랐다.

"사전 설명 없이 실험을 진행했나 봅니다." 예심판사가 말했다. "테슬라 변압기가 있는 깜깜한 실험실 안에 말체프 씨를 앉혀놓고 전기 스위치를 올리자, 번개가 쳤고 말체프 씨는 담담히 사실을 받아들였습니다만, 다시는 빛을 보지 못하게 됐죠. 이는 객관적인 방법을 통해, 그러니까 법의학 심의를 통해 확정된 사실입니다."

예심판사는 물을 한 모금 마시고는 이렇게 덧붙였다.

"지금 그는 예전처럼 상상으로 세상을 보고 있어요. 당신은 그의 동료이니까, 그를 좀 도와주세요."

"어쩌면 시력이 다시 회복되지 않을까요? 기관차에서 그 일이 있고 난 뒤처럼……." 나는 내가 바라는 바를 말했다.

예심판사는 잠시 생각하더니 이렇게 말했다.

"힘들 것 같은데요. 그땐 처음으로 충격을 받은 것이지만, 이번에는 두 번째입니다. 지난번에 다친 부위에 또다시 상처를 입었거든요."

예심판사는 더는 못 참겠는지 자리에서 일어났다. 그는 안절부절못하며 이리저리 방안을 걸어다녔다.

"이건 모두 내 잘못이에요. 바보같이 당신 말을 곧이 믿고 그런 실험을 주장했으니! 결국 나는 사람을 대상으로 모험을 한 셈이고, 그는 그걸 이겨내지 못했지 뭐요."

"당신 잘못이 아닙니다. 사람을 대상으로 모험을 한 것도 아니고." 나는 예심판사를 위로했다. "맹인이어도 자유로운 것과 두 눈은 멀쩡하지만 아무 죄도 없이 감옥에 갇혀 있는 것 가운데 어느 게 더 낫죠?"

"한 사람의 무죄를 그의 불행을 통해서 증명하게 될 줄은 몰랐습니다." 예심판사가 말했다. "그로서는 너무도 값비싼 대가를 치르는 겁니다."

"당신은 예심판사입니다." 나는 그에게 설명했다. "따라서 당신은 인간에 대해 모든 것을 알고 있어야 하고, 상대가 자기 자신에 대해 모르는 것도 당신은 알고 있어야 합니다."

"그래요, 당신 말이 맞습니다." 예심판사는 나지막한 소리로 말했다.

"그렇다고 너무 상심하지는 마십시오. 이번 일을 보면, 인간의 내면에 존재하는, 보이지 않는 사실이라는 것도 있는데, 당신은 그것을 외부에서만 찾았던 거죠. 그래도 당신은 잘못을 인정하고, 말체프 씨에게도 잘 대해주셨습니다. 그런 당신을 존경합니다."

"저도 당신을 존경합니다." 예심판사는 말했다. "그리고 제가 보기에 당신은 판사를 보조하는 일을 하면 아주 잘하실 것 같은데요."

"말씀은 고맙지만, 제겐 제 일이 있습니다. 열차 기관사를 보조하는 일 말입니다."

나는 그와 인사를 나누고 밖으로 나왔다. 나는 말체프의 친구는 아니었다. 그가 내게 관심을 보이거나 날 배려해준 적은 없었다. 그러나 나는 운명적인 고통에서 그를 지켜주고 싶었고, 한 인간을 아무런 이유도 없이 냉엄하게 파멸시켜버리는 숙명의 힘에 분노가 치밀었다. 왜 내가 아닌 말체프 씨였을까? 다름 아닌 그를 파멸시켰다는 점에서 이 운명의 힘은 비밀스럽고 이해할 수 없는 것이었다. 물론 산술적인 계산과 이성적인 논리라는 것이 자연에는 존재하지 않는다는 것을 모르는 바는 아니었다. 그러나 인간의 삶을 치명적으로 위협하는 환경이 존재한다는 것을 입증할 만한 사건들이 일어나고 있고, 이런 치명적인 힘이 뛰어난 재능을 가진 선택된 사람들을 파멸시키는 상황을 나는 직접 목격한 것이다. 그러나 나는 이러한 힘에 굴복하지 않으리라 결심했다. 나는 내 안에서 자연의 외적인 힘과 우리 운명에는 존재하지 않는 그 어떤 것을 느꼈기 때문이다. 인간으로서 고유한 특징 같은 것 말이다. 나는 아직은 어떻게 해야 할지 몰랐지만, 울화가 치밀었고, 그래서 이 자연과 운명에 저항하기로 결심했다.

5

이듬해 여름, 나는 시험을 통과해 기관사 자격증을 취득했다. 여객 수송부에 배속된 나는 이제는 기관사의 자격으로 SU형 기관차를 운전하게 되었다. 내가 플랫폼 옆에 서 있는 객차에 기관차를 연결시킬 때면 항상 말체프 씨는 플랫폼 벤치에 앉아 있었다. 다리 사이에 놓인 지팡이에 팔꿈치를 괴고 앉은 그는 비록 실명하여 퀭한 눈길이었지만 예민함과 열정이 가득 찬 표정으로 기관차를 바라보고 있었다. 그는 석탄재와 윤활유 냄새를 탐욕스럽게 맡으며 율동적으로 들려오는 증기 펌프 소리에 귀를 기울이고 있었다. 그를 위로해 줄 방법을 몰랐던 나는 그냥 열차를 출발시켰고, 그는 매번 그 자리에 그렇게 앉아 있었다.

여름이 지나갔다. 나는 계속 기관차를 몰았고, 알렉산드르 바실리예비치를 플랫폼뿐만 아니라 거리에서도 자주 만났다. 그는 지팡이를 두드려 길을 찾아가며 천천히 걸어다녔다. 최근 들어 그는 얼굴도 수척해졌고, 부쩍 늙어 보였다. 그에게 연금이 지급됐고 아내도 일을 했고 또 부양할 자식이 없었기 때문에, 경제적으로 그리 어렵지 않게 살고 있었다. 그러나 삶에서 의미를 찾지 못한 알렉산드르 바실리예비치는 점차 지쳐갔고 괴로움으로 몸은 계속 말라갔다. 나는 그와 이따금 이야기를 나누었지만, 시시한 이야깃거리나 나의 친절한 위로의 말에는 그는 관심이 없었다. 맹인도 온전한 권리와 가치를 지닌 인간이라는 투였다.

"필요 없네! 저리 가게나!" 내가 위로의 말을 하려고 하면 그는 이렇게 뿌리쳤다.

그러나 나도 성질이 있는 사람이었다. 어느 날 그가 평소처럼 날 물리치려 하자, 내가 말했다.

"내일 10시 30분에 열차가 출발합니다. 가만히 앉아 있겠다고 약속한다면 기관차에 태워드리죠."

말체프 씨는 동의했다. "알았어. 가만히 있겠네. 대신 내 손에는 뭔가를 쥘 수 있게, 그래 역전 핸들을 쥐게 해주게. 그렇다고 핸들을 돌리지는 않을 테니."

"절대로 핸들을 돌리시면 안 됩니다. 아셨죠?" 나는 다짐을 받았다. "만일 약속을 어기시면, 그때는 손에 핸들 대신 석탄조각을 쥐어드릴 거예요. 그리고 다시는 기관차에 태워주지 않을 테니, 그렇게 아세요."

맹인은 순순히 동의했다. 기관차를 타보고 싶은 마음이 너무나 간절해 고분고분해진 것이다.

다음날 그는 벤치에 앉아 나를 기다리고 있었다. 나는 그가 운전석으로 올라오도록 도와주기 위해 기관차에서 내렸다.

열차가 출발했다. 나는 알렉산드르 바실리예비치를 기관사 자리에 앉힌 다음, 그의 한 손은 역전 핸들 위에, 다른 한 손은 제동 핸들 위에 올려놓고, 내 손을 각각 그의 두 손 위에 얹었다. 나는 손을 움직여 운전을 했고, 그의 손도 내 손과 함께 움직였다. 말체프 씨는 묵묵히 내 말을 듣고 앉아 기관차의 움직임과 얼굴에 부딪히는 바람과 열차의 움직임을 음미했다. 맹인의 고통도 잊은 채 일에 몰두하고 있는 그의 지친 얼굴은 한 순간의 기쁨으로 환하게 밝아왔다. 기관차의 감촉을 느낀다는 것은 그에게 커다란 행복이었다.

돌아오는 길에도 우리는 같은 방식으로 기관차를 몰았다. 말체프 씨는 기관사 자리에 앉고, 나는 그의 뒤에 선 채 그의 손 위에 내 손을 얹었다. 말체프 씨는 금방 익숙해져서 내가 그의 손을 살짝 누르기만 해도 내가 요구하는 것이 뭔지를 정확히 이해했다. 예전에 뛰어난 기관사였던 이 사람은 이제는 다른 방식으로 세상을 느끼며, 장애를 극복하고, 삶을 긍정하고 있는 것이다.

몇몇 쉬운 구간에서 나는 말체프 씨에게 아예 모든 것을 맡기고, 조수석에서 전방을 바라보고 앉아 있었다.

우리는 톨루베예프 역으로 다가가고 있었다. 열차 운행이 무사히 끝나가는 데다가, 시간도 정시 운행이었다. 그런데 마지막 구간에서 황색 신호등에 불이 켜졌다. 나는 열차의 속도를 늦추지 않았고, 기관차는 증기 밸브를 열어둔 채 나아갔다. 말체프 씨는 차분하게 앉아 역전 핸들을 왼손으로 잡고 있었다. 나는 은밀한 기대감에 싸여 스승의 얼굴을 지켜보았다.

"증기 밸브를 닫게나!" 말체프 씨가 내게 말했다.

나는 가슴을 졸이며 말없이 기다리고 있었다. 그러자 말체프 씨는 자리에서 일어나 증기 밸브를 닫았다.

"내 눈에 노란 불빛이 보이네." 그는 이렇게 말하고 제동 핸들을 당겼다.

"빛이 보인다고 상상하시는 거겠죠!" 나는 말체프 씨에게 말했다.

그는 내게 고개를 돌리더니 울음을 터뜨렸다. 나는 그에게 다가가 대답 대신 입을 맞추었다.

"알렉산드르 바실리예비치, 당신이 기관차를 끝까지 몰고 가세요. 당신은 이제 온 세상을 볼 수 있어요!"

그는 내 도움 없이도 열차를 톨루베예프 차고까지 몰고 갔다. 일을 끝마친 다음, 나는 말체프 씨와 함께 그의 집으로 갔다. 우리는 저녁부터 밤 늦게까지 함께 앉아 있었다.

나는 그를, 마치 나의 친아들인 양 혼자 내버려둘 수 없었다. 우리의 아름답지만 광포한 이 세상에 존재하는, 순식간에 우리의 삶을 파괴할 수도 있는 그 통제할 수 없는 힘으로부터 그를 보호해야 한다는 생각에……

(1941년)

◆

말의 그물로
영혼을 건지는 낚시꾼

◆

이 인터뷰는 Л. Шубин, 《Поиски смысла отдельного и общего сущес-
твова ния》(Советский писатель, 1987), T. Seifrid, 《Andrei Platonov-Uncertainties
of spirit》(Cambridge : Cambridge univ. press, 1992)을 참조하여 옮긴이가 가상으로 작성한 것
입니다.

2002년 올해로 플라토노프가 사망한 지 반 세기가 지났다. 내가 플라토노프라는 작가를 알게 되고, 그의 작품을 읽기 시작한 지도 햇수로 벌써 8, 9년쯤 되어간다. 이런 시간의 흐름에 비한다면 이번 번역이 때늦은 감이 없지는 않다. 작품의 편수도 많지 않아 작가의 전모를 살피기에는 부족하지만 또 다른 결실은 다음을 기약하는 수밖에 없다.

1987년 노벨 문학상을 수상한 러시아의 망명 작가 브로드스키가 "플라토노프는 다른 나라 말로 옮길 수 없는 작가"라고 말했던 것처럼, 그의 언어는 독창적이며, 읽기에 난해한 작품 또한 적지 않다. 브로드스키의 이 말이 영어나 유럽 국가들의 언어를 염두에 둔 말이라면, 러시아어와의 언어 체계가 사뭇 다른 우리말로의 번역은 그 어려움이 몇 배로 늘어난다. 그럼에도 플라토노프가 번역되어야 하는 이유는 그가——역자 개인의 우호적인 평가와 무관하게—— 러시아 현대문학사에서 거론되는 가장 중요한 작가 가운데 한 명이기 때문이다. 그와 같은 반열에 이름이 오를 수 있는 작가는 고작해야 불가코프나 솔제니친 정도일 것이다.

이번에 번역된 작품들은 플라토노프의 다른 작품들에 비하면 당대의 사회·문화적, 정치·이념적 맥락과는 크게 연관되어 있지 않은 작품들이다. 그런 까닭에 1930년대나 40년대의 소비에트 사회에 대한 사전 지식이 없는 독자들도 작품을 이해하는 데 커다란 어려움은 없을 것으로 생각된다. 모쪼록 작품에 대한 역자의 이해가 원작의 의미를 축소시키거나 왜곡하는 우를 범하지 않기를 바라며 플라토노프와의 이야기를 시작한다.

　최병근 : 당신은 러시아 내에서는 20세기 최고의 작가로 인정받고
있으면서도, 우리 나라는 물론이거니와 서방에도 아직까지 많이 알
려져 있지 않습니다. 이러한 상황은 《체벤구르》나 《공사기초용 구
덩이》를 비롯한 당신의 작품들이 번역하기에 너무 어렵기 때문이라
는 지적이 있습니다. 세상에서 펜을 잡고 글을 쓴 최초의 사람 같다
라는 당신에 대한 평가 또한 이런 상황과 연관되어 있을 텐데, 이처
럼 일반적인 어법에 맞춰 글을 쓰지 않는 특별한 이유라도 있는지
요?

　플라토노프 : 제가 어느 작품에서 이런 말을 쓴 적이 있습니다.
"말이란 다름 아닌 응축되고 단축된 삶이다. 삶을 느끼고 이해한다
면, 그 삶의 한 호흡, 한 호흡을 표현할 수 있는 말은 자연스럽게 얻
어진다." 저는 제가 느끼고 생각하는 대로 표현하고자 할 때 기존의
언어체계에서는 반드시 필요한 말이 불필요하게 느껴지기도 하고,
때론 그 반대의 경우도 있습니다. 제게 언어는 뿔뿔이 흩어져 있는
말들처럼 보입니다. 작가란 이런 말들을 하나 하나 주워 모아 아름
다운 영혼을 빚어내는 일을 하는 사람이죠.

　최병근 : 조금 추상적인 답변이군요. 그런데 당신의 난해한 작품
을 올바르게 이해할 수 있는 탁견을 제시해주고 있는 보차로프S.
Bocharov라는 학자도 당신이 언어를 사용하는 방식에 대해 다음과
같은 말을 한 적이 있습니다. "플라토노프의 작품에서 무엇보다도
우리를 놀라게 하는 것은 광의의 언어이다. 말 속에서 삶을 이야기

하고 표현하는 과정, 이것이 플라토노프 소설의 최우선적인 문제이다." 그런데 이런 지적은 모든 문학작품에 공통적으로 나타나는 언어의 문제가 당신의 작품에서도 핵심적인 문제라는 정도의 의미로 이해할 수도 있지만, 보차로프는 좀 다른 점을 강조하고 있는 것 같습니다. 당신의 작품에서는 새로운 시어(詩語)가 독자를 낯설게 하는 것이 아니라, 일상적이고 상투적인 산문의 언어가 내용적 함의와 연관돼 새롭고 낯설게 읽힌다는 것이죠. 물론 당신의 언어는 외형적으로도 표준 어법에서 벗어나 있어 보차로프는 이를 '기형어(畸形語)'라고 정의하기도 합니다.

제 생각에는 언어는 무엇보다도 표현의 대상인 삶과 현실의 양상에 크게 좌우되는데, 그런 의미에서 당신의 언어는 1920~40년대 소비에트 현실의 외압을 비켜가기 위해 일정 정도 '일그러졌다'고 할 수 있지 않을까요. 더욱 근본적으로는 "흩어지고 잃어버린 말들을 처음부터 다시 이어나가겠다"는 당신의 생각이 자기적 표현이 강한 언어를 만들어냈다고 생각합니다. 고정된 언어적 규범이 때론 작가가 표현하고자 하는 바를 모두 담아낼 수 없는 경우이겠죠.

최병근 : 당신의 작품 가운데 제가 맨 먼저 읽은 작품은 《잔》입니다. 그때의 강렬하고 신선한 느낌 때문에 이렇게 당신의 작품을 번역까지 하게 된 모양입니다. 특히 주인공 차가타예프가 사막에서 자신의 몸을 미끼로 독수리를 사냥하는 장면은 아마도 당신의 전 작품 가운데 가장 훌륭한 대목일 거라고 생각합니다. 무엇보다 이 작품이 당신의 작품 가운데서도 특별한 작품으로 읽히는 것은 작품의 공간적 배경이 중앙 아시아라는 사실 외에도 작품의 기저에 깔

려 있는 신화의 모티프 때문인 것 같습니다. 당신은 《잔》외에도 《많은 흥미로운 것들에 대한 이야기》, 《행복한 모스크바》 등과 같은 신화와 연관된 일군의 작품을 썼는데, 당신의 작품에서 신화가 가지는 의미는 무엇인가요?

플라토노프 : 제 작품에서 신화는 두 가지 방식으로 구현된다고 할 수 있습니다. 우선은 신화적 인물이나 줄거리를 작품 속에 차용하는 경우죠. 《잔》의 경우, 차가타예프는 '미리 생각하는 사람'이라는 뜻으로 상징되는 이성적 주체인 그리스 신화의 프로메테우스를 염두에 둔 인물입니다. 프로메테우스가 차가타예프의 직접적 원형이라는 근거는, 그가 후에 죽은 듯 위장한 자신의 몸을 미끼로 사막에서 독수리를 사냥하는 장면과 프로메테우스가 코카서스 산의 바위에 묶여 독수리에게 간을 쪼여 먹히는 그리스 신화의 줄거리와의 유사성에 비추어보면 알 수 있을 것입니다.

《잔》에는 보통의 신화에서처럼 선과 악의 대립 구조가 뚜렷이 부각되고 있습니다. 신화의 전형적인 이항대립의 구조하에서 주인공 차가타예프에 대칭적으로 설정된 인물이 누르무하메드인데, 이러한 인물 구성을 통해 그 내용을 작품에 직접 삽입시켰던 중앙아시아 신화의 모티프를 변주하고 있죠. 차가타예프가 이 신화에 등장하는, 선·진리·빛·생명을 구현하는 선한 영(靈)의 신인 아후라마즈다의 분신이라면, 누르무하메드는 거짓·어둠·죽음의 파괴적인 영인 아흐리만의 역할을 수행합니다. 차가타예프는 문명 세계로부터 완전히 소외된 채 극심한 기아와 궁핍 속에서 종족 소멸의 위기를 맞고 있는 '잔'이라는 종족을 죽음으로부터 구원해 사회주의로 인도하라는, 당으로부터 부여받은 사명을 수행합니다.

저는 차가타예프의 이런 민중의 지도자 혹은 민족의 아버지로서의 이미지를 어떻게, 그리고 어떤 수준에서 표현할 것인가에 대해 많은 고민을 했고 여러 차례 작품을 개작하기도 했습니다. 당시는 '인민의 아버지'로서의 스탈린에 대한 주제를 우호적인 입장에서 다루는 작품만이 출간이 가능했던 상황이었지만, 레닌의 이름을 대신 거론하는 정도로 스탈린의 의미를 축소하고 차가타예프가 그의 직접적인 비유라는 의미의 고정화와 이념화를 거부한 셈이죠. 저는 민중을 암흑에서 구원하는 예언자인 유대 신화의 모세의 모습을 차가타예프에게 투영시킴으로써 그를 더욱 상징화시켰습니다. 칸 Khan의 노예로서 억압과 착취에 시달리던 잔의 전사(前史)에 대한 서술 부분도 유대 신화의 〈출애굽기〉를 기본적인 원형 신화로 상정하고 썼습니다.

최병근 : 러시아의 기호학자 로트만Iu. Lotman은 문학 텍스트와 신화 사이의 관계 양상을 두 가지 차원으로 구분하고 있습니다. 신화가 작품의 줄거리, 작중인물, 모티프 등의 차원에서 텍스트의 구체적인 요소로 차용되는 경우와 신화가 텍스트의 창작원리가 되면서 텍스트 전체를 신화적 상황과 분할할 수 없는 경우가 그것인데, 이를 다시 텍스트 생산자 관점에서 분류하면 전자는 비(非)신화적 의식의 행위로, 후자는 신화 의식의 창작 행위로 구별된다는 것이죠. 앞서 텍스트로서의 신화가 《잔》에 어떻게 관계하고 있는지를 상세히 설명해주셨는데, 그러면 로트만이 이야기하는 의식으로서의 신화와 《잔》은 전혀 무관한 것인지요?

플라토노프 : 저는 물론 신화 의식의 소유자는 아닙니다. 오히려

러시아 혁명 이후 이성의 우월적 지위를 주장하며 '의식의 왕국'의 도래를 부르짖던 이성주의자였다고 할 수 있고, 그 후 겪게 되는 세계관의 변화도 신화 의식으로의 경도를 의미하는 것은 아니었죠. 그럼에도 불구하고 사람들이 여전히 《잔》에는 의식으로서의 신화가 개입하고 있다고 볼 수도 있는 근거는 작품 속에 묘사되는 등장인물들, 특히 그들의 의식의 특성 때문이라고 생각합니다.

우선 모스크바에서 그 시대가 요구하는 합리적 이성주의자로 성장했던 차가타예프는 나중에 어린 시절 고향의 삶의 원리라고도 할 수 있는 인간과 동식물, 그리고 우주 전체를 하나의 삶의 리듬으로 포착하는 범신론적 세계관을 다시금 회복하는 인물로 설정되어 있죠.

이렇게 서로 다른 두 가지 원리의 의식을 소유하고 있는 차가타예프에 비해 집단적 주인공인 잔 종족의 의식은 신화 의식의 직접적인 표현이라고 할 수 있는데, 특히 작품의 주요 모티프인 꿈은 의식과 무의식의 경계에 위치해 있는, 현실의 고통을 잊기 위해 의식의 세계를 의도적으로 회피하고 무의식과 본능의 세계로 탈출하려는 잔의 정신세계를 상징하고 있습니다. 반면 잔 종족의 노인인 수피얀은 이러한 현실의 고통을 체험하기 이전 잔의 정신세계의 단면을 온전히 보여주는 인물로서, 많은 경험을 통해 삶의 원리와 자연의 섭리를 체득한 동양의 현자의 모습으로 그려지고 있습니다. 수피얀의 이런 모습은 또한 이성주의자로서의 차가타예프의 모습과 대립되기도 하죠. 또한 잔이 문화적으로는 유럽에 대립하는 동양적 삶의 원리와 세계관을 체현하고 있는가 하면, 시대적으로는 근대의 이성에 대립하는 전(前) 근대적 세계관에 지배되고 있음을 표현하려고 했는데, 이러한 잔의 의식은 애니미즘과 유사한 형태로 나타나고 있습니다.

이처럼《잔》에서 신화 의식은 등장인물들의 의식 층위에서 뚜렷이 표출되고 있는데, 물론 로트만은 텍스트 전체의 창작원리로서 신화 의식이 존재하는 경우만을 고려하고 있기 때문에, 이처럼 텍스트의 부분적 현상으로서 신화 의식이 표현되는 경우에 대해서는 언급하고 있지 않습니다. 그러나《잔》에서 부분적일지라도 신화 의식을 등장인물의 의식을 통해 텍스트로 이입시키려 했고 이것은 작품 전체에 원용되고 있는 텍스트로서의 신화, 즉 신화적 플롯과 주인공 못지않게 중요한 의미를 가집니다. 저는 이 작품을 통해 사회주의 건설을 추동하는 소비에트 이데올로기의 철학적 기조인 이성 우월주의의 대립항으로서 신화 의식을 제시하고자 했던 거죠.

최병근 : 〈프로〉와 〈포투단강〉은 남녀간의 사랑의 문제를 다루고 있는 작품인데, 평범한 소재이지만 이에 대해 당신이 이야기하는 방식은 역시나 색다른 것 같습니다. 특히 〈포투단강〉의 피르소프의 성(性)과 사랑에 대한 태도는 어떻게 이해해야 하나요?

플라토노프 : 1920년, 〈프롤레타리아 문화〉라는 제목의 철학 에세이에서 이런 생각을 정리한 적이 있습니다. 저는 인류의 문명은 다음의 세 단계를 거쳐 발달해왔다고 생각합니다. 제1단계는 전(前)부르주아지 단계인데 이때 인류는 항상 자연의 위협 아래 놓여 있으면서 하루하루의 생존을 최고의 행복으로 여기며 살아갔습니다. 이 무렵에는 인간이 자연의 위협에 대처할 수 있는 방법이라고는 시각, 청각 등의 오감에 의지하는 수밖에 없었는데 이는 대처한다기보다는 적응하는 것에 불과했죠. 제2단계인 부르주아지 단계에

이르러 인류는 문명의 발달에 힘입어 자연의 직접적인 위협에서 어느 정도 벗어날 수 있게 되었는데, 그러면서 나타나는 것이 태생적인 자신의 유한성, 즉 죽음에 대한 두려움이었습니다. 이 두려움에서 벗어나기 위해 선택되는 무기는 성(性)이었죠. 인류는 자연의 준엄한 언명인 소멸의 법칙에 항거해 자기 연장의 수단으로 성을 택하고 성에 집착하게 됩니다. 죽음이 두려운 자일수록 여자를 사랑하게 되는 셈이죠. 이어지는 제3단계 프롤레타리아 단계에서는 의식이 성을 누르고 성은 궁극적으로 소멸하게 됩니다. 영원한 '의식의 왕국'이 시작되는 것이죠. 이렇게 무소불위의 권력을 얻은 의식은 자연을 적으로 한 인류의 기나긴 전쟁을 승리로 마감하고 인류는 드디어 지상의 천국인 유토피아에 이르게 됩니다..

그 에세이에서 제가 말하고 싶었던 것은 인간은 자기 재생산을 위한 일시적 방편으로서의 성이자, 부르주아지의 영혼인 성을 폐지하고 완전한 의식적 존재로 거듭 태어남으로써 영원에 이를 수 있다는 것이었습니다. 인간은 이성을 통해 신에 의해 강제된 자연 질서의 속박에서 영원히 벗어날 수 있고, 자연적 존재에서 의식적인 존재가 될 수 있다는 거죠.

〈포투단강〉은 제가 스물한 살 때 가지고 있던 이런 성과 사랑에 대한 유토피아적인 생각과 연관되어 있습니다. 목수의 아들이자, 프롤레타리아인 피르소프는 성의 관점에서 보면, 젊고 건강한 청년입니다. 어린 시절 알았던 류바를 만나 동정과 애정이 섞인 사랑을 느끼고 그들은 결국 결혼을 하게 됩니다. 그런데 피르소프는 결혼생활의 자연스러운 일부인 성생활을 회피하죠. 진흙으로 인형 빚기 등 쓸데없는 놀이나 가사 일로 성적 욕구를 잊어버리려고 노력하면서요. 그는 결국 가출을 했다가, 아내의 자살 미수에 관한 이야기를 듣고 집으로 돌아오게 되는데, 그때서야 그녀와 함께 행복해질 수 있다는 확신을 갖게 되고 육체적 사랑의 필요성에 대해서도 긍정하게 됩니다.

이 이야기를 통해 저는 20대 초반에 가지고 있던 성에 대한 극단적인 부정적 태도를 극복할 수 있게 되었죠. 인간은 유한한 존재이며, 자연의 순환처럼 인간의 삶도——작품에서 피르소프의 아버지가 표현한 것처럼——세대와 세대를 통해 이어져 가는 것이고, 그런 의미에서 성은 긍정적인 것이죠.

최병근 : 이번에 번역한 작품들 가운데 개인적으로 저는 〈귀향〉이라는 작품이 가장 마음에 듭니다. 그래서 이 작품에 대해 좀 자세히 이야기를 나누고 싶은데요. 이 작품은 언뜻 보기에 반(反) 소비에트적인 내용은 없어 보이고 오히려 상당히 평범한 작품으로 읽히는데, 당시 이 작품은 이른바 문제작으로 취급되었고, 그래서 작품을 발표한 이후 당신은 호된 비평의 도마 위에 오른 적이 있습니다. 어떠한 이유 때문이었는지요?

플라토노프 : 가장 직접적인 이유는 이바노프의 우유부단함 때문이었죠. 이런 이바노프의 모습은 당대의 공인된 예술 원칙인 이른바 '무갈등 이론'에 부합하는 인물이 아니었습니다.

이 작품은 제2차 세계대전이 끝난 이듬해인 1946년, 《신세계》지 10월호와 11월호에 나누어 발표했는데, 당시 대부분의 문학 작품들은 독일군으로부터 조국을 수호해낸 '위대했던' 전쟁을 전선(戰線)과 영웅적인 군인들의 모습을 통해 주로 다루었습니다. 저는 이 작품에서 이제 막 끝난 전쟁에 대해 조금 다른 시각으로 이야기하고 싶었죠. 한번은 전쟁에 대해 이런 생각을 정리해본 적이 있습니다.

"전쟁이 국민들에게 가져다 준 가장 큰 고통은 가족 파괴이다. 가족이란 사람들이 엄습해오는 공포를 견디어낼 수 있는 정신적 힘을 얻을 수 있는 곳이며, 가정은 사람이 평생을 정직과 상호 이해의 감정으로 살아갈 수 있게 해주는 진실한 사랑의 원천이다."

저는 이러한 인간의 정신적·심리적 지주이자 고향인 가족의 의미를 부각시키고, 전쟁 기간 동안 변화된 가정의 모습에 관심을 기울였던 것이죠. 무엇보다 전선과 후방이라는 이분법적 사고에 의해 모두의 관심에서 소외되고 배제된, 후방에 남아 있던 가족들의 심적·정신적 고통에 주목하고자 했죠. 물론 후방은 총알이 날아다니는 전선에 비해 신체적 죽음으로부터는 자유로울 수 있었던 곳이지만, 그곳에서 물자난을 겪으며 생존을 위해 치러야 했던 가족들의 고통, 전선에 나가 있던 아버지와 남편에 대한 기다림과 걱정 등 가족들의 정신적 고통 또한 죽음 앞에서 느끼는 공포보다 덜한 고통은 아니라고 말할 수 있죠.

이바노프 역시 인간의 영혼을 모질고 황폐하게 만드는 전쟁을 겪지 않았다면 아내의 부정(不貞)이 부정이 아니었다는 사실을 쉽게 이해할 수도 있었을 텐데, 무엇보다 남이 아닌 자신의 생존이 본능적으로 요구되는 전장에서 보낸 수년간의 시간 동안 '자기애의 울타리'는 점점 더 높아졌고, 비록 가족일지라도 그들의 고통과 어려움을 이해하기에는 그의 마음이 너무 각박해져 있었던 거죠. 결국 전쟁에서 입은 이바노프의 내면의 상처가 아물어가는 시간만큼 그의 귀향의 시간도 지연되었던 거죠.

최병근 : 그렇다면 소설의 제목 '귀향' 역시 전선에서 고향으로의 귀향과 더불어 이바노프 대위의 어떤 심리적인 귀향이라는 의미도 담고 있겠군요?

플라토노프 : 실제로 '귀향'에는 두 가지 의미가 내포되어 있죠. '외적 귀향'이라고 부를 수 있는 것은 이바노프가 자기 집으로 돌아오는 공간적인 귀향으로, 기차의 지연이나 마샤와의 우연한 만남과 같은 외적 장애물에 의해 일주일이 걸린 귀향이고, '내적 귀향'은 이바노프가 전쟁 이전의 자아를 회복하는 심리적이고 정신적 귀향을 말하는데, 이는 어찌 보면 이야기의 마지막 부분에서 순간적으로 일어난 귀향이기도 합니다.

최병근 : 이 작품은 이바노프가 고향집을 등지고 다시 마샤에게로 돌아가려고 집을 나섰다 자기를 쫓아온 아이들을 확인하고 이미 출발한 기차에서 뛰어내리는 것으로, 조금은 극적인 장면으로 끝이 납니다. 그런데 제 생각에는 이런 마지막 장면이 줄거리의 측면에서 충분히 동기화되어 있지도 않고, 왜 갑자기 "타인의 삶이 열린 가슴을 통해 다가왔고", "이기심의 벽이 허물어졌는지", 이러한 심리 변화의 근거도 미약한 것 같은데요? 이 물음을 끝으로 이야기를 마치겠습니다.

플라토노프 : 이바노프는 이야기의 시작인 제대의 순간부터 조금씩 전쟁 이전의 자아를 회복해가고 가족을 포함한 자기 것과의 심리적 유대를 조금씩 회복해가고 있었다고 볼 수 있습니다. 아내와 싸우는 동안까지도 그렇습니다. 그런 의미에서 벽난로를 비롯해 오랫동안 잊고 있었던 집안의 냄새를 하나하나 확인하는 장면이나,

잊었던 고향의 정경, 건초와 소똥이 널린 시골길을 일일이 눈으로 확인하는 세부 묘사 또한 단순한 외부 묘사 이상의 의미를 가진다고 할 수 있습니다. 마샤에게 끌린 것 역시 이성에 대한 끌림이라기보다는 몇 년 동안 그가 머물렀던, 그래서 이제는 상당히 친숙해진 군대에서의 생활과 쉽게 연을 끊지 못하는 그의 심리적 상황을 말해줍니다.

이 작품에서 제2차 세계대전 직후의 소련이라는 시공간의 의미를 지워버리고 최대한 포괄적으로 작품의 의미를 확대해보면 아마도 정서적, 심리적 익숙함과 그 반대인 낯설어짐의 의미를 다룬 작품으로도 이해할 수 있겠죠.

◆

안드레이 플라토노프

Андрей Платонов

◆

안드레이 플라토노비치 플라토노프(원래의 성은 클리멘토노프였다)는 1899년 러시아의 남부 도시 보로네쥐 근교의 작은 마을에서 태어났다. 그의 아버지 플라톤 클리멘토노프는 보로네쥐 철도국 소속의 주물공이었고, 당시 러시아 지방 도시의 민중들의 삶이 대체로 그랬듯이, 어렵게 생활하고 있었다. 더욱이 자녀를 10남매나 두면서 이러한 생활고는 한층 가중되었다. 그 가운데 장남으로 태어난 플라토노프는 보로네쥐 시내에 있는 교회 부설 학교에 입학하지만, 생계를 꾸려가기에 바쁜 부모님을 대신해 언제나 어린 동생들을 돌보아야만 하는 유년기를 보냈다. 어려운 가정 환경 탓에 그는 중학교를 졸업한 후 직업 전선으로 뛰어들었다. 1917년 혁명이 일어나던 해까지 그는 보험회사 사환, 철도 기관사 보조원 등 여러 일자리를 두루 거쳤다.

어린 시절 플라토노프의 최대 관심사는 기계와 문학이었다. 하루 일과를 마치고 동생들이 잠들고 나면 그는 기계를 고치고 만드는 일에 골몰했다. 그는 문학에도 남다른 재능을 보였다. 그의 삶에 일대 전환을 가져다 준 사건은 바로 혁명이었다. 혁명이 일어난 이듬해 그는 다시 배움의 기회를 얻어 보로네쥐 철도기술대학 전기과에 입학했고, 학업과 병행해 잡지사에서 일하게 되면서 집필 활동을 시작했다. 한때 내전의 전선이 보로네쥐 부근에까지 미치자 그는 인근 지역으로 파견되어 동요하는 농민들을 선무하는 일을 맡기도 했다. 1920년 내전이 끝나면서 그는 지체된 학업을 계속하는 한편, 활동 영역을 더욱 넓혀 지역 문필가로서의 입지를 확고히 쌓아갔다.

1922년 대학을 졸업하던 무렵 프롤레타리아 작가연맹 보로네쥐 지부 임시 의장으로 선출되는 등 이 지역에서 문필가로서 명성을 날리고 있던 플라토노프는 졸업 후의 진로를 놓고 상당한 갈등을 겪었던 것 같다. 졸업 후 작가의 길을 가리라는 주위의 예상과 달리 그는 보로네쥐 현 토지청에 취직, 토지 개간 기술자로 일하게 된다. 그가 이런 선택을 하게 된 것은 1921년 러시아 남부를 휩쓸었던 유례없는 가뭄 때문인 것 같다. 그는 이 가뭄 사태를 해결하는 과정에서 당 관료들과 심한 마찰을 겪기도 한다. 이런 비상 사태에도 불구하고 호의 호식하는 당 관료들을 노골적으로 비판하던 그는 1921년 결국 당원 자격을 잃게 된다. 이때의 경험은 플라토노프가 1920년대 후반 소련의 관료체제를 비판하는 일련의 풍자 작품을 쓰게 만드는 원인이 되었다.

　1922년부터 모스크바로 전보 발령을 받게 되는 1926년까지 그는 토지 개간 기술자로 보로네쥐에서 많은 일을 한다. 이 기간 동안 그는 수 차례에 걸쳐 토지를 개간하고 댐과 수력발전소를 건설하는 공사에 참여했다. 이때에도 그는 펜을 놓지 않아, 1927년 무렵에 발표된 다수 작품들이 이 시기에 씌어진 것으로 생각된다. 1926년 플라토노프는 갑자기 모스크바로 전근을 가면서 보로네쥐 시절을 마감하게 된다. 그가 모스크바로 발령을 받게 된 것과 관련해 음모설을 제기하는 연구자도 있는데 실제로 모스크바로 이주하면서 그는 여러 가지 악조건을 만난다. 모스크바 관료 사회의 단단한 벽에 부딪히며 고전하던 중, 그는 다시 탐보프로 발령을 받게 된다. 가족을 모스크바에 남겨두고 단신으로 탐보프에 도착한 그는 여기서도 마찬가지로 관료적 관행과 폐해로 어려움에 직면한다. 그러나 탐보프에서 그는 본격적으로 작가 플라토노프로서의 인생을 시작한다.

　모스크바에 있을 당시 한 출판사와 작품집을 내기로 계약한 그는 이곳에서 이 작품집에 수록할 원고를 수정하거나 새로운 작품을 집필한다. 이 당시에 아내에게 보낸 편지에서 그는 "쏟아지듯 써내고 있소. 손이 떨리오"라고 쓸 만큼 짧은 시간에 많은 작품을 썼다. 이때 씌어진 작품들이 중편 〈에피르의 길〉, 〈예피판의 수문들〉, 〈그라도프 시(市)〉이다. 이 작품들은 예술적 완성도에서도 눈에 띄게 성숙한 면모를 보여줄 뿐 아니라, 이념적 경향에서도 큰 변화를 읽게 한다. 세 세대에 걸친 과학자들의 성공과 좌절에 관한 이야기인 〈에피르의 길〉은 1920년대 초를 잇는 공상과학 장르의 작품이지만, 세계변혁을 꿈꾸는 주인공에 대해 작가는 더욱 확고한 목소리를 내고 있다. 이 작품에서 주인공들은 전자(電子)가 살아 있는 생명처럼 번식을 하지만, 그 증가 속도가 너무 느리기 때문에 인간에 의해 감지되지 않았을 뿐이란 사실을 알게 되고, 그렇다면 전자의 증가 속도를 배가하는 방법만 고안한다면 어떤 물체든 짧은 시간에 수백 배로 확대할 수 있고, 그럼으로써 인류는 물자난에서 영원히 해방될 수 있다는 생각을 하기에 이른다. 그리하여 전자 증식 가속기가 마지막 세대의 과학자 예고르에 의해 비로소 개발된다. 그런데 이 계획이 추진되고 있는 도중 북부의 한 툰드라 지역에서 멸망한 고대 문명의 고서가 발견되는데, 이 고서에는, 전자 증식 가속기인 이른바 '에피르의 길'이 자신들에 의해 개발되었지만, 전자의 증식은 다른 전자의 감소에 의해 가능했기 때문에, 이로 인해 자신들의 문명이 결국 패망의 위기에 놓여 있다는 내용이 담겨 있다. 그러나 이 고서의 경고에도 불구하고 '에피르의 길'의 개발은 계속 추진되어 결국 이 기구가 완성되는 것으로 작품은 끝을 맺는다. 이 작품에서 고서는 자연에 대한 중대한 도전이 초래하게 될 무서운 결과를 암시하는데, 이것은 이 시기에 이르러 작가의 입장이 눈에 띄게 변화하고 있음을 말해준다.

역사 소설인 〈예피판의 수문들〉 역시 작가의 달라진 입장을 읽을 수 있는 작품이다. 이 작품은 돈 오카 강 대수로 공사에 얽힌 표트르 대제 시기의 실제 역사적 사실을 바탕으로 하고 있다. 주인공 버트랑 페리는 이 공사의 책임자로 초청된 영국인 토목 기술자로, 갖가지 악조건과 싸우며 공사를 마무리하지만, 완성된 수로에 물이 차지 않아 공사는 결국 실패로 돌아간다.

플라토노프가 쓴 첫 번째 풍자 작품인 〈그라도프 시〉는 풍자가로서의 그의 면모를 잘 보여주고 있다. 이 작품에는 두 부류의 관료가 등장하는데, 구체제 출신의 노회한 관료인 보르모토프와 소비에트 출신의 관료인 쉬마코프가 그들이다. 이 작품에서 풍자의 화살은 이 두 유형의 관료 모두에게 향해 있지만, 작가의 주된 목표가 되는 것은 관료주의 이데올로그이며 선전가인 쉬마코프이다. 〈그라도프 시〉를 필두로 1920년대 후반 플라토노프는 소비에트의 사회 현실을 본격적으로 다루기 시작하는데, 그러한 작품들은 대개 풍자적 경향을 띠고 있다. 플라토노프 풍자의 가장 큰 특성으로는 현실을 지배하는 세계관적 경향을 풍자의 대상으로 삼고 이를 철학적인 측면에서 폭로하고 비판한다는 점을 들 수 있다. 한편 플라토노프의 연구에 초석을 놓은 연구자인 레프 슈빈은 〈그라도프 시〉에서 작가가 자신의 초기 이념을 풍자하고 있다고 보면서, 이러한 '자기 아이러니'를 1920년대 후반 이후 플라토노프 창작의 구조적 경향으로 파악하고 있다.

　탐보프에서의 생활은 플라토노프가 예술적으로 성장하는 데 훌륭한 조건을 제공했지만, 토지 개량과 관련된 직무를 수행하는 것은 어려움의 연속이었다. 결국 플라토노프는 1927년 봄 실업자가 될 위험을 무릅쓰고 탐보프를 떠나는데, 모스크바로 돌아온 그는 일자리를 다시 얻지 못하고 직업 작가의 길을 내딛게 된다. 1927년 그는 첫 창작집 《예피판의 수문들》을 출간함으로써 본격적으로 문단에 데뷔한다. 또 이듬해에는 창작집 《비밀스러운 사람》을 출간하고, 이어 1929년에는 역시 창작집 《장인의 기원》을 발표하는 등 왕성한 창작 활동을 보여준다. 그러나 이 당시 그는 안정된 거처가 없어 가족과 함께 여러　곳을 전전하면서 모진 생활고를 감내해야만 했고, 장편 《체벤구르》의 출판 시도는 거듭 좌절되었다. 특히 1929년에 단편 〈회의하는 마카르〉의 발표로 그는 당시 라프(러시아 프롤레타리아 작가 동맹)의 의장이었던 아베르바흐에 의해 '무정부주의자, 허무주의자'로 몰리면서 혹독한 비판을 받게 된다. 또한 1931년 중편 〈저장용으로〉가 발표되었을 때에는 파제예프가 〈한 부농의 연대기에 대하여〉라는 글에서 그를 직접적으로 비판했다. 이 비판의 배후에는 플라토노프의 작품을 읽은 스탈린의 진노와 그에 따른 모종의 지시가 있었던 것으로 알려져 있다. 이 무렵부터 플라토노프의 작품에는 이전에 씌어진 작품까지 소급해 대개 '정치적 오류'라는 꼬리표가 달리게 되고, 그의 대표작들은 출판되기에 부적당하다는 평가를 받는다. 이런 상황은 1930~1940년대 플라토노프의 창작 활동을 크게 위축시키는 결과를 가져온다.

　1920년대 말에서 1930년대 초까지는 여러 가지 어려움에도 불구하고 플라토노프가 창작의 전성기를 구가한 시기였다. 장편 〈체벤 구르〉와 중편 〈비밀스러운 사람〉, 〈공사기초용 구덩이〉, 〈초생의 바다〉 등 그의 대표작으로 일컬어지는 작품들이 모두 이 무렵에 씌어졌다. 이 시기에 씌어진 작품들은 형식적인 측면에서 어떤 공통점을 갖고 있다고 보여지는데, 그것은 '길'의 시공간이 작품의 이야기 전개의 축이 되고 있다는 점이다. '길'은 러시아의 문화적 컨텍스트에서 중요한 의미를 갖고 있다. 이와 관련해 고골리의 다음과 같은 언급은 주목해볼 만하다. "표트르 1세께서 유럽 계몽주의의 연옥으로 우리의 눈을 씻어주시고, 사업을 위한 모든 도구와 무기를 주신 지가 이제 어언 150년이 흐르고 있지만, 아직까지도 우리의 공간은 황량하며 의기소침하며 인적이 드문데다, 우리 주위의 모든 것은 어수선하고 침울하기까지 하다. 우리는 아직까지 자기 집이나 고향의 지붕 밑에 있어본 적이 없고 어딘가 흐르는 길에 불편하게 머물고 있다는 느낌이다." 이 시기에 씌어진 작품들 가운데 특히 〈비밀스러운 사람〉은 이렇게 한 곳에 정착하는 것과는 인연이 먼 듯한 러시아 민족의 기질, 신(神)을 찾아 길을 떠나는 방랑자 정신이 깊게 배어 있는 작품이다. 이 작품의 주인공 포마 푸호프는 보로네쥐 인근 지역과 흑해의 크림 반도, 카스피 해 연안 도시를 떠돌며 내전의 현장을 목격한다. 이 작품에서 백군의 잔류 세력을 몰아내기 위해 악전고투하는 적군의 상대는 정작 백군이라기보다 존재의 내성(耐性)과 자연의 힘이다. 자연에 대한 적군의 봉기는 거듭해서 좌절되지만, 작품의 종결부에 이르러 푸호프는 혁명을 수용하며 한 곳에 정착한다. 혁명에 대한 주인공의 태도와 관련해 이 작품은 오랫동안 연구자들 사이에 논란을 불러일으킨 바 있다.

중편 〈공사기초용 구덩이〉에서 길은 1920년대 말 산업화와 집단화가 진행되는 러시아로 옮겨진다. '무기력의 증대와 전체 노동 템포의 진행 중에 잠기는 사색으로' 인해 다니던 공장에서 해고된 주인공 보쉐프는 '세계의 진리와 삶의 의미'를 찾기 위해 무작정 길을 나선다. 그의 발길은 '전체 프롤레타리아의 집'이 건설되는 작은 도시에 가 닿는다. 이곳의 노동자들은 사회주의 미래를 위해, 몸을 불사르는 자기희생으로 건설 공사에 몰두한다. 그들에게 고아 소녀 나스차는 미래의 꿈이며 '전체 프롤레타리아의 집'을 짓는 목적이기도 하다. 보쉐프의 길은 농촌 집단화가 진행 중인 인근 마을로 이어진다. 건설 현장의 노동자들도, 이 마을의 집단화를 지원하다가 살해된 동료들의 뒤를 따라 하나 둘씩 이곳으로 모인다. '열성 분자'로 불리는 사나이가 지휘하는 집단화는 노동자들의 가세로 한층 속도를 더해, 부농들을 뗏목에 실어 바다로 보낸 후 완료된다. 그런데 나스차가 신열로 사경을 헤매다 돌연 숨을 거둔다. 미래의 꿈이었던 나스차의 죽음으로 노동자들은 실의에 빠지고, 보쉐프는 이제 '그가 지금껏 찾아왔던 것보다 더 큰 것'을 깨닫고 나스차의 주검 앞에 오열한다. 이 작품에서 '전체 프롤레타리아의 집'의 공사는 앞의 작품들에서와 마찬가지로 자연과 존재에 대한 항거로 읽혀지는데, 지상의 천국을 건설하고자 하는 노동자들의 꿈은 결국 소녀의 죽음으로 물거품이 된다. 이 작품에서는 맹목적인 이념 지향이 낳는 부조리한 상황이 1920년대 말의 역사적 과정을 배경으로 충격적으로 묘사되고 있다.

1930년대 중반 이후 플라토노프의 창작은 전 시기에 비해 크게 위축되었다. 그 이유는 무엇보다 1930년을 전후로 하여 그의 작품들이 소비에트 비평계로부터 된서리를 맞게 되고, 이로 인해 그 후로 여러 악조건들이 그의 창작 활동에 걸림돌로 작용했다는 데 있다. 이런 상황 속에서 1937년 창작집 《포투단강》을 발표한 이후 그는 1930년대 말, 문학 비평으로 영역을 옮겨 푸슈킨, 고리키, 헤밍웨이 등에 관한 글을 발표하고, 제2차 세계대전이 발발한 1940년대 전반에는 종군 기자로 활동했다. 이 기간에는 전선에서의 경험을 바탕으로 한 단편들을 주로 발표했다. 그러나 전선에서 돌아온 한 퇴역 군인의 이야기를 다룬 단편 〈이바노프의 가족〉의 발표(1946)로 그는 다시 비평의 도마 위에 오르면서 회복하기 힘들 정도의 타격을 입게 되었다. 이 무렵 수용소에서 돌아온 아들을 간호하던 그는 아들한테서 폐병에 감염되어 오랜 병고 끝에 1951년 숨을 거두었다.

옮긴이에 대하여

최병근

1964년 약수로 유명한 충북 초정에서 태어났다. 서울에서 유년시절을 보냈고 고려 대학교 노어노문학과를 졸업했다. 대학을 졸업한 후에는 국제민간경제협의회IPEK 소련경제연구실에서 1년간 직장 생활을 했고, 그후 러시아로 유학을 갔다. 민족우호 대학RPFU에서 석사 학위를 받았고, 1997년 모스크바 국립대에서 러시아문학으로 박 사 학위를 받았으며 현재 안양대학교 러시아어과 교수로 재직하고 있다. 러시아 작가 가운데는 특히 이반 부닌과 안드레이 플라토노프를 좋아해 이 작가들의 작품 연구로 석사와 박사 학위 논문을 썼다. 최근에는 문학 연구에 한정되지 않고 영화와 미술 등 인접 장르로 관심의 폭을 넓혀가고 있으며, 특히 문화 이론과 사상을 중점적으로 연구 하고 있다. 문화의 근간은 문학이라는 생각에는 변함이 없어서 앞으로도 좋은 작품들 을 꾸준히 번역해낼 계획이다.

문학의 세계

귀향 외

초판 1쇄 발행   2002년 12월 30일
개정 1판 1쇄 발행   2022년 9월 22일
개정 1판 2쇄 발행   2022년 11월 10일

지은이   안드레이 플라토노프
옮긴이   최병근
펴낸이   김현태
펴낸곳   책세상
등   록   1975년 5월 21일 제2017-000226호
주   소   서울시 마포구 잔다리로 62-1, 3층(04031)
전   화   02-704-1251
팩   스   02-719-1258
이메일   editor@chaeksesang.com
광고·제휴 문의   creator@chaeksesang.com
홈페이지   chaeksesang.com
페이스북   /chaeksesang   트위터   @chaeksesang
인스타그램   @chaeksesang   네이버포스트   bkworldpub

ISBN   979-11-5931-864-1 04800
ISBN   979-11-5931-863-4 (세트)